Melissa Foster

Von der Liebe gefunden

DIE AUTORIN

Melissa Foster ist eine preisgekrönte *New-York-Times-* und *USA-Today*-Bestsellerautorin. Ihre Bücher werden vom *USA-Today-Bücherblog*, vom *Hagerstown Magazin*, von *The Patriot* und vielen anderen Printmedien empfohlen. Melissa hat mehrere Wandgemälde für das *Hospital for Sick Children*, eine Kinderklinik in Washington, D. C., gemalt.

Besuchen Sie Melissa auf ihrer Website oder chatten Sie mit ihr in den sozialen Netzwerken. Sie diskutiert gern mit Lesezirkeln und Bücherclubs über ihre Romane und freut sich über Einladungen. Melissas Bücher sind bei den meisten Online-Buchhändlern als Taschenbuch und E-Book erhältlich.

www.MelissaFoster.com

Melissa Foster

Von der Liebe gefunden

Die Ryders

LOVE IN BLOOM – HERZEN IM AUFBRUCH

Aus dem Amerikanischen von Anne Sommerfeld

Vorwort

Falls dieses Buch Ihre erste Begegnung mit den Ryders ist, können Sie direkt loslegen, denn jeder Band kann für sich gelesen werden. Für diejenigen, die alle Romane der großen Sammlung *Love in Bloom – Herzen im Aufbruch*, angefangen bei den Snow-Schwestern, gelesen haben: Sie haben lange auf Sally und Gage gewartet. Die Liebe der beiden hat mich nicht überrascht, ihre Geschichte aber schon. Sie ist witzig, emotional und voller Höhen und Tiefen, denen man nun mal gegenübersteht, wenn aus Freundschaft mehr wird, wenn es zweite Chancen gibt und alleinerziehende Eltern die Romantik wiederentdecken. Ich hoffe, dass ihre Reise Ihnen genauso gefällt wie mir.

Wer immer auf dem Laufenden bleiben will, abonniert meinen Newsletter:
www.MelissaFoster.com/Newsletter_German

Die Reihe »Love in Bloom – Herzen im Aufbruch«

Die Ryders ist nur eine der vielen Serien aus der weitverzweigten Reihe »Love in Bloom – Herzen im Aufbruch«. Sie werden den Figuren aus jeder Geschichte immer wieder begegnen, sodass Sie keine Verlobung, Hochzeit oder Geburt verpassen. Eine vollständige Liste aller Serientitel sowie eine Vorschau auf den nächsten Band finden Sie am Ende dieses Buches und auf

meiner Website:
www.MelissaFoster.com/Herzen-im-Aufbruch

Besuchen Sie auch meine Seite mit »Reader Goodies«! Dort finden Sie Serienübersichten, Checklisten, Stammbäume und einiges mehr:
www.MelissaFoster.com/Checklisten_und_Stammbaume

Eins

Sally Tuft erwachte mit höllischen Kopfschmerzen und einer pelzigen Zunge. Mit geschlossenen Augen lag sie auf dem Rücken und versuchte, sich daran zu erinnern, was letzte Nacht nach der Konferenz passiert war. Gott sei Dank blieb das, was in Vegas passierte, auch in Vegas. Ihr Boss musste nicht unbedingt erfahren, dass sie sich betrunken hatte. Sie rollte sich auf die Seite und heißer Whiskey-Atem schlug ihr entgegen. Schlagartig öffnete sie die Augen, setzte sich ruckartig auf und drückte sich das Laken an die Brust. Ihr Herz klopfte wie verrückt. Neben ihr lag ein umwerfender Mann mit dunkelblonden Haaren. *Oh Mist! Mist, Mist, Mist!*

Nein. Das darf nicht wahr sein.

Sie kniff die Augen zusammen und versuchte, ihre wachsende Panik mit tiefen Atemzügen zu beruhigen, doch dadurch wurden die Kopfschmerzen nur schlimmer.

Langsam öffnete sie ein weiteres Mal die Augen und betrachtete Gage Ryders stoppelige Wangen und die vollen Lippen, von denen sie sträflicherweise schon so oft geträumt hatte. Das war nicht gut. *Überhaupt nicht gut.* Gage war ihr Kollege und ihr bester Freund, seit ihr Ehemann vor vielen Jahren bei einem Skiunfall ums Leben gekommen war. Und schlimmer noch, er war der Vertraute ihres Sohnes. Der Mann, an den sich Rusty mit seinen Problemen wandte, bei denen ihm sein Vater nicht mehr helfen konnte.

Ihr Blick wanderte über seine breiten Schultern und die muskulöse Brust. Dann setzte die Erkenntnis ein. Sie biss sich auf die Unterlippe und hob mit angehaltenem Atem das Laken an. *Bitte lass mich was anhaben. Zumindest Unterwäsche.* Ihr Magen verkrampfte sich. Mittlerweile war sie der Vierzig näher als der Dreißig und ihre Brüste waren nicht mehr so voll wie damals. Auch ihr Bauch war nach der Geburt ihres mittlerweile zwanzigjährigen Sohnes nie wieder so straff wie früher geworden. *Oh Gott!*

Gage drehte sich auf den Rücken und sie bemerkte unwillkürlich die beachtliche Wölbung unter dem Laken. *Guck weg. Guck weg.*

Es ging nicht. Er hatte seine Gefühle für sie deutlich gemacht, ohne sie je auszusprechen. Hätte *er* was dagegen, wenn sie hinsah? *Oh Gott! Ich sollte etwas dagegen haben!* Sie musste dieses Verlangen zwingend wieder ignorieren. Also schloss sie die Augen und biss die Zähne zusammen. Aber der Drang war einfach zu stark, deshalb gab sie nach und sog seinen Anblick in sich auf.

Er hatte den linken Arm über den Kopf gelegt. Mit der anderen Hand griff er gerade unter das Laken und schob sich zurecht. Ihre Brustwarzen verhärteten sich prickelnd. Jetzt war nicht der richtige Zeitpunkt, um erregt zu sein, doch sie war wie gebannt, als er verschlafen das Laken nach unten schob und seine festen Bauchmuskeln entblößte. Die hatte sie schon unzählige Male gesehen – allerdings noch nie im *Bett*. Sie waren noch attraktiver als beim Basketballspielen oder wenn er Holz zum Heizen hackte. Oh, sie liebte es, ihm beim Holzhacken zuzusehen.

Unwillkürlich wanderte ihr Blick wieder zu der Wölbung zwischen seinen Beinen. Ein Wimmern erklang, und ihr wurde klar, dass es von ihr kam. Schnell presste sie die Lippen zusammen. Sie musste hier weg, bevor er aufwachte und feststellte, was sie getan hatten.

Was, wenn *er* sich daran erinnerte, was letzte Nacht passiert – oder nicht passiert – war? Sie würde nie wieder Alkohol trinken. Nicht in diesem Leben, und ganz sicher nicht mit Gage Ryder.

Sie drückte das Laken an sich und rutschte zur Bettkante. Angestrengt bemühte sie sich, die Erinnerungen an letzte Nacht in ihrem vernebelten Verstand wachzurufen, aber ihr schwirrte der Kopf. Immerhin spielte ihr Kater angesichts der Tatsache, dass sie mit *Gage* geschlafen hatte, nur noch eine untergeordnete Rolle. Er drehte sich zu ihr, als sie leise aus dem Bett schlüpfen wollte, sodass das Laken unter ihm eingeklemmt und ihr weggezogen wurde. Keuchend versuchte sie, sich mit den Händen zu bedecken. Gage öffnete amüsiert seine blauen Augen und beobachtete ihre hektischen Bewegungen. Ein träges Lächeln breitete sich auf seinem umwerfenden Gesicht aus. Sie brauchte mehr Hände! Schließlich riss sie das Laken vom Bett und drehte sich um.

»Nicht hinsehen!«, kreischte sie und versuchte, sich in das Laken zu wickeln. »Oh mein Gott. *Gage!*«

»Sally …?«

»Sag jetzt nichts. Moment, doch. Bitte sag mir, dass wir keinen Sex hatten. Es …« Kopfschüttelnd wirbelte sie herum, sodass sie Gage in all seiner nackten Pracht erblickte. Einen Moment lang war sie vollkommen sprachlos und ihr Mund stand offen. Seine beeindruckende Erektion war zwischen seinen kräftigen Schenkeln deutlich zu erkennen. Die dunkelblonden Haare darum waren sorgsam gepflegt.

»Gefällt es dir?«, fragte Gage leise lachend und ihr Verstand setzte wieder ein.

»Du bist nackt!« Erneut wirbelte sie herum, wobei sie so heftig atmete, dass sie fürchtete, ohnmächtig zu werden.

»Du hast mir doch das Laken weggenommen«, antwortete er viel zu gelassen.

»*Ich* bin nackt!«

»Das sehe ich und ohne das Laken ist es mir lieber.«

»Gage!« Sie schnaubte. »Versteck das Ding unter einem Kissen.«

Er seufzte laut, dann hörte sie das Rascheln des Kissens.

»Okay, Salbird. Du kannst dich umdrehen, aber da wir beide nackt sind, bin ich ziemlich sicher, dass du letzte Nacht mehr als nur einen kurzen Blick erhascht hast.«

Salbird. Auf einer Party bei Danica hatte er sie das erste Mal so genannt. Danica war ihrer beider Chefin im Jugendzentrum *No Limitz*. Darüber hinaus gehörten sie und ihr Mann Blake zu Gages und Sallys engsten Freunden. Während sich alle unterhalten hatten, hatte Gage eine Hand auf ihren unteren Rücken gelegt und mit seinem typischen jungenhaften Grinsen geflüstert: *»Kann ich dir was zu trinken bringen, Salbird?«* Der Spitzname war geblieben. Salbird – eine Kombination aus ihrem Namen und dem Wort Vögelchen. Es war ein alberner Name, aber aus seinem Mund klang er magisch. Noch immer fühlte sie sich dadurch so besonders wie noch nie zuvor, und obwohl sie hatte wissen wollen, warum ein Mann, den sie erst kurz zuvor kennengelernt hatte, sie mit einem Vogel in Verbindung brachte, hatte sie nie gefragt. Sie hatte den Zauber nicht brechen wollen. Aber was, wenn die letzte Nacht den

Zauber gebrochen hatte?

Sie wandte sich wieder zu ihm und Tränen brannten in ihren Augen. Sie versuchte, seinen verlockenden Körper nicht anzusehen. »Haben wir …?«

»Du erinnerst dich nicht?«

Er klang enttäuscht und verwirrt und ihr Herz zog sich schmerzhaft zusammen. »Ich … Na ja … Erinnerst *du* dich?«

Er zog eine Braue nach oben und seine Mundwinkel hoben sich leicht. Diese Reaktion bekam man von einem Typen, wenn er sich nicht festlegen wollte, und sie kannte ihn gut genug, um zu wissen, dass er auf Nummer sicher ging. Wenn er sich nicht erinnerte, wäre sie sicher verletzt. Und wenn er es tat, wäre sie gedemütigt.

Sally ließ sich aufs Bett sinken. Tränen liefen ihr über die Wangen. »Gage. Wie konnten wir das tun? Das ist mir so peinlich.« All die Jahre hatte sie sich gefragt, wie es wohl wäre, ihn zu küssen, in seinen Armen zu liegen und seinen eindringlichen Blick zu spüren, während sie sich liebten. Er war der einzige Mann, den sie abgesehen von ihrem verstorbenen Ehemann je gewollt hatte – und der einzige, den sie nicht hätte wollen sollen. Mit Rusty und ihren Jobs stand zu viel auf dem Spiel. Und jetzt hatte sie es vermasselt. Sie hatten nicht nur miteinander geschlafen, sie war auch noch so betrunken gewesen, dass sie nicht einmal die Erinnerungen an ihre einzige gemeinsame Nacht genießen konnte.

»Ich bin der Letzte, bei dem dir etwas peinlich sein sollte.«

Er berührte ihren Arm, und die Geste war ihr so vertraut, dass sie wusste, wie sich jeder seiner Finger anfühlte. Doch etwas war anders, als er näher rückte und ihre Schulter küsste. Hitze und Verwirrung erfassten sie.

»Schhh. Sally. Es ist in Ordnung.« Er schob ihr die Haare

über die Schulter. »Du weißt, was ich für dich empfinde.«

Er fühlte sich zu gut an und klang viel zu beruhigend. Sie stand auf und tigerte durch den Raum, um ihren rasenden Herzschlag zu beruhigen. Sie wusste ganz genau, was er für sie empfand. Er war immer da, wenn sie ihn brauchte, sogar wenn es ihr selbst noch gar nicht bewusst war.

Sie hatten sich einige Monate nach dem Verlust ihres Mannes kennengelernt, als der Schmerz noch ganz nah unter der Oberfläche gelauert hatte. Er war an ihrer Seite gewesen, als sie sich durch das anhaltende Chaos gekämpft hatte. Außerdem hatte er Rusty geholfen, die Wut auf seinen Vater in den Griff zu bekommen, der ihn mit einem Haufen Missverständnisse alleingelassen hatte: Rusty hatte einen Halbbruder, Chase, von dem sie nichts gewusst hatten. Gage hatte die volle Wucht von Rustys Zorn abbekommen, und jetzt standen sie sich so nahe, dass sie die Beziehung der beiden nicht für ihr eigenes Glück gefährden konnte.

»Es ist alles andere als *in Ordnung*«, widersprach sie eindringlich. »Das Letzte, woran ich mich erinnere, ist, dass wir getrunken und das neue Jugendzentrum gefeiert haben. Wie konnten wir uns so volllaufen lassen, dass wir *das* getan haben?« Sie waren für eine Konferenz zum Thema Jugendmanagement nach Vegas gekommen, da sie in Oak Falls, Virginia, ein neues Zentrum eröffnen sollten. Dort mussten sie heute wieder sein.

»Himmel, Sally.« Verärgerung blitzte in seinen Augen auf. »Bei dir klingt es, als wäre es ein schreckliches Los, mit mir zu schlafen.«

»So hab ich das nicht gemeint und das weißt du auch.« Sie sah aus dem Fenster und bemerkte ihr Spiegelbild in der Scheibe. Ihre normalerweise glatten Haare standen ihr wild vom Kopf ab. Dafür konnten nur leidenschaftliche Männerhände verantwortlich sein.

Gages Hände.

Sie schluckte schwer. Wie gern würde sie sich daran erinnern, wie sie sich anfühlten und wie die Hitze in seinen Augen loderte, wenn er tief in sie eindrang. Na wunderbar. Jetzt dachte sie an Sex mit ihm.

Sie warf einen Blick auf die Uhr. »Wir verpassen unseren Flug. Ich muss in mein Zimmer zurück und mich anziehen.«

»Sally, warte. Lass uns reden.«

»Offensichtlich haben wir schon genug *geredet.*«

Gage stand auf und hielt sich das Kissen vor den Schritt, während sie hastig ihren BH von einem Stuhl am Fenster fischte und ihr zerknittertes Kleid vom Bettende aufsammelte. *Beweise für unser betrunkenes Abenteuer. Ein Abenteuer, an das ich mich nicht erinnere.* Erneut erfasste sie Panik. Sie nahm die Pille nicht. Auf der Suche nach ihrem Höschen wirbelte sie herum und versuchte, nicht vollkommen durchzudrehen. Neben der Tür entdeckte sie ihre Schuhe und unter dem Bett lag eine Kondomverpackung. *Oh, Gott sei Dank.* Bilder der letzten Nacht blitzten wie auf einer alten Filmrolle vor ihrem geistigen Auge auf. Sie erschauerte, als sie sich daran erinnerte, wie Gage sie mit seinem harten Körper an die Wand gedrängt hatte und mit seinem Mund – *Himmel, sein heißer, köstlicher Mund* – über ihren Hals, ihre Brust …

Gage bückte sich und tastete am Boden nach etwas, wodurch sie aus ihren erotischen Gedanken gerissen wurde.

»Liebling, das ist nicht das Ende der Welt. Dann haben wir beim Feiern eben zu viel getrunken.« Als er sich wieder aufrichtete, ragte er groß und breitschultrig mit seinen gesamten eins neunzig über ihr auf. Er war so unglaublich heiß, dass sie kaum atmen konnte. An seinem Finger hing ihr Tanga.

»Für dich vielleicht nicht.« Mit brennenden Wangen riss sie ihm den winzigen Stoffstreifen vom Finger und schlüpfte hinein, ohne dabei das Laken loszulassen. Sie versuchte, nicht an seine Küsse zu denken oder wie sie zum Sex geführt hatten, woran sie sich unheimlich gern erinnern würde.

»Sei nicht albern«, sagte er. »Wir sind erwachsen und stehen aufeinander. Das musste passieren.«

»So ist das nicht zwischen uns und das weißt du auch. Wir sind *Freunde*.« Das stimmte teilweise. Bisher hatten sie die Grenze zwischen Freundschaft und Sex nicht überschritten, selbst wenn sie gewollt hatte.

»Aber es *könnte* mehr sein.« Gage trat näher und allein dadurch stieg die Temperatur im Raum erheblich an. »Es *kann* sein.« Er legte von hinten einen Arm um ihre Taille und küsste ihren Hals. »Ich will es.«

Sie schloss die Augen, um gegen die Tränen anzukämpfen. »Gage«, flüsterte sie zitternd. »Verstehst du es nicht? Rusty braucht dich mehr, als wir einander brauchen.«

»Warum schließt sich das gegenseitig aus?« Mit ernster Miene drehte er sie zu sich um. »Du weißt, dass ich euch beide liebe. Schon seit Jahren, Sally, und ich weiß, dass du für mich genauso empfindest.«

Ihr ging das Herz auf bei diesem Geständnis, und sie nahm es tief in sich auf und schwelgte darin, wenn auch nur für einen kurzen, schmerzhaften Augenblick. Ihr war klar, dass sie es nicht genießen durfte, nicht auf Rustys Kosten, also schob sie Gages Worte und ihre Gefühle erneut beiseite.

»Unsere Gefühle sind egal«, widersprach sie beharrlich. »Ich bin nicht so egoistisch, um das meinem Sohn anzutun.«

Verwirrung – Wut? Schmerz? – blitzte in seinen Augen auf. »Was soll das denn heißen?«

»Rusty hat seinen Vater verloren, Gage. Er wendet sich mit allem an dich. Sollte das zwischen uns nicht funktionieren, würde es ihm das Beste in seinem Leben nehmen, die Person, die ihm geholfen hat, wieder Halt zu finden. Das kann ich nicht riskieren.«

»Schwachsinn.« Er hielt sie fester. »Ob wir nun zusammen sind oder nicht, ich würde niemals aus Rustys Leben verschwinden.«

Herausfordernd und wütend starrte er sie an, dennoch konnte sie die unverwandte Liebe und Freundschaft erkennen, die immer da gewesen waren, die aber diese schmerzhafte Situation noch verschlimmerten.

Sie löste sich aus seinem Griff und nahm ihr Handy vom Nachttisch. »Aber es wäre nie wieder dasselbe. Weder für ihn noch für uns. Ich kann nicht …« Unter dem Handy lagen Papiere. Mit zitternden Händen nahm sie sie und überflog die Heiratsurkunde und die Rechnung für eine *Elvis Hound Dog Wedding.* »Oh mein Gott. Was haben wir getan?«

»Was ist das?« Er spähte über ihre Schulter und sein heißer Atem lenkte sie einen Moment lang von den Dokumenten ab. »Tja, sieh mal einer an, Salbird. Offensichtlich sind wir *verheiratet.*«

»Das heißt nicht … Das muss ein Witz sein.« Sie schob die restlichen Papiere zur Seite und keuchte beim Anblick eines Fotos, auf dem Gage und sie sich küssten. Neben ihnen stand ein korpulenter Mann in einem Elvis-Kostüm, der die Arme ausbreitete, als würde er das Paar der Kamera präsentieren. Über ihnen hing ein Schild: *Viva Las Vegas Wedding Chapel.*

Gage hob ihre linke Hand. An ihrem Ringfinger befand sich ein mit schwarzem Filzstift gemalter Kreis. Sie beide warfen einen Blick auf Gages linke Hand. Auch sein Finger war mit schwarzem Stift markiert.

Nach einem mehr als sechsstündigen, stressigen Flug nach Virginia neigte sich Gages Geduld dem Ende. Sally weigerte sich, über ihre Situation zu sprechen. Es fühlte sich an, als hätte er ein einmaliges Geschenk bekommen, das ihm gleich wieder entrissen wurde. Zum einen war er überglücklich, mit der Frau verheiratet zu sein, die sein Herz vom ersten Tag an erobert hatte, zum anderen zerriss es ihn jedoch, wie heftig sie ihn wegstieß. Er fuhr den Mietwagen durch die ruhigen Straßen von Oak Falls, Virginia, wo sie im Laufe der Woche die Infrastruktur für das neue Jugendzentrum aufbauen würden, bevor es am Freitag nach Allure in Colorado zurückging. Er war davon ausgegangen, endlich die Chance zu haben, Sally um ein richtiges Date zu bitten, wenn sie den neuen Standort aufbauten. Ihm wäre nie in den Sinn gekommen, dass sie bei ihrer Ankunft bereits verheiratet sein könnten. Wenn er sie jetzt nur davon überzeugen könnte, dass es nicht das Ende ihres vertrauten Lebens war.

Gage stellte den Motor ab, nahm ihre Hand und rieb mit dem Daumen über die verblasste Farbe an ihrem Finger. Sie musste heftig geschrubbt haben, denn sein Ring war noch schwarz wie die Nacht, obwohl auch er geduscht hatte. Ihr bekümmerter Blick schmerzte ihn. »Wir müssen darüber reden, Sally.«

Sie schüttelte den Kopf. »Ich kann das noch nicht mal ansatzweise begreifen. Ich habe nicht nur mit dir geschlafen und kann mich an das Meiste davon gar nicht erinnern, sondern wir sind *verheiratet. Verheiratet*, Gage. Ist dir überhaupt klar, was das für eine Verpflichtung ist? Sie beeinflusst jeden Aspekt unseres Lebens.«

»Du erinnerst dich an das *Meiste* nicht?« Unwillkürlich musste er grinsen. »Also erinnerst du dich an ein wenig?«

Leise lachend drehte sie sich zum Fenster. »Klasse, wie du den wichtigen Teil überspringst. Wie kannst du darüber Witze machen? Es ist ein riesiger Fehler. Wir müssen eine Annullierung beantragen. Wir brauchen einen Anwalt und haben hier so viel zu tun …«

»Annullierung?« *Auf gar keinen Fall.* »Ich will keine Annullierung.«

»Gage«, sagte sie und sah ihn ungläubig an. »Wir waren nicht mal zusammen.«

»Und wie. Wir waren viele Jahre inoffiziell zusammen. Wir stehen uns näher als die meisten verheirateten Paare.«

Sie verschränkte die Arme und sah überall hin, nur nicht zu ihm. Er beugte sich über die Mittelkonsole, umfasste ihr Kinn, damit sie ihn ansah, und suchte in ihren Augen nach der Wahrheit. Wollte sie wirklich eine Annullierung?

»Du weißt, dass es stimmt, Sally. Du kannst es nicht leugnen. Wir machen alles zusammen – wir gehen gemeinsam zu Hochzeiten, besuchen Rusty … Wir gehen sogar zusammen einkaufen.«

»So etwas macht uns noch lange nicht zu einem *Paar*. Die Ehe ist kompliziert und schwierig und du hast mich noch nicht mal um ein Date gebeten. Wir können nicht verheiratet sein.«

Genau um dieses Thema tanzten sie schon seit zu vielen Jahren herum. Jedes Mal, wenn er kurz davor war, sie um ein Date zu bitten, wich sie aus. Sie gingen überall gemeinsam hin, sodass mittlerweile alle dachten, sie wären zusammen, doch sie hatten diese Grenze nie überschritten. Tja, es war definitiv an der Zeit.

»Ich habe es nicht getan, weil du nie bereit dafür warst«, erwiderte er aufrichtig. Er hatte keine Ahnung, wie viel Zeit nach dem Tod eines Ehepartners genug war. Deshalb war er auf Nummer sicher gegangen und hatte auf ein Zeichen gewartet. Sally trank nicht viel, hatte es gestern Abend jedoch ordentlich krachen lassen und sich an ihn gehängt, als würde er zu ihr gehören. Und wenn er sich richtig erinnerte, waren das ziemlich eindeutige Zeichen.

Sie riss die Autotür auf und kalte Novemberluft strömte herein. »Wie kommst du dann darauf, dass ich für eine *Ehe* bereit bin? Ich kann nicht. Ich kann einfach nicht …«

Sie stieg aus, also folgte er ihr eilig. »Sally, hör mir bitte zu. Letzte Nacht hat mich auch verwirrt, aber bei uns bin ich mir ganz sicher. Dir muss doch aufgefallen sein, wie sehr ich dich schon die ganze Zeit wollte.«

»Natürlich, aber Rusty …« Tränen stiegen ihr in die Augen.

»Und was ist mit dir? Was willst du?« *Mich. Sag, dass du mich willst.*

Sie lehnte sich ans Auto und sah in den Himmel. Die glatten weißblonden Haare, die ihr wunderschönes Gesicht umrahmten, schob sie sich hinters Ohr und spielte mit den Spitzen. Er liebte diese nervöse Angewohnheit.

»Ich weiß nicht, was ich will«, erwiderte sie mit zitternder Stimme. »Mein Herz und mein Kopf sind sich nicht einig.«

Hoffnung wuchs in ihm. »Dann triff die Entscheidung nicht jetzt. Gib uns Zeit, letzte Nacht zu verarbeiten. Es muss einen Grund geben, warum du mich geheiratet hast – Alkohol hin oder her.«

Sie presste die Lippen zusammen. Eine einzelne Träne lief

über ihre Wange. Er umfasste ihr Gesicht und wischte sie weg, während sein Herz für sie beide litt.

»Warum wehrst du dich so sehr gegen uns?« Er hatte gar nicht über diese Frage nachgedacht, doch nun, da er sie ausgesprochen hatte, wollte er Antworten. »Wie kannst du dich zurückziehen, wenn ich einfach nur nach vorn sehen will?«

Erneut wandte sie den Blick ab und ließ ihn über die parkenden Autos schweifen, doch er hielt noch immer ihr Gesicht und würde nicht loslassen.

»Sally, ich habe dich nie gedrängt, oder? Ich habe dir Zeit gegeben, damit du um Dave trauern kannst. War das nicht genug? Wenn du mehr Zeit brauchst …« Daves Unfall lag schon fast sechs Jahre zurück und meistens schien es Sally gut zu gehen. Obwohl er zugeben musste, dass es Momente gab, in denen sie weggetreten wirkte und er instinktiv wusste, dass es mit dem Verlust ihres Ehemannes zu tun hatte. Diese Augenblicke zwangen ihn beinahe in die Knie. Er wusste, dass sie schon seit der Highschool mit Dave zusammen gewesen war, und konnte sich ihren Schmerz gar nicht vorstellen. Er wollte kein Mistkerl sein, aber er war sich nicht sicher, wie lange er sich noch mit ihrer Freundschaft zufriedengeben konnte, wenn er so viel mehr wollte. Bis jetzt war ihm gar nicht bewusst gewesen, wie viel Hoffnung er in diesen Ausflug gesetzt hatte.

Sie blinzelte die Tränen weg. »Es geht nicht um Dave. Ich bin über seinen Verlust hinweg. Gerade du solltest das wissen.«

»Hast du Angst, dass ich dich genauso verletze wie Dave mit seinem Geheimnis um Chase?« Nach Daves Tod hatte Sally erfahren, dass er sich heimlich mit seinem Sohn Chase und dessen Mutter Trisha getroffen hatte, um ihn kennenzulernen und eine Beziehung zu ihm aufzubauen, bevor er seiner Familie die Wahrheit sagte. Sally hatte Gage oft genug anvertraut, wie tief sie das verletzt hatte, und er vermutete, dass dieser Schmerz noch anhielt.

»Nein! Warum sollte ich? Du bist der ehrlichste Mensch, den ich kenne. Und er hat mich ja nicht betrogen. Er war ein paar Jahre älter als ich und hat eine Frau geschwängert, bevor wir uns überhaupt kannten. Es war nicht seine Schuld, dass sie ihm nie von dem Baby erzählt hat. Sein einziger Fehler war, mir nichts zu sagen, nachdem er es erfahren hat.«

Sally davon zu überzeugen, sich zu öffnen und ihre Gefühle für ihn zu erkunden, würde ein schwieriger Kampf werden – auch wenn ihm die Gründe dafür schleierhaft waren. Aber Gage war Athlet und würde so viele Berge besteigen wie nötig. Da Sally der Preis war, würde er nicht nachlassen.

»Wovor fürchtest du dich denn dann? Sag es mir, damit ich es ändern kann. Wirf die Sache mit uns nicht weg, bevor wir überhaupt die Chance hatten, etwas zu beginnen.«

»Das tue ich nicht. Genau das ist es ja. Ich liebe unsere Freundschaft«, sagte sie sanft. »Und ich habe davon geträumt, dass mehr daraus wird. So viel mehr. Aber mir graut davor. Nicht nur wegen Rusty, sondern meinet- und unseretwegen.«

»Warum? Schließ mich nicht aus, Sally, denn ich verstehe es nicht. Wenn du mich fragst, war die letzte Nacht Schicksal. Wir haben nicht nur miteinander geschlafen. Wir haben *geheiratet*. Das zwischen uns ging schon immer über jegliche Vernunft hinaus. Also sag mir bitte, was dich noch zurückhält.«

Sie atmete tief ein und die widersprüchlichen Gefühle waren ihr deutlich anzusehen. »Mir wurde eine glückliche Ehe genommen. Ich weiß, wie sehr das wehtut. Ja, ich bin darüber hinweg, aber ich will nicht über *dich* hinwegkommen müssen. Und wenn wir es versuchen und uns trennen …«

»Dann hör auf, dich zurückzuziehen.« Er trat näher an sie

heran. Schon so lange hatte er sie nicht als Freund, sondern als Partner und Liebhaber umarmen wollen. *Als Ehemann*, erinnerte er sich. Davon hatte er noch nicht mal zu träumen gewagt.

»Es gibt einen gewaltigen Unterschied zwischen Freunden und Ehepartnern, Gage. Sex macht alles komplizierter. Und die Ehe ist eine Welt für sich, voller Missverständnisse und Kompromisse, in der man einen Weg finden muss, lang erloschene Funken wieder zum Leben zu erwecken. Das ist nicht einfach.«

»Sally, ich hatte seit Jahren mit keiner Frau etwas und Beziehungen sind niemals einfach.«

»*Jahre?*«, flüsterte sie. »Wirklich?«

Er nickte. Wie hatte sie das nicht wissen können? Immerhin war er so gut wie jedes Wochenende bei ihr. »Ja, und wenn man bedenkt, dass sich keiner von uns richtig an die letzte Nacht erinnert, zählt der Sex wohl kaum zu den Komplikationen, von denen du gesprochen hast. Es sei denn, wir wiederholen es. *Nüchtern.*« Er wackelte mit den Brauen, woraufhin sie schmal lächelte und ihm einen Funken Hoffnung schenkte, an den er sich verzweifelt klammerte.

»Sally, wir müssen erst in knapp einer Woche zurück in unser richtiges Leben. Rusty ist nicht hier. Danica und deine Freunde sind nicht hier. Es gibt nur uns beide.« Vielleicht würde die Sorge in ihrem Blick verschwinden, wenn er sie daran erinnerte, dass sie hier niemand verurteilte, oder was auch immer sie so beunruhigte. »Lass uns herausfinden, wie es sein könnte, und das Wagnis eingehen. Lass dich von mir ausführen und dir zeigen, was für ein guter Freund – oder Ehemann – ich sein kann und wie gut das mit uns funktionieren wird. Lass uns Händchen halten und miteinander rummachen, bis du nicht mehr vergessen kannst, wie es sich anfühlt.«

Ihr Lächeln wurde breiter, doch sie biss sich auf die Unterlippe und der schüchterne Ausdruck in ihrem Blick rührte sein Herz. Seine Liebe für sie war so stark, dass er sie nicht gehen lassen würde. Gage trat noch näher an sie heran, legte eine Hand in ihren Nacken und sah sie eindringlich an.

»Wir haben schon miteinander geschlafen, Babe. Wir sind verheiratet. Wenn man den Sex mal außer Acht lässt, kann es nicht noch komplizierter werden. Iss nach dem Einchecken mit mir. Wir gehen spazieren, sehen uns einen Film an, oder was immer du auf unserem ersten richtigen Date machen willst.«

»Gage«, flüsterte sie. Sie umfasste sein Handgelenk.

»Sag ja, Sally. Du weißt, dass du es willst, und du weißt auch, dass ich dich niemals im Stich lassen werde.«

Sie musterte ihn, und als sie schließlich nickte und aufrichtig lächelte, erstrahlte seine gesamte Welt.

»Okay«, sagte sie. »Aber du darfst niemandem von letzter Nacht erzählen. Wenn Danica davon erfährt, wird sie uns für vollkommen unverantwortlich halten.«

»Danica hat ihre Therapiepraxis aufgegeben, um ihren Patienten und einen der größten Frauenhelden zu heiraten, den ich kenne.«

Sie verengte die Augen. »*Geläuterten* Frauenhelden. Blake hat nur Augen für sie.« Blake Carter gehörte zu den fürsorglichsten Ehemännern und Vätern, die Sally je getroffen hatte. Die Tochter der beiden, Francesca, auch *Chessie* genannt, würde bald ein Geschwisterchen bekommen, denn Danica war im achten Monat schwanger und deshalb nicht mit ihnen nach Virginia gekommen.

»Ja, natürlich«, stimmte Gage zu. »Ich wollte damit sagen, dass sie uns nicht verurteilen wird. Sie will, dass wir ein Paar sind.«

»Freunde zusammenbringen zu wollen und zu wissen, dass

die eigenen *Angestellten* verantwortungslos gehandelt haben, sind zwei verschiedene Dinge. Ganz zu schweigen davon, dass sie in ein paar Wochen entbindet und es jetzt nicht gebrauchen kann, dass unser Privatleben möglicherweise die Eröffnung des neuen Gemeindezentrums beeinflussen könnte. Ich würde Berufliches und Privates vorerst gern trennen. Und du weißt, dass Rusty davon keinen Wind bekommen darf. Er würde mir nie wieder vertrauen.«

Wenn sie ihn so sanft und vertrauensvoll ansah, dass sich nicht leugnen ließ, wie nah sie sich standen, konnte er ihr nichts abschlagen.

»Tust du das für mich?«, bat sie. »Behältst du die Hochzeit und die letzte Nacht für dich, bis wir uns über alles klargeworden sind?«

»Jetzt stellst du *Regeln* auf?«, neckte er sie. »Wie schön, dass du deine Rolle als Ehefrau ernst nimmst.«

»Gage!«

»Mach dir keine Sorgen, Liebling. Du kannst so viele Regeln aufstellen, wie du willst. Ich darf meine beste Freundin endlich zu einem Date ausführen.« Er holte ihr Gepäck aus dem Kofferraum und grinste auf dem Weg zum Hotel unaufhörlich.

»Freu dich nicht zu früh«, sagte sie. Endlich kehrte der Schwung in ihre Stimme zurück, den er so liebte. »Ich werde heute nicht mit dir schlafen.«

»Es sei denn, du betrinkst dich.«

Sie verdrehte die Augen. »Das wirst du mir ewig aufs Brot schmieren, nicht wahr?«

»Höchstwahrscheinlich. Sollen wir unser Zimmer stornieren und die Flitterwochensuite buchen?« Das Entsetzen und die Belustigung auf ihrem Gesicht waren unbezahlbar. Zu schade, dass er keine Witze machte.

Zwei

Sally kämmte sich ein letztes Mal die Haare. Das Date mit Gage machte sie so nervös, dass sie wortwörtlich zitterte wie Espenlaub. Er hatte sie bereits am Tiefpunkt gesehen, überwältigt von Trauer, krank im Bett, und vollkommen verschwitzt auf ihren gemeinsamen Wanderungen. Normalerweise machte sie sich keine Gedanken darüber, was sie in seiner Gegenwart anzog, aber heute hatte sie sich dreimal umgezogen, bevor sie sich schließlich für ihre enge Lieblingsjeans und einen hübschen weißen Pullover entschieden hatte. Hoffentlich würde sie sich darin wohl genug fühlen, um die Nervosität zu beruhigen. Die grauen Wildlederstiefel, die ihr bis über die Knie reichten, waren jedoch eine sehr bewusste und peinlich geplante Wahl gewesen. Sally war mit langen Beinen gesegnet, und ihr war aufgefallen, dass Gage seine immer heißer werdenden Blicke nicht abwenden konnte, wenn sie dieses besondere Paar Stiefel trug. Sie wollte nicht zu bereitwillig wirken, konnte jedoch nicht leugnen, dass sie darauf hoffte, unwiderstehlich für ihn zu sein. Das Spitzenhöschen und der dazu passende BH, in denen sie sich sexy fühlen wollte, waren der beste Beweis dafür – auch wenn sie nicht vorhatte, mit ihm ins Bett zu hüpfen.

Sie dachte an Gage, der sich hinter der Verbindungstür in

seinem eigenen Zimmer befand, und die Schmetterlinge in ihrem Bauch flatterten. Während ihrer Reisen buchten sie immer nebeneinanderliegende Zimmer, doch dieses Mal hatte er beim Einchecken auf die Flitterwochensuite gedrängt. *Komm schon, Sally. Lass es uns ernsthaft versuchen.* Sein Flehen und der verführerische Blick hätten sie beinahe einknicken lassen. Allerdings hatte sie auf dem langen Flug von Vegas nach Virginia genug Zeit zum Nachdenken gehabt und einige Bruchstücke der letzten Nacht waren ihr wieder eingefallen. Sie erinnerte sich, mit Gage an der Bar auf das neue Gemeindezentrum angestoßen zu haben und wie sich andere Gäste der Feier angeschlossen hatten. Gage hatte neben ihr gesessen und einen Arm um ihre Schultern gelegt. Das tat er häufig, aber hier, weit weg von zu Hause und mit all den Leuten, die sie wahrscheinlich für ein Pärchen hielten, fühlte es sich anders an. Gut. *Besser als gut.* Es hatte sich großartig angefühlt.

Sich zu betrinken, war keine bewusste Entscheidung gewesen, allerdings war sie seit ihrem achtzehnten Lebensjahr eine verantwortungsvolle Mutter gewesen und es war aufregend, sich endlich mit dem Mann gehen zu lassen, zu dem sie sich schon so lange hingezogen fühlte. Zu Hause ließen ihre Freunde immer wieder Bemerkungen darüber fallen, dass sie zusammenkommen sollten. Doch als Rusty einmal diesen Vorschlag gehört hatte, war er schnaubend abgerauscht, als würde er nicht einmal über die Möglichkeit nachdenken wollen, dass Gage und sie ein Paar sein könnten. Seine Reaktion hatte sich in ihr Gedächtnis eingebrannt und diese Ehe war ein großes Risiko. Wie sollte man so ein Risiko kalkulieren, wenn es um Freundschaft und Liebe ging? Diese Frage war die treibende Kraft für ihre Entscheidung, sich kein Zimmer mit ihrem großen, stattlichen *Ehemann* zu teilen.

Oh Gott. Ich habe einen Ehemann!

Es klopfte und ihr Herz machte einen Satz. Sie starrte die Tür an, als hätte Gage einen Röntgenblick und könnte sehen, wie sie nervös den Pullover glattstrich. Sie war nicht mal sicher, ob dieses Date eine gute Idee war, egal, wie sehr sie es wollte. Sie betrachtete ihre sexy Stiefel. *Ich bin ein wandelnder Widerspruch.* Es machte ihr eine Heidenangst, ihre Freundschaft aufs Spiel zu setzen. Alles hing von ihrer gemeinsamen Zeit hier ab.

Aber kein Druck oder so.

Sie atmete tief ein, um sich zu beruhigen, und stellte ihr Outfit infrage. Hätte sie sich schicker anziehen sollen? Verführerischer? Oder jünger? Sie war drei Jahre älter als Gage, worüber sie normalerweise nicht so viel nachdachte, aber in diesem Augenblick fachte der Gedanke ihre Nervosität erneut an.

»Salbird? Lass mich nicht hängen, Baby«, erklang Gages tiefe Stimme von der anderen Seite.

Sie versuchte erfolglos, ihre Sorgen beiseitezuschieben, und öffnete die Tür. In der dunklen Jeans und dem weißen Hemd war Gage die Verkörperung ihrer Fantasien. Er hatte die obersten Knöpfe offen gelassen, sodass seine Brusthaare zu sehen waren. Seine dichten, dunkelblonden Haare sahen aus, als hätte er sie mit den Fingern gekämmt. Sie liebte diesen zerzausten, sexy Look. Er war nicht rasiert und die Bartstoppeln und die Lederjacke verliehen ihm eine gewisse Härte. Genau wie damals im *No Limitz*, als sie ihn das erste Mal gesehen hatte, beschleunigte sich ihr Herzschlag und ihr Mund wurde trocken. »Heiliger Bimbam«, platzte es aus ihr heraus, bevor sie sich zurückhalten konnte.

Er grinste großspurig, beugte sich vor und küsste ihre Wange. Sein männlicher Duft und seine Bartstoppeln strichen über ihre Haut und entfesselten die Erinnerungen an die Küsse von letzter Nacht, was sie ein wenig aus dem Gleichgewicht brachte.

»Hi, meine Schöne. Die sind für dich.« Er zog eine wunderschöne Glasvase mit einem Strauß roter Rosen hinter dem Rücken hervor.

Sie hatte schon seit einer Ewigkeit keine Blumen mehr bekommen und diese aufmerksame Geste ließ ihr ganz warm werden. »Danke. Sie sind wunderschön. Komm rein. Ich stelle sie schnell auf den Tisch.«

Er folgte ihr ins Zimmer und stand so dicht hinter ihr, dass sie seine Körperwärme spüren konnte.

»Du trägst meine Lieblingsstiefel.« Sein minzfrischer Atem streifte ihre Wange. »Und du riechst unglaublich.«

So, wie ihr Körper bebte, könnte man meinen, er hätte gesagt, dass er sie von oben bis unten ablecken wollte.

»Gage«, sagte sie nervös und drehte sich zu ihm um. Er war ihr so nah. Er legte die Hände auf ihre Taille. Sein eindringlicher Blick schien sich direkt in sie hineinzubohren und sie konnte nicht mehr klar denken. Sie musste sich zusammenreißen, bevor sie noch etwas sagte oder tat, was sie nicht sollte.

Humor war zwar nicht ihre Stärke, aber es war einen Versuch wert. »Bist du bei allen ersten Dates so aufmerksam?«

»Nein«, antwortete er mit einem Hauch von Arroganz, den sie nicht kannte, aber irgendwie mochte. *Sehr.* »Ich bin nur bei dir so aufmerksam.«

Sie konnte nicht aufhören, seinen Mund zu betrachten. Unglaublich, dass sie sich nicht an seine Küsse erinnern konnte. Sie zwang sich, sich von seinem Mund loszureißen. »Du machst mich nervös.«

»Nervös ist gut. So wie ich das sehe, habe ich mehrere Tage, um dich nervös, erregt und glücklich zu machen. Und dir hoffentlich noch viele andere aufregende, neue Gefühle zeigen.«

Er schob ihr eine Strähne hinters Ohr und lächelte sie an, als wäre sie alles, was er je gewollt hatte. »Und ich werde keine Sekunde davon verschwenden.«

Irgendwie schien ein Schalter umgelegt worden zu sein, der ihn von Gage Ryder, dem Freund, in Gage Ryder, den Meisterverführer verwandelte. »Mein letztes erstes Date ist schon eine Ewigkeit her.« *Mehr als zwanzig Jahre.* »Aber bist du nicht etwas aufdringlich?«

»Ja«, antwortete er überheblich.

»Okay, ich wollte nur nachfragen.« Immerhin lag sie nicht falsch.

»Ich glaube nicht, dass ich dich schon mal so gesehen habe. Ich mag es, wenn du nervös bist, Sally. Du siehst aus, als wüsstest du nicht, ob du mich küssen oder weglaufen sollst.«

Sie schob sich an ihm vorbei und nahm ihren Mantel und ihre Tasche. »In Ordnung, Casanova. Verschwinden wir von hier, bevor ...« *Ich die falsche Entscheidung treffe.* »... wir noch spontan explodieren.«

»Soll ich mich zurückhalten?«, fragte er, als sie in den Fahrstuhl stiegen.

Nein. »Ein wenig. Vielleicht.«

Auf dem Weg nach unten schwieg er, obwohl sein heißer Blick weiter auf ihr ruhte. Als sich die Türen öffneten, stand eine umwerfende Rothaarige davor. Sie lächelte Gage flirtend an und musterte ihn langsam von oben bis unten. Er war sehr attraktiv, sportlich und selbstbewusst. Diese Art Mann musste man einfach abchecken. Sally war es im Laufe der Jahre unzählige Male aufgefallen, doch nun wollte sie ihn auf eine Weise für sich wie noch nie zuvor. Sie hob das Kinn und straffte sich. Ein Mauerblümchen würde sie nicht sein.

Gage verschränkte ihre Finger miteinander und küsste ihren

Handrücken, ohne den Blick von ihr abzuwenden. »Bist du sicher, dass du das willst, Salbird?«

Die Rothaarige beobachtete sie, und es dauerte einen Augenblick, bis Sally begriff, dass er sie fragte, ob er sich wirklich zurückhalten sollte. In ihrem Kopf leugnete sie die Wahrheit, doch als sie den Mund öffnete, wollten die Worte nicht kommen. Mehr als ein Kopfschütteln brachte sie nicht zustande.

»Gut.« Er zog sie näher und ging an der Rothaarigen vorbei. »Entschuldigen Sie bitte. Frischverheiratete.«

Omeingott. Was hatte sie getan?

Gage konnte beim Essen an dem kleinen Fenstertisch in einem italienischen Restaurant den Blick nicht von Sally lassen. Er hatte schon so oft mit ihr gegessen, dass es sich anfühlte, als wären sie bereits ein Paar, auch wenn ihr erstes richtiges Date ganz neue, aufregende Gefühle in ihm auslöste. Sally hatte sein Angebot abgelehnt, etwas zu trinken, obwohl er wusste, dass sie einen Drink gebrauchen konnte. Sie spielte mit ihren Haaren und der Serviette und sagte beim Essen kaum etwas.

»Wieso bist du so nervös, Salbird? Ich bin immer noch derselbe wie immer.«

Die Kellnerin brachte die Rechnung, und nachdem er sie beglichen hatte, setzte er sich neben Sally und streckte die Hand aus. Sie hob den Blick, legte ihre zarten Finger auf seine Handfläche und lächelte sexy.

Sie schüttelte den Kopf und ihre Stimme war kaum mehr als ein Flüstern. »Nein, du bist nicht derselbe. Jetzt hast du mich nackt gesehen. Du hast … Wir haben …« Sie presste die Lippen zusammen, drehte den Kopf weg und atmete tief ein.

Trotz seines Verlangens drängte er sie nicht. Stattdessen nahm er sich einen Moment, um sie wirklich zu betrachten. Sally hatte ihm erzählt, dass sie als Teenager spindeldürr und schlaksig gewesen war. In seiner Vorstellung war sie jedoch damals schon genauso schön wie heute Abend, innerlich und äußerlich. Sie gehörte nicht zu den Frauen, die ihre Vorzüge zur Schau stellten, obwohl sie reichlich davon hatte. Ihre weißblonden Haare waren nicht schlaff, wie sie oft behauptete. Sie fielen ihr in sanften Wellen über den Rücken und erinnerten Gage an die großen Rutschen, die er als Kind auf dem Jahrmarkt mit einem Jutesack hinuntergesaust war. Bei einer anderen hätten ihre Haare vielleicht schlicht gewirkt, aber Sally standen sie perfekt, denn sie rahmten ihre hohen Wangenknochen und die vollen Lippen ein, die er unbedingt wieder kosten wollte. Wie schon vorhin im Hotelzimmer spielte sie nervös mit dem Ende einer dieser umwerfenden Locken. Wusste sie, wie sehr ihn seine Wirkung auf sie anmachte?

Sie drehte den Kopf zurück und ihre Blicke trafen sich. Die Luft zwischen ihnen knisterte, die Anziehung wuchs und Sally stockte sichtbar der Atem.

»Es ist furchtbar, dass wir nach so langer Freundschaft im Bett gelandet sind und ich mich nicht daran erinnern kann«, sagte sie. »Ich weiß nicht mal, wie unser erster richtiger Kuss war.«

»Das kann ich ändern.«

Hitze flackerte in ihrem Blick, doch sie setzte schnell eine neutrale Miene auf und lehnte sich zurück. »Gage, es gibt einige Dinge, die du nicht über mich weißt, und da ist auch noch eine Menge, die ich nicht über dich weiß.«

Er glaubte nicht, dass es ein dunkles Geheimnis gab. Nicht bei der Frau, die sich so nach Keksen sehnte wie andere Frauen nach Schokolade, der Mutter, die ihrem Sohn seit ihrer Ankunft bestimmt schon zweimal geschrieben hatte, oder der Kollegin, die mit Sicherheit bereits ihre E-Mails gecheckt und keine Anfrage unbeantwortet gelassen hatte. »Ich habe keine Geheimnisse, Sally, aber bitte, klär mich auf.«

Sie sah über seine Schulter zu den umliegenden Tischen.

»Lass uns spazieren gehen«, schlug er vor und zog sie mit sich auf die Füße. Die Tatsache, dass sie seine *Frau* war, ließ sein Herz höher schlagen. Wie ein Donnerschlag hallten die Worte in seinem Kopf wider – *meine Frau.*

Er half ihr in den Mantel und genoss die Gelegenheit zu zeigen, dass sie zu ihm gehörte. Anschließend zog er ihre Haare unter dem Kragen hervor und ihr dankbares Lächeln war wie Balsam auf seiner Seele.

»Sollen wir?« Er nahm ihre Hand und zwinkerte ihr zu, als sie ihn fragend ansah.

»Das ist seltsam.« Sie hob ihre verschränkten Hände. »Du verhältst dich plötzlich, als wären wir ein Paar, und ich komme immer noch nicht ganz mit.«

»Setz deinen hübschen kleinen Hintern lieber in Bewegung, Liebling. Du willst doch nicht abgehängt werden.«

»Okay, *das* ist der Gage, den ich kenne. Klugscheißer mit einer Prise Flirten, aber das …« Erneut hob sie ihre Hände. »Ich weiß nicht, was ich damit anfangen soll.«

Er zog sie an sich und drückte ihre Hände an seine Brust. »Wie wäre es damit, meine wunderschöne Frau? Ich erinnere mich an ein paar Dinge von letzter Nacht und eines davon ist, dass du ganz genau wusstest, was du mit deinen Händen anfangen willst.«

»Gage!«, flüsterte sie lachend.

»Komm schon, Salbird. Erinnerst du dich wirklich nicht an unsere gemeinsame Nacht? Ich meine, mir ging es anfangs auch so, aber in den letzten zwölf Stunden ist es mir wieder eingefallen. Ich werde nie den Ausdruck in deinen Augen vergessen, als du deine seidigen Beine um meine Taille geschlungen und dich aufgebäumt hast, damit ich die eine Stelle treffe und …«

Sie legte entschlossen eine Hand auf seinen Mund und ihre Wangen färbten sich rot. »Kein Wort mehr.«

Er biss verspielt in ihre Handfläche und sie keuchte. Anschließend legte sie ihre Hand wieder auf seine Brust und er musste unwillkürlich lachen. »Du bist in Sachen Sex nicht so verklemmt.«

»Stimmt, aber ich brauche auch keine detaillierte Beschreibung meiner eigenen sexuellen Erfahrung, vielen Dank.«

»Dann gib zu, dass du dich daran erinnerst, wie es war, in meinen Armen zu liegen«, forderte er sie heraus, denn er würde nicht zulassen, dass sie ihre gemeinsame Nacht leugnete. »Mich zu küssen und dich so von mir lieben zu lassen, wie du es wolltest.«

Sie schluckte schwer und wirkte dabei unschuldig und gleichzeitig sexy. »Ich erinnere mich an einiges. Oder eher das Meiste. Aber gerade schrillen in meinem Kopf die Alarmglocken, und ich weiß nicht, was ich davon halten soll.«

»Das wollen wir hier ja herausfinden«, erinnerte er sie, während sie über den mit Backsteinen gepflasterten Platz im Stadtzentrum schlenderten. Um sie herum standen Gebäude mit kunstvollen Holzschnitzarbeiten über den farbenfrohen Markisen.

»Wir sind hier, um das Gemeindezentrum für die große Eröffnung im März vorzubereiten«, widersprach sie. »Wir haben einen straffen Zeitplan, müssen die Büros einrichten und die Vorstellungsgespräche führen. Wir haben einfach zufällig zwischendurch geheiratet.«

»Oh Mann, das klingt so toll aus deinem Mund.«

»Langsam frage ich mich, ob das nicht von Anfang an dein Plan war.«

»Vertrau mir, Salbird. In meinem Plan hättest du dich nicht so betrunken, dass du dich nicht daran erinnerst, wie ich dich geliebt habe.«

Erneut färbten sich ihre Wangen rot.

»Allerdings muss ich zugeben, dass mir diese Ehe-Sache ziemlich gefällt. Jetzt kannst du nicht mit einem anderen Typen ausgehen.«

»Wir sind nicht *wirklich* verheiratet.«

Er hob ihre Hand und rieb mit dem Daumen über die Markierung an ihrem Finger. »Wie war das?«

»Na schön, sind wir, aber du hast mich nicht gefragt.«

»Bist du dir da sicher?« Er hob eine Braue, denn er war sich ziemlich sicher, doch erst jetzt wurde ihm klar, dass sie es wirklich nicht mehr wusste.

Die Verwirrung stand ihr ins Gesicht geschrieben. »Du erinnerst dich?«

»Und wie. Ich wollte es dir im Flugzeug erzählen, aber du hast mich nicht gelassen. Wir haben uns geküsst, als wir die Bar verlassen haben.« Er führte sie an einigen gusseisernen Tischen vor einem Café vorbei, um ein kleines Beetrondell herum, in dem sich ein Baum noch immer verzweifelt an ein paar letzte Blätter klammerte, und bog hinter einer glänzend schwarzen Straßenlaterne, die mit Stechpalmenzweigen geschmückt war, ab.

»Wohin gehen wir?«, fragte sie, als er sie um eine Ecke führte und gegen eine Hauswand drückte. »Was soll das werden?«

»Ich zeige dir, wie es zu unserer Hochzeit kam.« Er führte ihre Hände auf seine Schultern. »Wir haben genau so dagestanden.« Er drängte sich an sie und Hitze breitete sich in ihm aus, als er seine Lippen hauchzart über ihre gleiten ließ. »Wir haben rumgemacht und uns berührt, ohne darüber nachzudenken, wer uns sehen könnte, weil es in diesem Moment nur uns gab.«

Er küsste ihren Mundwinkel und sie stieß leise hauchend den Atem aus.

»Gott, Salbird«, flüsterte er. Die Wahrheit ließ sich unmöglich zurückhalten. »Ich habe dich schon immer gewollt, aber letzte Nacht warst du so unbekümmert und hingebungsvoll, dass ich dich *verschlingen* wollte. Und jetzt …«

Er schlang die Arme um ihre Taille, drückte sie an sich und küsste sich über ihren Hals zu der Stelle unter ihrem Ohr, die sie letzte Nacht verrückt gemacht hatte. Ihre Atmung beschleunigte sich, sie krallte sich fester an ihn, wiegte die Hüften und brachte ihn um den Verstand. Er zog sich gerade weit genug zurück, um die Lust auf ihrem Gesicht zu sehen. Was sie bei ihm erkannte, stand außer Frage. Er *wusste* es. Für etwas anderes als seine wahren Emotionen gab es keinen Platz.

»Du hast dich nur auf mich konzentriert, Liebling. Ich konnte es genau wie jetzt in deinen Berührungen spüren. Ich konnte es in deinem Kuss schmecken. Letzte Nacht habe ich meine Lippen an dein Ohr gelegt …« Er lehnte seine Wange an ihre. »… und gesagt: ›Ich will dich, Sally. In meinem ganzen Leben habe ich noch nie etwas so gewollt, wie in dir zu sein.‹«

Sie grub die Finger in seine Schultern. Ihre Atmung wurde flacher, doch sie sagte kein Wort.

»Erinnerst du dich daran, Salbird?« Er umfasste ihr Gesicht und sah ihr tief in die Augen. »An irgendetwas davon?«

»Ja«, hauchte sie.

Sie sah ihn an, als wäre er alles für sie. Dieser Blick hatte ihn im Laufe der Jahre vereinnahmt, ihre Verbindung jedes Mal verstärkt und seine Liebe für sie intensiviert. Er versuchte, gegen die berauschenden Emotionen anzukämpfen, die drohten, ihn zu überwältigen, doch es war beinahe aussichtslos. »Erinnerst du dich, was du als Nächstes gesagt hast?«

»Nein, aber jetzt weiß ich wieder, dass ich dich geküsst habe und so gefesselt war, dass ich kaum atmen konnte.«

Und wie gefesselt du warst. Du hast dein Bein um mich geschlungen, und ich bin ziemlich sicher, dass ich Kratzspuren im Nacken habe. Ein Lächeln breitete sich auf seinen Lippen aus. »Daran erinnere ich mich auch.«

»Die Bilder dieser Nacht blitzen immer wieder auf, doch ich kann sie nicht greifen. Manchmal wecken deine Worte eine Ahnung, die mir dann wieder entgleitet, und es fällt mir schwer, die Teile zusammenzusetzen. Habe ich …? Hab ich versucht, an dir *hochzuklettern*?«

Er lachte leise. »Ja. Das war das Heißeste, was ich je erlebt habe.«

»Betrunken benehme ich mich ziemlich daneben, hm?« Sie vergrub das Gesicht an seiner Brust. »Ich bin viel zu alt, um jemanden bespringen zu wollen.«

Lachend drückte er ihr einen Kuss auf den Kopf. »Wenn es nach mir geht, wirst du noch an mir hochklettern, wenn du so alt bist, dass du ein Sprungbrett brauchst.«

Sie lächelte ihn an. »Das ist so unangenehm. Wie der peinliche Weg nach Hause am Morgen danach – den ich nie antreten musste. Aber jetzt ist es mir bei meinem besten Freund passiert, was das Ganze noch schlimmer macht.«

»Nein, Babe. Dadurch wird es besonderer, weil dein bester

Freund dich verdammt heiß findet.«

Sie biss sich auf die Lippe und zog ihre perfekt gezupften Brauen zusammen. »Was habe ich noch gesagt oder getan, das mich immer wieder einholen wird? Ich würde ja um einen Drink bitten, bevor du es mir erzählst, aber ich sollte den Alkohol wohl besser weglassen.«

»Mir ist es lieber, wenn du dafür einen klaren Kopf hast.« Er wusste, dass seine nächsten Worte ein Schock für sie sein würden, doch sie verdiente die Wahrheit. »Nachdem ich gesagt habe, dass ich dich will, hast du mir erzählt, dass du nur mit deinem Ehemann schlafen würdest, weil du im Sommer nach der Highschool mit Rusty schwanger wurdest, bevor du verheiratet warst.«

Sie wurde blass. »Das hab ich dir erzählt?«

Er hielt sie fester. »Ja.«

»Tja, dann muss ich es dir wenigstens nicht heute gestehen. Aber Rusty darf es nie erfahren. Er denkt, dass ich kurz nach meiner Hochzeit mit Dave schwanger wurde. Ich habe ihm so viele Vorträge über Safer Sex gegeben, und die wären bedeutungslos, wenn er die Wahrheit wüsste.«

»Er studiert, Babe. Er weiß, was passiert, wenn man beim Sex nicht aufpasst. Wir haben darüber gesprochen.«

Ihr fielen beinahe die Augen aus dem Kopf. »Du hast mit meinem Sohn über Sex gesprochen?«

»Klar. Du denkst doch nicht, dass ich ihn unvorbereitet aufs College gehen lasse, oder?«

»Keine Ahnung«, sagte sie. »Ich habe mit ihm darüber geredet.«

»Es macht einen gewaltigen Unterschied, ob Mom dir sagt, dass man ein Kondom benutzt, oder ob du es von einem Typ hörst.« Er hielt inne und fügte dann hinzu: »Ich habe ihm ein paar Tipps gegeben, was er tun kann, wenn er fürchtet, Samenstau zu bekommen, weil das Mädchen nicht weitergehen will.«

»Ernsthaft? Das hast du ihm gesagt?«

»Ja. Natürlich.«

»Was meinst du mit *natürlich*? Es unterhält sich nicht jeden Tag jemand mit meinem Sohn über Sex. Lass mich jetzt nicht hängen. Wie gehen Männer denn mit so einer Situation um?«

»Kommt auf den Typ an. Auf dem College kann man sich ja nicht immer einen runterholen, weil man Mitbewohner hat oder so.« Er wartete kurz, ob sie ihn zurechtweisen würde, weil er *runterholen* gesagt hatte, doch auf ihrem Gesicht war nur Neugier zu erkennen. Offensichtlich wollte sie die Antwort wissen. »Ich hab ihm gesagt, dass er einen Eisbeutel im Gefrierschrank aufbewahren soll, den er sich auf Brust oder Bauch legen kann, wenn ein heißes Date nicht so endet, wie sein Körper sich das erhofft hat. Dadurch kann sich sein Hirn auf etwas anderes konzentrieren und ihn abkühlen.«

Schalk funkelte in ihren Augen. »Ich werde auf jeden Fall einen Blick in deinen Gefrierschrank werfen, wenn wir nach Hause kommen. Das ist dir doch klar, oder?«

»Babe, ich verbringe schon so lange Zeit mit dir, dass ich praktisch im Gefrierschrank lebe.«

Sie lachte und es war wunderbar. Ihr Lachen war so *echt*, etwas laut und atemlos, was es noch attraktiver machte. Und im Bett war es sofort zu einem seiner unanständigen Lieblingsgeräusche geworden, das er gern für die nächsten hundert Jahre hören wollte.

»Prima. Jetzt bin ich nicht nur eine Frau, deren sexuelle Erfahrung sich auf einen einzigen Mann beschränkt, sondern habe auch noch für Samenstau gesorgt.«

Er biss die Zähne zusammen. »Sally?«

»Hm?«

»Sag so was nicht. Das ist urkomisch.«

»Was denn?« Sie hielt inne und riss die Augen auf. »Du bist so ein Kindskopf.«

»Und?«

Sie verdrehte die Augen. Hervorragend, sie wurde lockerer.

»War das eines der Dinge, die ich nicht über dich wusste? Dass du vor der Ehe schwanger wurdest und deshalb nie wieder unverheiratet mit einem Mann schlafen würdest? Ich finde das nämlich sehr anständig und es erklärt eine Menge.«

»Mhm. Ziemlich peinlich trifft es eher.« Sie ließ ein wenig den Kopf hängen. »Was habe ich dir noch erzählt?«

Er legte einen Finger unter ihr Kinn, damit sie keine andere Wahl hatte, als ihn anzusehen. »Vielleicht ist es wichtiger, was ich als Nächstes getan habe.«

Sie drückte die Hände auf seine Brust. »Ich bin nicht sicher, ob ich es hören will.«

»Warum?«

Sie krallte sich in sein Hemd. »Weil du jetzt weißt, dass ich bis gestern mit niemandem mehr geschlafen habe, seit Dave gestorben ist, und es auch nur ihn gab. Wahrscheinlich war ich im Bett grottenschlecht, und wer weiß, was ich dir in meinem betrunkenen Zustand noch alles offenbart habe.«

»Du warst nicht grottenschlecht. Glaub mir, sonst wäre mir die Nacht nicht so in Erinnerung geblieben.«

»Du weißt wirklich, wie du mich um den Finger wickelst,« flüsterte sie. »War ich deshalb so schamlos?«

Das erregte Funkeln in ihren Augen weckte in ihm den Wunsch, sie noch weiter einzuwickeln. »Du warst alles andere als schamlos. Du hast endlich dem nachgegeben, was wir beide wollten. Das ist klug, nicht schamlos.«

»Oh, bitte! Ich war sturzbetrunken. Wahrscheinlich habe ich alles Mögliche getan.«

»Offensichtlich hat mich nichts davon abgeschreckt. Setz das, was wir getan haben, nicht herab, Sally. Dann waren wir eben betrunken, na und? Jetzt bin ich es nicht und ich will dich noch mehr als gestern.«

»Gage …«

»Komm mir nicht damit. Hör mir zu, Vögelchen. Du hast behauptet, ich hätte dich nicht gefragt, ob du mich heiraten willst, aber das stimmt nicht.«

Überraschung schimmerte in ihren wunderschönen Augen, und es schmerzte, dass sie sich nicht erinnerte. »Als du mir erzählt hast, dass du keinen außerehelichen Sex haben würdest, habe ich nicht gezögert. Ich bin sofort vor dir auf die Knie gegangen.« Er sank auf ein Knie. »Und ich habe deine Hand genommen.« Er umfasste ihre Hand. »Und habe gesagt: ›Sally Tuft, ich bin schon seit einer gefühlten Ewigkeit in dich vernarrt. Heirate mich und lass mich dich für den Rest unseres Lebens lieben.‹«

Sie kniete sich vor ihn. »Woher weißt du, dass du das gesagt hast? Erinnerst du dich, so etwas Wunderschönes zu mir gesagt zu haben?«

»An das Meiste davon, ja. Aber ich muss nicht lange überlegen, um zu wissen, was ich schon seit Danicas und Kaylies Doppelhochzeit sagen will.«

»Seit …« Sie verstummte, als ein Pärchen um die Ecke kam und flüsternd an ihnen vorbeiging. »Das ist sehr lange her«, fuhr sie ungläubig fort. »Was habe ich gesagt? Also letzte Nacht.«

Nun war er derjenige, der den Blick abwandte. Ihre Antwort hatte nur aus sechs Wörtern bestanden, doch die würde er nie vergessen: *Warum hast du so lange gebraucht?* Allerdings wollte er sie erst wieder hören, wenn Sally sie nüchtern aussprach und sie auch etwas bedeuteten.

»Gage …?«

»Ich erinnere mich nicht genau. In der einen Sekunde war ich auf den Knien, und dann saßen wir schon in einem Taxi, um zu heiraten.« Er sah sie an und seine erste und einzige Lüge ihr gegenüber hinterließ einen schalen Geschmack in seinem Mund. Und er schwor sich, sie nie wieder anzulügen.

Drei

Gage nahm Sallys Hand, als sie die Straße überquerten, um einen Weg durch den Park zu nehmen. Sie gewöhnte sich an seine besitzergreifende Seite, war jedoch noch immer überwältigt, dass er ihr einen Antrag gemacht hatte. Selbst betrunken war er noch ein Gentleman. Angesichts dessen, wie er sie immer behandelte, war das keine Überraschung, doch heute Abend überraschte sie alles, was er tat und sagte.

»Vögelchen?«, fragte er und sein Tonfall ließ vermuten, dass sie abgedriftet war und etwas verpasst hatte.

»Entschuldige.« Sie schüttelte den Kopf, um wieder einen klaren Gedanken zu fassen. »Gage, warum nennst du mich Vögelchen?«

Er ließ ihre Hand los, um stattdessen einen Arm um sie zu legen und sie fest an seine Seite zu ziehen. Das tat er immer, wenn es draußen kalt war und sie spazieren gingen, oder wenn sie auf einer Party waren. *Oder überhaupt irgendwo.* Vielleicht hatte er recht. Vielleicht waren sie schon seit Jahren zusammen gewesen.

»Siehst du, wie gut du hier hineinpasst?«

»Jeder würde da reinpassen. Du bist riesig und hast lange Arme.« Doch ihr war bewusst, dass nicht jeder so zusammenpasste wie sie beide. Sie erinnerte sich daran, wie er sie das erste Mal so gehalten hatte. Es war nach einem Abendessen mit Freunden, und auf dem Weg zum Auto hatte er einen Arm um sie gelegt, als wäre das vollkommen natürlich. Sie hatte es nicht hinterfragt, sondern sich sogar gewünscht, er würde es öfter tun. Und dann hatte er es immer und immer wieder getan.

»Ich sag das nur ungern, Babe, aber du liegst falsch. Ich war mit anderen Frauen zusammen, und nicht eine von ihnen passte so wie du.« Er drückte sie fester und küsste ihren Kopf. »Du schmiegst dich immer an mich, wenn wir uns einen Film ansehen oder zu Konzerten gehen. Erzähl mir nicht, dass du nicht auch spürst, wie mein Körper zu deinem sicheren Hafen wird, sobald wir ausgehen.«

Gage duckte sich unter einem tiefhängenden Ast hindurch, und sie folgte seinem Beispiel, obwohl sie genügend Platz hatte.

»Das mache ich nicht *immer*«, flunkerte sie, doch es klang wie ein Witz.

»Womit auch immer du dich besser fühlst, kleines Vögelchen. Egal, zurück zu der Frage, warum ich dich *Vögelchen* nenne. Es liegt an deiner Art. Auf der Arbeit gehst du entschlossen eine Aufgabe nach der anderen an. Selbst wenn du nur durch den Raum gehst, um etwas aus dem Aktenschrank zu holen, scheinst du auf einer Mission zu sein. Und wenn Rusty da ist, schlägst du immer mit den Flügeln wie eine Henne im Nest, achtest jedoch darauf, dein Junges nicht zu erdrücken. Als würdest du ihn in die Arme nehmen und nie wieder loslassen wollen, obwohl er jetzt ein eins fünfundachtzig großer junger Mann ist, und du nicht sicher bist, wann es in Ordnung ist, seine Mom zu sein, oder wie du es zeigen sollst.«

Er fuhr sich mit einer Hand durch die Haare und hielt inne, damit sie seine Beobachtungen verarbeiten konnte. Wie war es möglich, dass ihm nichts entging? Selbst über ihr Bemuttern ihres Sohnes wusste er Bescheid.

»Diese Dinge liebe ich an dir. Und obwohl du eine der stärksten Frauen bist, die ich kenne, ist da diese unterschwellige Verletzlichkeit, wegen der ich dich so halten und beschützen will.« Er umfasste sie fester. »Du bist mein kleines Vögelchen. Und es ist noch mehr als das. Manchmal siehst du Rusty an, und ich weiß, dass du Dave in ihm erkennst, weil diese Sehnsucht in deinen Augen unmöglich etwas anderes bedeuten kann.«

Schuldgefühle erfassten sie. Es gab diese Momente, doch dann waren da auch die schwereren Augenblicke, wenn sie sich an den Schmerz erinnerte, als sie von Chase erfahren hatte.

»Es tut mir leid. Ich bin zwar darüber hinweg, aber manchmal tut es noch weh.«

»Entschuldige dich niemals dafür, den Mann zu vermissen, den du so lange geliebt hast, Sally. Das ist nicht der Grund, weshalb ich dir das erzähle. Du wolltest wissen, warum ich dich Vögelchen nenne, und es liegt an all diesen Dingen. Wenn du leidest, suchst du normalerweise nach mir oder rutschst näher, als müsstest du dich vergewissern, dass ich da bin. Ich will dir nicht wegnehmen, was du mit Dave hattest. Ich möchte, dass du alles fühlst, was du musst oder willst, und ich will der Mann sein, an den du dich in diesen Momenten wendest. An den du dich immer wendest. Allerdings steckt hinter dem Spitznamen noch mehr.«

Ihr Herz schlug so schnell, dass sie sich noch etwas enger an ihn schmiegte. »Was denn?« Sie folgten dem Pfad um den Park herum, und sie wollte nicht, dass ihre gemeinsame Zeit endete. Sie wollte erfahren, wie er zu allem stand.

»Vielleicht liege ich damit total falsch, aber auch, wenn du nie über einen Umzug sprichst, habe ich das Gefühl, dass du jederzeit deine wunderschönen Flügel ausbreiten könntest, um einen Traum oder was weiß ich zu verfolgen. Manchmal ist da dieser Ausdruck in deinen Augen, der mir verrät, dass du gern mehr sehen und erleben würdest. Wie ich schon sagte, vielleicht schätze ich dich nicht richtig ein, aber so fühlt es sich für mich an. Für mich bist du ein wunderschöner, starker Vogel, der gern seine Flügel ausbreiten würde, sich aber auch nach Sicherheit und Behaglichkeit sehnt.«

Seine stechend blauen Augen schienen direkt in ihr Herz zu blicken. Es war beinahe erschreckend, wie gut er sie kannte. Sallys Vater war international als Investor tätig gewesen und sie waren während ihrer Kindheit ständig umhergereist. Nach der Highschool hatte sie im Ausland studieren, während der Ferien reisen und möglichst viel von der Welt sehen wollen, bevor sie sesshaft wurde. Während ihres letzten Highschooljahres hatte sie Dave auf einer Skipiste kennengelernt und sie waren zusammengekommen. Im Sommer nach dem Abschluss hatte sie auf einem Familienurlaub festgestellt, dass sie schwanger war. Das hatte zu einer Kluft zwischen ihr und ihren Eltern geführt. Dave war ein paar Jahre älter als Sally und kurz davor gewesen, sein Ski- und Sportausstattungsgeschäft mit Blake Carter zu eröffnen. Dave und sie hatten sich in Allure niedergelassen, standesamtlich geheiratet und ihre Eltern hatten während der Schwangerschaft kaum mit ihr gesprochen. Doch nachdem Rusty geboren worden war und sie ihren Enkel zum ersten Mal gesehen hatten, hatten sie eingelenkt und konnten ihre Beziehung kitten. Obwohl ihre Eltern weiter viel gereist waren und sie sich nur ein- oder zweimal im Jahr gesehen hatten, konnte sich Sally auf Rusty konzentrieren und in Teilzeit aufs College gehen, nachdem sie die Beziehung zu ihren Eltern wieder begradigt hatte. Ihr Terminkalender war immer voll gewesen, doch sie hatte ein erfülltes Leben geführt. Leider waren ihre Reisepläne zwischen Familie, Uni und dem Laden untergegangen, doch das Fernweh war nie verschwunden.

»Ich weiß nicht, was ich sagen soll«, gestand sie. »Dir sind Dinge aufgefallen, die noch nie zuvor jemand bemerkt hat.« *Nicht einmal Dave.*

»Du musst nichts sagen«, antwortete er. Sie erreichten eine Bank am Ende des Weges, direkt gegenüber vom Hotel, auf die sie sich setzten, und Gage zog sie an seine Seite. »Du weißt, was ich empfinde, und jetzt auch, warum ich dich Vögelchen nenne. Kann ich noch andere Mysterien für dich aufklären?«

»Ja.« Wenn sie schon alle Karten auf den Tisch legten, wollte sie die Fragen stellen, die sie immer zurückgehalten hatte. Nicht die offensichtlichen Fragen – *Warum bist du noch Single?* oder *Warum ausgerechnet ich?* –, denn sie war schon einmal verliebt gewesen und wusste, dass das Herz seinen eigenen Weg ging. Die Verbindung zwischen Gage und ihr war so stark, dass sie sich nicht leugnen ließ, und sie hatte jetzt keine Ahnung mehr, wie sie es so lange hatten aushalten können. So oft dachte sie an ihn, und spät nachts fragte sie sich manchmal, was wohl passiert wäre, wenn sie Gage kennengelernt hätte, als Dave noch am Leben war. Solche Gedanken konnten sie wahnsinnig machen, deshalb schob sie sie augenblicklich weg. Hin und wieder war es besser, nichts zu wissen, anstatt alle Antworten zu haben.

»Du hast mir erzählt, dass du nach Allure gekommen bist, um einer ungesunden Beziehung zu entkommen, hast aber keine Einzelheiten verraten.«

»Du hast nie gefragt.« In seiner Stimme lag ein Hauch von Anspannung. Er lehnte sich zurück und schien sie zum ersten

Mal an diesem Abend loszulassen.

Sie hatte einen Nerv getroffen und wollte seine Arme wieder um sich spüren. Wenn es eine Sache gab, der sie sich in der Beziehung zu Gage sicher war, dann, dass sie sich jedes Mal näher kamen, wenn sie über die wirklich wichtigen Dinge sprachen. Und in diesem Augenblick wollte sie das auch.

»Ich frage jetzt«, sagte sie sanft. »Immerhin sind wir verheiratet, und ich sollte so viel wie möglich über meinen Ehemann wissen.«

»Ach, *jetzt* bekennst du dich zu unserer Ehe?« Die Anspannung löste sich ein wenig.

»Ich nutze sie nur zu meinem Vorteil. Du kennst doch meine vogelartigen Eigenschaften. Es ist nur fair, dass du mir auch etwas Privates anvertraust.«

»Das ist ein gutes Argument.« Er stützte die Unterarme auf den Oberschenkeln ab und blickte Richtung Straße.

»Es muss etwas ziemlich Schlimmes passiert sein, wenn du Washington State verlassen, deinen Job aufgegeben und noch mal neu angefangen hast.«

Gage hatte seit Jahren nicht an Stacy Manerton gedacht, und sie war auch die letzte Person, an die er gerade einen Gedanken verschwenden wollte. »Es ist keine große Sache. Ich war lange mit einer Frau zusammen, doch letztendlich wollten wir unterschiedliche Dinge.«

»Aber warum der Umzug? Hat sie sich in eine verrückte Stalkerin verwandelt?« Sie stieß ihn mit der Schulter an. »Oder warst du der besitzergreifende Freund, der sie nicht gehen lassen wollte?«

Er schüttelte den Kopf. »Keine verrückten Stalker. Ich brauchte einfach einen Neuanfang.«

»Du glaubst doch nicht, dass ich dir das abkaufe, oder? Männer brauchen nie einen Neuanfang. Komm schon. Du hast mich nackt gesehen. Du schuldest mir die Wahrheit.«

»Hör sich nur einer meine Frau an, die hier ihre Regeln aufstellt. Du hast *mich* nackt gesehen.« Er richtete sich auf, legte die Lippen an ihr Ohr und fuhr fort: »Was schuldest du mir?«

Sie drehte den Kopf, sodass ihre Lippen nur wenige Millimeter voneinander entfernt waren. Die Elektrizität pulsierte wie ein Herzschlag zwischen ihnen.

»Du versuchst, mich abzulenken.« Ihre Augen glühten förmlich.

»Funktioniert es?«

»Vielleicht.«

Er hauchte ihr einen Kuss auf die Wange und ihr Atem geriet ins Stocken. Oh Mann, er liebte diese Reaktion. »Wie wäre es, wenn ich dieses Vielleicht in ein Ja verwandle?« Er ging davon aus, dass sie Abstand zwischen sie bringen würde, doch als das nicht passierte, verschränkte er ihre Finger miteinander.

»Du willst wirklich nicht darüber reden, hm?«

Er schüttelte den Kopf. »Mir ist gerade nicht nach reden.«

»Ich werde heute nicht mit dir schlafen, falls du daran denkst.«

»Wen willst du denn überzeugen?« Erneut berührte er mit den Lippen ihre Wange und genoss die Wärme ihrer Haut. »Mich oder dich?«

Sie schwieg eine Weile, wandte sich jedoch nicht ab, als würde sie überlegen, wie sie antworten sollte. Die Hitze in ihren Augen kühlte sich ab, wenn auch nur einen Hauch, doch es reichte, um ihm zu vermitteln, dass sie sich von ihm nicht verführen lassen würde.

Noch nicht.

»Es tut mir leid, Gage«, sagte sie leise, aber vermutlich meinte sie damit nicht, dass sie ihn nicht küsste. »Sie muss dich wirklich verletzt haben, wenn du es so tief in dir vergraben hast, dass du nicht darüber sprechen willst.«

Es dauerte einen Moment, bis er vom Küssen wieder ins Hier und Jetzt zurückkam. Nun stand es nicht mehr zur Debatte, die Wahrheit vor Sally zu verbergen. »Könnte man so sagen.«

Sie hob ihre verschränkten Hände, wie er es vorhin getan hatte, und küsste seine Fingerknöchel. »Ich habe zwei gesunde Ohren, falls du es dir von der Seele reden willst.«

Unwillkürlich musste er lächeln. »Habe ich das nicht vor ein paar Jahren zu dir gesagt, als ich dich nach der Arbeit weinend auf dem Parkplatz gefunden habe?« Noch ein Abend, den er niemals vergessen würde. Es war der Anfang ihrer innigen Freundschaft gewesen. Der Abend, an dem er sie zum ersten Mal umarmt hatte. Der Abend, an dem sie zwei Stunden lang spazieren gegangen und schließlich wie jetzt auf einer Parkbank gelandet waren, wo sie sich bis in die frühen Morgenstunden unterhalten hatten. Sie hatte sich mit Rusty gestritten und war überzeugt gewesen, ihrem Sohn nicht gerecht zu werden, weil sie nicht Vater und Mutter für ihn sein konnte. *Du musst Rusty den Vater nicht ersetzen. Du musst nur stark genug für ihn sein, um ihn bei seinen Kämpfen mit deiner Liebe zu unterstützen*, hatte er ihr gesagt.

»Wenn du damit den Abend meinst, an dem du die Türen geöffnet hast, die ich seitdem nicht mehr schließen konnte – oder wollte –, dann ja.« Sie drehte sich zu ihm. »Ich weiß, dass du dich gern für unzerstörbar hältst. Ich habe dich oft genug mit deiner Familie gesehen, um zu wissen, dass es dir in Fleisch und Blut übergangen ist, eine Stütze zu sein. Aber niemand ist unverwundbar. Du warst so oft für mich da. Lass mich den Gefallen nur dieses eine Mal erwidern.«

»Es ist keine große Sache.« Er betrachtete die vorbeifahrenden Autos.

Sie beugte sich näher zu ihm. »Mach mir doch nichts vor.«

Ein Übelkeit erregendes Gefühl breitete sich in seinem Bauch aus und er biss die Zähne zusammen. Er sollte es wohl einfach hinter sich bringen. »Ihr Name war Stacy. Sie war Kraft- und Konditionstrainerin und hatte ihre eigene Firma, mit der sie Sportveranstaltungen auf der ganzen Welt organisiert hat. Sie kam an die Schule, an der ich unterrichtet habe, um uns beim Sommerprogramm zu helfen, und wir sind miteinander ausgegangen. Wir waren etwa zwei Jahre zusammen.«

»Das ist lange. Es muss etwas Ernstes gewesen sein.«

»Das dachte ich.«

Sally musterte ihn. »Du hast sie geliebt«, bemerkte sie vorsichtig.

Gage nickte. »Das dachte ich, aber jetzt weiß ich, dass ich in meine Vorstellung von ihr verliebt war. Oder vielleicht in die Person, die sie sein sollte. Ich kann etwas aufdringlich sein.«

»So würde ich es nicht nennen. Du machst einfach nichts halbherzig. Weder bei den Kids im Zentrum noch beim Zentrum selbst gibst du nur fünfzig Prozent. Du setzt dir Ziele, erreichst sie und hilfst anderen, es ebenfalls zu tun. So bist du eben und dein Herz kennt nur diesen Weg. Bei mir bist du auch so. Du bist übertrieben loyal, auch wenn es bedeutet, jahrelang zu warten, ohne wirklich zu wissen, wie es sich am Ende entwickelt. Denn woher sollen wir es wissen? Wir waren als

Freunde lange zusammen, aber das hier?« Sie hob ihre verschränkten Hände. »Das ist eine ganz neue Welt voller Komplexität, und dabei ist es unser geringstes Problem, wie wir als Paar funktionieren. Da ist auch noch deine Beziehung zu Rusty und was wir beide zukünftig von unserem Leben erwarten.«

»Da fingen die Probleme mit Stacy an«, gestand er. »Ihr Mietvertrag lief aus und wir wollten zusammenziehen. Wir haben über eine gemeinsame Zukunft und sogar Familie gesprochen. Das komplette Programm. Ich dachte, sie wäre die Richtige für mich, und habe es nie infrage gestellt. In der Woche bevor sie bei mir einziehen sollte, hat sie mich gebeten, sie zum Mittagessen zu treffen, und als ich ankam, war ihr Auto gepackt und sie wollte die Stadt verlassen.«

»War es zu viel für sie?«, fragte Sally. »Manchmal muss man erst plötzlich verheiratet sein, um sich klar zu werden, weißt du?«

»Es hatte wohl eher damit zu tun, dass sie plötzlich schwanger war.«

»Oh, Gage«, sagte sie behutsam. »Du hast ein Kind? Aber ich habe dich nie mit …«

»Nein, Sally. Ich habe keins.« Sein Magen krampfte sich zusammen. Es war eine Erinnerung an das, was einmal blinde Wut und Schmerz gewesen war. »Sie hat erfahren, dass sie schwanger war, und die Abtreibung durchgezogen, ohne vorher mit mir darüber zu sprechen.«

Sally rutschte näher und drückte ihre Hände an ihre Brust. »Das ist schrecklich. Es tut mir so leid.«

»Damals war das ein ziemlicher Schlag.« Das war noch milde ausgedrückt. »Wenn wir über die Schwangerschaft gesprochen und die Entscheidung gemeinsam getroffen hätten, wäre es vielleicht einfacher zu ertragen gewesen. Wer weiß. Aber ich kenne mich. Ich hätte sie gebeten, das Baby auszutragen und es mich allein großziehen zu lassen. Sie war ein Freigeist, der wie viele Vierundzwanzigjährige alles ausprobieren und überall hinreisen wollte. Ich war neunundzwanzig, als wir uns getrennt haben und bereit, eine Familie zu gründen. Möglicherweise war ich schon immer der Typ, der ein festes Zuhause will. Das haben meine Geschwister immer gesagt. Vermutlich kennen sie mich besser als ich mich selbst.«

Gages älterer Bruder Duke war ihm in Sachen Beziehungen wohl am ähnlichsten. Außerdem hatte er noch drei jüngere Brüder: Blue, ein Bauunternehmer, Cash, ein Feuerwehrmann, und Jake, der als Bergungs- und Rettungsspezialist arbeitete. Seine jüngere Schwester Trish war Schauspielerin. Sie und ihr Ehemann, der Rockstar Boone Stryker, waren beide für einen Oscar in ihrem gemeinsamen Film nominiert. Die gesamte Familie stand sich sehr nahe, doch er hatte nur Duke und seinem Vater erzählt, was mit Stacy passiert war. Er wollte es nicht immer wieder durchmachen müssen.

»Ich glaube, du kennst dich selbst ziemlich gut«, sagte sie. »Du hast mir mal erzählt, dass du noch nie der Typ für One-Night-Stands warst.«

»Stimmt, obwohl ich auf dem College durchaus meinen Spaß hatte. Aber ich glaube nicht, dass das die Art Freiheit war, die Stacy wollte. Ich denke, es ging eher darum, ihre Sachen packen und spontan verreisen zu können. An dem Nachmittag ist sie zu einem fünfmonatigen Projekt nach Hawaii aufgebrochen.«

»Wenn sie weggezogen ist, warum bist du dann gegangen? Um sie nicht sehen zu müssen, wenn sie wieder in der Stadt gewesen wäre?«

Er stand auf, zog Sally mit sich und hielt ihre Hand, während sie über die Straße zum Hotel gingen. »Ich bin erst ein Jahr später umgezogen, als sie nach Washington zurückgekommen ist. Schwanger und verheiratet.«

»Oh, Gage. Das ist …«

»Es ist Schnee von gestern, mehr nicht«, sagte er entschlossen. »Ich kann nicht ändern, wer sie war oder was sie getan hat, und ich würde das gern hinter uns lassen. Danke fürs Zuhören. Jetzt fühle ich mich tatsächlich besser. Ich habe das lange Zeit in mich hineingefressen.«

Er hielt ihr die Tür auf und sie gesellten sich zu den anderen Gästen am Fahrstuhl. Gage hielt Sally von hinten fest, und als sie ausstiegen, nahm er erneut ihre Hand. Das Unbehagen beim Essen schien verpufft zu sein, doch je näher sie ihrem Zimmer kamen, desto angespannter wurde sie.

»Ich bin froh, dass du es mir erzählt hast«, sagte sie. »Es beantwortet einige Fragen.«

Am Zimmer angekommen nahm er sie in die Arme. Er wollte sie reinbringen und ihr zeigen, wie richtig das mit ihnen war. Doch so sehr er auch den nächsten Schritt machen wollte, wusste er, dass Sally noch Zeit brauchte, um sich an ihre neue Beziehung zu gewöhnen. »Kannst du mir dann eine Frage beantworten?«

»Sicher, aber wenn du mich so ansiehst, fällt mir das Denken schwer.«

Verdammt, das gefiel ihm. Im Bruchteil einer Sekunde warf er alle Bedenken über Bord, schob seine Bitte um einen Gutenacht-Kuss beiseite und sagte: »Dann lass uns doch mal sehen, was das mit dir macht.«

Er ließ seine Lippen über ihre gleiten und spürte ihr Zittern. »Ich kann nicht zulassen, dass du unseren ersten *richtigen* Kuss vergisst«, flüsterte er.

Er strich mit der Zunge über ihre Lippen. Der feuchte Glanz war verlockend. Dann küsste er ihren Mundwinkel, denn er wollte die Vorfreude auf den eigentlichen Kuss auskosten.

»Ich will, dass du dich an meine Arme um dich erinnerst«, fuhr er fort.

Er küsste ihre Wange, und sie öffnete die Lippen, obwohl sie kaum atmete. Ihre Münder waren nur wenige Millimeter voneinander entfernt, als er die Finger in ihre seidigen Haare schob und sich an der Röte auf ihrer Haut erfreute. Die Hitze zwischen ihnen glich einem Ofen.

»Ich will, dass du dich an meine Hände in deinen Haaren und das wachsende Verlangen in dir erinnerst. Wenn du nachher ins Bett gehst, will ich, dass du dich an den Ausdruck in meinen Augen erinnerst. Und du sollst nicht vergessen, wie sich mein Mund nach fünf Jahren voller Verlangen auf dir anfühlt, wenn ich dich endlich nüchtern kosten darf.«

»Ja«, hauchte sie flehend.

Er zog ihren Kopf näher, neigte ihn leicht und spürte ihren warmen Atem auf seinen Lippen. Ihr rasender Herzschlag war deutlich zu spüren, als sie ihn zu sich nach unten zog. *Genau so, Baby. Nimm dir, was du willst.* Ihre Lippen waren weich und warm und so unglaublich perfekt, dass er stöhnte. Er versuchte, es langsam angehen zu lassen, sie sanft zu küssen und den Moment auszukosten, doch die Lust in ihm ließ sich nicht aufhalten. Er riss sie an sich und entlockte ihr damit das erotischste Stöhnen, das er je gehört hatte. Er krallte sich in ihre Haare und zog ihren Kopf zurück, sodass er sie mehr vereinnahmen konnte. Mit der anderen Hand glitt er über ihren Rücken und packte ihren Hintern. Sie wölbte sich ihm entgegen, klammerte sich an seinen Nacken und untermalte ihren Kuss mit sinnlichen Lauten. *Unglaublich.*

Wie sollte er jemals aufhören, sie zu küssen? Das war so viel mehr als nur ein denkwürdiger erster Kuss. Es war eine Ganzkörpererfahrung, die von seinem Herzen gesteuert wurde und die Frau, die er vergötterte, in seine Seele eindringen ließ. Er löste sich unter ihrem warmen Mund auf und wurde von ihrem üppigen Körper vereinnahmt. Sie kratzte über seinen Nacken und intensivierte damit alle Empfindungen. Er spürte jede Berührung und jeden Atemzug noch deutlicher.

Wenn er jetzt nicht aufhörte, würde er sich nur schwer davon abhalten können, sich *alles* zu nehmen, was er wollte. Gezwungenermaßen löste er sich von ihr und vermisste augenblicklich ihren Geschmack und ihre vollen Lippen. Seine Augen waren noch geschlossen, als sie gierig wimmerte. *Verdammt.* Wie sollte er dem widerstehen?

Eine Kostprobe brauchte er noch. Dieses Mal schlug er ein langsameres Tempo an, küsste sie eindringlicher und prägte sich das Gefühl an seinen Lippen ein. Am Ende waren sie beide atemlos. Er brauchte noch mehr, küsste ihre Wange, ihren Hals und zog eine Spur bis zu ihrem Ohr.

»Was denkst du, Salbird? Vorherbestimmt oder ein Fehler?«

Sie bebte am ganzen Körper. Er zog sich zurück und blickte in ihre von Lust erfüllten Augen. Sie schluckte schwer, leckte sich über die Lippen, und er sah ihr an, dass sie Mühe hatte, Worte zu finden. Oh Mann, auch diesen Anblick wollte er sich einprägen.

»Kein Fehler.« Die Worte schlüpften ihr wie ein Geheimnis über die Lippen.

Sie spreizte die Finger auf seiner Brust. Eine stumme Botschaft. Sie brauchte Abstand. Sie musste diesen Kuss verarbeiten.

»Okay, Salbird.« Er zog die Schlüsselkarte durch das Lesegerät und folgte ihr hinein.

»Gage, ich bin nicht bereit …«

Er erstickte ihre Worte mit einem weiteren Kuss. Gott, was würde er dafür geben, sie unter sich zu haben und jeden Zentimeter ihres Körpers zu lieben.

»Ich weiß, Salbird. Mein Eisbeutel erwartet mich.« Er ging zur Verbindungstür, warf ihr einen Luftkuss zu und beantwortete die unausgesprochene Frage in ihrem Blick. »Ich lasse meine Seite immer unverschlossen. Nur für den Fall, dass du mich *brauchst*.«

<h1 style="text-align:center">Vier</h1>

Sally verlor sich die halbe Nacht in dunklen, sinnlichen Träumen, in denen Gage die Hauptrolle spielte, bis sie schließlich feucht und erregt aufwachte. Wie sehr wünschte sie sich, er wäre durch die Verbindungstür gekommen, weil er sich einfach nicht von ihr fernhalten konnte. Doch die Tür blieb bis zum Morgen geschlossen, als er sie bat, mit ihm zu frühstücken. Wenn sie unterwegs waren, frühstückten sie immer gemeinsam, doch dieses Mal war es eine Qual, ihm gegenüberzusitzen. Sie konnte nicht aufhören, an ihren Kuss zu denken. Und da Gage nun mal Gage war, nutzte er jede Gelegenheit, um ihre Hand zu nehmen oder ihr mit jeder Geste deutlich zu machen: *Ich will in dir sein.* Als sie schließlich am neuen Jugendzentrum ankamen, summte alles in ihr. Sie musste sich mit der Einrichtung der Büros ablenken, um sich nicht auf ihn zu stürzen.

Der erste Lieferwagen würde erst in über einer Stunde ankommen, sodass sie genügend Zeit hatte, um nicht nur darüber nachzudenken, was sie mit ihm machen wollte, sondern sich auch vorzustellen, wie er all die schmutzigen Dinge aus ihrem Traum in die Realität umsetzte. Der restliche Vormittag war mit durcheinandergebrachten Möbelbestellungen und fehlenden Produkten gespickt. Das genügte fast, um sie von ihren lüsternen Gedanken abzulenken.

Gerade telefonierte sie mit Danica, um ihr von den aufgetretenen Problemen zu erzählen. »Bis wir am Freitag wieder aufbrechen, sollte alles geklärt sein«, versicherte Sally ihr, während sie gleichzeitig die Möbelpacker zum Büro des neuen Leiters schickte. »Morgen soll das Internet eingerichtet werden, und solange da nichts dazwischenkommt, hoffe ich, gleich danach mit den Bewerbungsgesprächen anfangen zu können.«

»Wunderbar. Ich wollte mit dir über die Eröffnung sprechen. Kaylie hat einen vollen Zeitplan und nur wenige Wochen Urlaub von der Tour. Sie möchte die Zeit lieber zu Hause mit den Kindern verbringen, anstatt zur Eröffnung zu reisen Aber sie meinte, dass es eine großartige einheimische Band namens *Surge* gibt.« Danicas jüngere Schwester Kaylie Crew war letztes Jahr berühmt geworden, als ihr neuestes Pop-Country-Album die Charts gestürmt hatte.

»Klasse. Schick mir die Infos und ich setze mich mit ihnen in Verbindung.«

»Ich schreibe dir gleich. Sie spielen wohl morgen Abend in JJ's Pub. Meint ihr, dass ihr dort hingehen könntet?«

Zwei der Möbelpacker gingen zurück zum Laster, während ein anderer einen Schreibtisch auf einem Handkarren reinbrachte.

»Warte mal kurz, Danica.« Sally schickte die Männer in ein anderes Büro, ehe sie sich wieder auf Danica konzentrierte. »Ich muss das erst mit Gage absprechen. Er trifft sich gerade mit jemandem im hiesigen Sportclub, aber ich denke, das sollte klappen. Falls er ein Meeting hat, gehe ich allein.«

»Meinst du wirklich, dass eine Woche reicht?«, fragte Danica.

Gages Worte schossen ihr durch den Kopf. *Lass uns heraus-*

finden, wie es sein könnte, und das Wagnis eingehen. Lass uns Händchen halten und miteinander rummachen, bis du nicht mehr vergessen kannst, wie es sich anfühlt.

»Das hoffe ich«, erwiderte sie aufrichtig.

»Braucht ihr mehr Zeit?«

»Nein. Es wird so gehen. Außerdem …« Gerade noch rechtzeitig hielt sie sich davon ab, Danica die Überraschung zu verderben. *Glaubst du ernsthaft, ich würde deine Babyparty verpassen?* Blake hatte keine Mühen gescheut, um für Danica eine Überraschungs-Babyparty zu organisieren, die zwei Wochen nach ihrer Rückkehr nach Colorado stattfinden sollte. »Ich will noch ein paar Dinge erledigen, bevor Rusty über die Feiertage nach Hause kommt, und Gage richtet dieses Jahr das Weihnachtsfest für seine Familie aus. Ich habe versprochen, ihm bei den Vorbereitungen zu helfen.«

Gedanklich ging sie all die anderen Dinge durch, die noch erledigt werden mussten. Gages jüngerer Bruder Blue würde gleich nach Silvester seine Verlobte Lizzie Barber heiraten. Sie mussten noch ein Hochzeitsgeschenk besorgen. Sally kannte Gages Familie schon fast so lange wie ihn. Im Sommer hatte sie Gage zu den Hochzeiten seines Bruders Duke und seiner Schwester Trish begleitet. Die Feiern waren wunderschön gewesen, und sie konnte nicht leugnen, kleine Luftschlösser gebaut zu haben. *Wie wäre es, mit meinem besten Freund verheiratet zu sein? Ein Teil seiner großen, liebevollen Familie zu sein?* Und obwohl die Antworten darauf nur verschwommen waren, hatte sich ein Gedanke immer wieder tapfer in den Vordergrund gedrängt – all diese Träume waren es nicht wert, Rustys Beziehung zu Gage aufs Spiel zu setzen.

»Ich kann immer noch nicht glauben, dass Rusty erst an den Feiertagen kommt. Erinnerst du dich noch an sein erstes Jahr auf dem College? Er konnte es nicht erwarten, in den Winterferien nach Hause zu kommen.«

»Da hatte er noch keine eigene Wohnung, keinen Job und keinen engen Freundeskreis. Ich sollte dir eigentlich sagen, dass du dich über seine Unabhängigkeit freuen solltest. Immerhin bedeutet es, dass du ihn gut erzogen hast.« Danica seufzte. »Aber ich kann nur daran denken, wie froh ich bin, dass es noch Jahre dauert, bevor Chessie aufs College geht. Ich kann mir nicht vorstellen, wie es sich anfühlen wird, wenn sie und unser neues Baby ein eigenständiges Leben als Erwachsene führen und wir sie nur an den Feiertagen sehen. Zum Glück hast du Gage«, fuhr Danica fort. »Ohne ihn wärst du so einsam.«

Ihr war gar nicht bewusst gewesen, dass Gage die Zeit ausfüllte, die sie sonst Rusty geschenkt hatte, doch Danica hatte recht. Früher war Sally damit beschäftigt gewesen, Rusty durch die Stadt zu kutschieren, hatte ihm Druck gemacht, damit er seine Hausaufgaben erledigte, oder das Abendessen vorbereitet. Doch nun konnte sie sich ihre Zeit frei einteilen. Und immer häufiger arbeitete sie länger und kaufte sich auf dem Heimweg etwas zu essen. *Oder ging mit Gage einen Happen in einem Café oder bei einem von ihnen essen.* Ohne ihn wäre sie einsam, allerdings nicht nur, weil sie so viel Zeit miteinander verbrachten, sondern weil er sie auch glücklich machte und ihr das Gefühl gab, geliebt zu werden. Selbst wenn sie mal allein war, fühlte es sich nie so an.

Sie beobachtete, wie die Männer weitere Möbel hereintrugen. »Ja. Er ist ein guter Freund.«

»Weißt du«, sagte Danica mit einem verschmitzten Unterton, »du bist ganz allein mit Gage weit weg in Virginia. Ihr könntet in eurer Beziehung endlich einen Schritt weitergehen.«

»Danica, du bist meine Freundin, und es ist schön zu wissen, dass du dir eine Beziehung für uns wünschst, aber du bist auch unsere Chefin und möchtest doch sicher nicht, dass wir unser Arbeitsverhältnis gefährden.«

»Was? *Hallo?* Wo warst du denn in den letzten Jahren? Ich hab euch doch praktisch dazu gedrängt, es endlich miteinander zu versuchen.«

Sally ging ans andere Ende des Raumes, damit die Möbelpacker sie nicht hören konnten. »Das meinst du doch nicht ernst.« *Oder? Bitte sag mir, dass es so ist.* »Was, wenn wir zusammenkommen und uns dann trennen? Es wäre schrecklich, mit ihm zu arbeiten, wenn er eine andere hat.«

»Ernsthaft? Das könnte schon morgen passieren. Ich weiß, dass du deinen Job liebst, aber ihr spielt dieses Katz-und-Maus-Spiel schon seit Jahren. Es ist an der Zeit, sich den Käse zu schnappen.«

»Das klingt widerlich.« Sally lachte.

»Die Sahne ausschlecken?«

»Oh mein Gott. Was ist denn mit der zurückhaltenden Frau von damals passiert?«

»Sie hat Blake Carter getroffen«, erwiderte Danica frech. »Mein Mann hat ein unanständiges Mundwerk.«

Gedankenverloren berührte Sally ihre Lippen, wobei sie sich an Gages köstlichen Mund auf ihrem und seine Stimme erinnerte. *Ich werde nie den Ausdruck in deinen Augen vergessen, als du deine seidigen Beine um meine Taille geschlungen und dich aufgebäumt hast, damit ich die eine Stelle treffe und ...*

»Mein Mann hat auch ein unanständiges Mundwerk.«

»Was?«, fragte Danica.

Oh Mist. Das hatte sie nicht laut sagen wollen. »Äh. Ich meinte, dass das kein anständiges *Hand*werk ist. Also von den Möbelpackern. Ich sollte besser mal nachsehen, was da los ist.

Tut mir leid, Danica. Können wir weiterreden, wenn ich hier alles unter Kontrolle gebracht habe?« *Um Himmels willen.* Sie verlor den Verstand.

Ein paar Stunden später saß Sally auf einer Couch im Empfangsbereich und ging die Lebensläufe der Kandidaten für die Stelle als Leitung des Zentrums durch. Ihr Magen knurrte so laut, dass sie vor Schreck zusammenzuckte. Gage hatte vorhin angerufen und sie gebeten, abends mit ihm zum Essen zu gehen. Sie wusste, dass er mehrere Meetings hatte, doch es war mittlerweile halb sieben und langsam fragte sie sich, ob er seinen Vorschlag vergessen hatte. Ihr Blick fiel auf die verblassende Tinte an ihrem Finger und eine Welle aus Sehnsucht erfasste sie.

Am Ende des Flurs ging die Tür zur Sporthalle auf. Sally sprang auf, ihr Herz raste. Hatte sie die Tür abgeschlossen? Doch dann erklangen Gages entschlossene Schritte, kurz bevor er im Flur auftauchte. Sobald er sie sah, breitete sich ein unwiderstehliches Lächeln auf seinem attraktiven Gesicht aus und jagte ihren Puls noch weiter in die Höhe.

Er warf seinen Mantel auf den Tisch. Bei jedem kraftvollen Schritt schmiegte sich die ausgebleichte Jeans an seine Schenkel, bis er schließlich in dem dunkelbraunen Hemd und mit leichtem Bartschatten vor ihr stand. Die Schmetterlinge in ihrem Bauch flatterten, als wäre sie ein verknallter Teenager. Allerdings waren ihre Gedanken alles andere als jugendfrei. Seit ihrem Telefonat mit Danica dachte sie unaufhörlich an seinen Mund und seine verruchten Worte. Und je tiefer sie sich hineinziehen ließ, desto mehr wollte sie ihn.

Er nahm ihre Hand, legte seinen starken Arm besitzergreifend um ihre Taille, und es fühlte sich an, als würde die Temperatur im Raum nach oben schießen. Mit warmen Lippen küsste er ihre Wange, und sie schloss die Augen, um jede Sekunde seiner Berührung in sich aufzunehmen und seinen herben, sexy Duft einzuatmen.

»Hey, meine Schöne.«

»Hi.« Sie klang atemlos. Wie konnte sie eine einfache Begrüßung so nervös machen? Sie gingen nur zum Abendessen, das hatten sie schon unzählige Male getan. *Aber nicht, nachdem ich darüber nachgedacht habe, dem Vorschlag meiner Chefin zu folgen, in unserer Beziehung den nächsten Schritt zu machen.*

»Wie waren die Meetings?«, fragte sie, um sich selbst von dem Drang abzulenken, ihn so lange zu küssen, bis sie beide ihren Namen vergaßen.

»Gut. Aber ich will nicht über die Arbeit sprechen.«

So, wie er sie ansah, wollte er überhaupt nicht reden. Zäh wie Honig ließ er seinen schwelenden Blick über ihren Oberkörper gleiten. Lange, adrenalingeladene Sekunden vergingen, bevor er ihr mit tödlicher Gelassenheit in die Augen sah und die Intensität des Moments so derart in die Länge zog, dass sie sich selbst in seinen Armen wacklig fühlte.

Gage hatte gestern Abend einen Fehler gemacht. Er hatte zugelassen, dass seine Vergangenheit einen Teil ihrer Zeit raubte. Er würde nicht zulassen, dass erneut etwas zwischen sie kam, nicht, wenn er alles, was er wollte, in den Armen hielt. Sally war etwas Besonderes und seine Gefühle für sie überstiegen alles, was er je für irgendeine andere Frau empfunden hatte. Er wollte ihr nicht das Gefühl geben, in seinem Herzen nur die zweite Geige zu spielen, doch er hatte nicht lügen wollen, auch wenn sich seine Liebe zu Stacy nicht mit ihrer vergleichen ließ. War das jetzt einer der Gründe dafür, dass Sally plötzlich mit ihren Haarspitzen spielte?

»Ich mache dich nervös«, bemerkte er vorsichtig.

»Nein, tust du nicht. Wie kommst du darauf?« *Zupf. Zupf.*

»Salbird, ich bin es nur.« Er nahm ihre Hände und legte sie auf seine Brust. »Leg deine Hände hier hin, wenn du nervös bist. Lass mich mit deinen Haaren spielen.« Er schob die Finger in ihre langen Locken und hob ihr wunderschönes Gesicht an, sodass ihre Lippen nur noch einen Hauch voneinander entfernt waren. »Ich will dir zeigen, was dich nervös machen kann.«

»Gage«, flüsterte sie, als er ihre Lippen miteinander verband.

Die erste Berührung war elektrisierend und knisterte förmlich in ihm, je inniger der Kuss wurde. Sally krallte sich in sein Hemd. Er umfasste ihren Hinterkopf, legte die andere Hand auf ihren unteren Rücken und zog ihren weichen Körper an sich. Sie ließ sich von ihm führen, umspielte seine Zunge und bewegte sich rhythmisch gegen seine Hüften. Auf dem Weg hierher hatte er sich geschworen, nicht zu weit zu gehen. Er würde ihre Bitte um Abstand und Zeit respektieren und ihr die Kontrolle über ihre Intimität überlassen. Doch ihre leisen Laute waren so sexy, und als sie ihr Bein um ihn schlang, konnte er nicht widerstehen: Er musste ihren Hintern umfassen. Eine Frau, die nicht mehr wollte, würde ihn nicht so küssen. Sally nahm sich lustvoll und gierig, was sie wollte. Dieser Kuss übertraf alle anderen, so echt und heiß und unglaublich hungrig.

Hungrig.

Verdammt, er hatte ihr ein Abendessen versprochen.

Stöhnend zwang er sich widerwillig, sich zurückzuziehen. Ihre Lippen waren rot und geschwollen, und *Gott*, er liebte sie.

Das Verlangen in ihren Augen zog ihn magisch an. Dieses Mal küsste er sie sanfter und genoss die berauschende Mischung aus Geben und Nehmen.

»Wow«, hauchte sie atemlos. »Einfach ... *Wow.* Begrüßen wir uns von jetzt an so?«

»Möchtest du das?«

Sie griff nach ihren Haaren, doch er hielt ihr Handgelenk fest, verschränkte ihre Finger und wartete auf ihre Antwort. Er war ein geduldiger Mann, doch sie hatte seine dunkelsten Seiten entfesselt. Die Seiten, die er viel zu lange in Ketten gelegt hatte.

»Vielleicht«, sagte sie. »Mal sehen, wie gut der nächste Kuss wird.«

Er küsste sie härter, fordernder, bis sie sich wie in ihrer gemeinsamen Nacht an seine Schultern klammerte. Auch er hielt sich nicht zurück, knetete ihren Hintern und zog sie noch näher an sich. Er wollte nicht zum Abendessen gehen oder irgendetwas anderes kosten als *sie*. Aber hier ging es um Sally und er durfte es auf gar keinen Fall vermasseln. Schweren Herzens beschränkte er seine Bemühungen auf einen intensiven Rhythmus.

Als sie sich schließlich voneinander lösten, waren sie beide etwas wacklig auf den Beinen.

»Das war ...« Sie berührte ihre Lippen, als würden sie brennend nach mehr verlangen. »... ziemlich gut. Wir werden weiter üben müssen.«

Er lachte leise. »Sehr gern, mein anspruchsvolles kleines Vögelchen. Ich muss dir was zeigen.« Ohne die Hand von ihrer Taille zu nehmen, führte er sie zur Sporthalle.

Sie legte den Kopf schräg. »Was höre ich denn da?«

Er öffnete die Tür und ihnen schlug ein Song von Etta James entgegen. Er führte Sally in die mit Kerzen erhellte

Turnhalle. Voller Staunen betrachtete sie die zweihundert weißen Luftballons auf dem Boden und den weißen Hochzeitsbaldachin in der Mitte des Raumes. Weiße und pfirsichfarbene Seidenvorhänge waren daran befestigt. Die Ecken waren mit Rosen und Efeuranken geschmückt. Unter dem Baldachin hatte er einen Tisch für zwei gedeckt. Das Essen auf den silbernen Tellern kam aus einem der besten Restaurants in Oak Falls. Mitten auf dem Tisch stand eine kleine Hochzeitstorte. Er hatte förmlich betteln müssen, um so kurzfristig eine Torte und Ballons zu organisieren, doch für das Lächeln auf Sallys Lippen hatte es sich gelohnt.

»Gage«, flüsterte sie. »Wie …?«

»Du kennst mich doch.« Er führte sie weiter, sodass die Ballons um sie herum aufgewirbelt wurden. »Es gibt nichts, was ich nicht tun kann. Vor allem für dich.«

»Aber wie hast du das bei all den Meetings organisiert? Wieso habe ich dich nicht gehört?«

»Ich hatte nur zwei Meetings, dachte aber, dass eine kleine Notlüge hier durchaus angebracht ist, und habe alles klammheimlich gemacht.«

»Es ist unglaublich schön. Ich weiß nicht, was ich sagen soll.«

»Du musst gar nichts sagen, Babe. Ich weiß nicht, an wie viel wir uns von unserer Hochzeit erinnern werden, und daran kann ich nichts ändern. Aber ich kann dir einen Abend schenken, den du nie vergisst.«

At Last von Etta James erklang und er zog Sally in seine Arme. Mittlerweile hatten sie so oft miteinander getanzt, dass sie mühelos einen Rhythmus fanden. Luftballons stiegen wie ein weißer Fluss nach oben. Sally schmiegte sich an ihn. Sie passte perfekt in seine Arme und sah ihn erneut so an, als wäre er alles für sie. Von diesem Ausdruck würde er nie genug bekommen, und wenn sie mit Herz und Verstand bei ihm war, wusste er, dass sie für immer zusammen sein würden.

»Dieses Lied ...«, begann sie staunend. »Es ist wunderschön und vielsagend.«

Etta James sang darüber, dass die Liebe anklopfte und die einsamen Tage vorbei waren. In diesem Moment fühlte es sich wirklich an, als wäre sein Leben ein Lied. »Ich habe keinen Hehl daraus gemacht, was ich von dir will. Und ich werde nicht mehr so tun, als wäre es für mich in Ordnung, nur mit dir befreundet zu sein.«

»Oh«, hauchte sie bewundernd. »Ich wusste nicht, dass du so romantisch bist.«

»Nur bei dir, Salbird.«

Sie wiegten sich im Takt der Musik, ihre Körper waren perfekt im Einklang und sie nahmen ihre Liebe füreinander an.

»Als du gesagt hast, du würdest vieles über mich nicht wissen, dachte ich, du liegst falsch«, gestand Gage. »Aber bei den Vorbereitungen für die Überraschung heute Nachmittag wurde mir klar, dass du viele Seiten an mir noch nicht kennengelernt hast, weil ich sie zurückgehalten habe. Damit ist jetzt Schluss, Sally. Du bekommst alles von mir und musst auf die Bremse treten, wenn ich zu forsch bin, denn es fühlt sich gerade wirklich an, als wäre ich aus dem Gefängnis entlassen worden – und Zurückhaltung steht ganz unten auf meiner Liste.«

»Gage, du weißt, dass ich mir Sorgen darüber mache, wie unsere Beziehung Rusty beeinflussen wird und was das langfristig für uns bedeutet. Aber ich will nicht, dass du dich zurückhältst. Du hattest recht. Hier kommt uns niemand in die Quere. Ich will das Wagnis mit dir eingehen und herausfinden, wohin es uns führt.«

»Oh, Baby …« Seine Kehle wurde eng, doch es waren auch keine Worte mehr notwendig, denn er tanzte mit seiner *Frau*.

Sie bewegten sich weiter, bis das Knurren von Sallys Bauch nicht mehr zu ignorieren war. Dann unterhielten sie sich bei Filet Mignon, Lachs und Champagner.

»Ich bin zu weit weg.« Er kam auf Sallys Seite. »Und ich habe dich noch nie so viel lächeln sehen. Ich brauche Fotos mit meiner Braut.« Er hockte sich neben ihren Stuhl und beugte sich für ein Selfie zu ihr.

»Ich nehme zurück, dass du nicht aufdringlich bist.«

Er machte noch ein Bild und küsste ihre Wange.

»Wie viele Fotos willst du haben?«

»So viele, wie du mich machen lässt.« Er fotografierte sie erneut. »Zu viel?«

»Nein. Mir gefällt deine aufdringliche Liebe. Ich bin nicht sicher, ob ich wirklich bereit dafür bin, weil es einfach zu viele Komplikationen gibt, sollte es schiefgehen. Nicht nur für Rusty. Ich mag meinen Job und unsere Freundschaft sehr und möchte nichts davon gefährden. Aber ich liebe dich schon so lange, dass ich mir nicht vorstellen kann, es nicht zu tun. Und selbst, wenn es nur kurz hält, während wir hier sind und es niemand anderen betrifft, möchte ich so tun, als wäre es real.«

Ihre Vorsicht hätte einen anderen Mann vielleicht verärgert, aber Gage liebte Sally so innig, dass ihre Liebe für ihren Sohn und ihre Freunde seine Gefühle nur noch verstärkte. »Wenn diese Woche vorbei ist, wirst du nicht so tun können, als würdest du mich *nicht* lieben.«

»Ich hätte meine Gedanken wohl für mich behalten sollen. Dein Ego könnte zu groß für diese Halle werden. Mach die Kamera bereit, Hottie.« Sie beugte sich zu einem Kuss nach vorn. »Du bist nicht der Einzige, der aufdringlich sein kann.«

Sie küssten sich, lachten und küssten sich weiter. Offenbar hatte er etwas in ihr gelöst, wodurch sie mit ihm nun freier sein konnte. Trotz ihrer Bedingungen ging es vorwärts und er würde sich weiter in diese Richtung bewegen. Als er nach der Torte griff, nahm sie ihm das Handy ab.

»Wir brauchen Fotos von unserer Hochzeitstorte.« Sie fotografierte das kleine Plastikpärchen auf der Spitze und ihre Namen mit dem Herz daneben, die der Bäcker seitlich angebracht hatte.

Sie reichte ihm das Messer, er legte seine Hand auf ihre und nahm ihr das Handy ab. Dann richtete er die Kamera auf ihre verbundenen Hände. »Das ist doch mal ein Bild.«

»Weißt du, wenn das bekannt wird, werden dich deine Brüder endlos damit aufziehen, dass du so rührselig bist.«

»Wenn das bekannt wird, bedeutet es, dass du endlich für alles bereit bist, und dann ist es mir egal, was die anderen sagen.«

»Wir müssen viele Dinge klären, bevor wir nach vorn preschen. Das ist ein Anfang. Wenn wir als Paar so gut funktionieren wie als Freunde, wird es einfach, oder nicht?«

Sie griff nach ihren Haaren, hielt jedoch inne und legte ihre Hand stattdessen auf seine Brust. Diese einfache Geste ließ ihn innerlich dahinschmelzen. Er hatte immer gewusst, dass sie ihm vertraute, aber das hier – das Wagnis mit ihrem Herzen einzugehen, obwohl die Sorge um ihren Sohn dagegensprach – war gewaltig.

Er betrachtete die Torte, und sie hob eine Braue, während sich ein Lächeln auf ihren Lippen ausbreitete.

»Sollen wir?«, fragte er und schnitt ihnen jeweils ein Stück Torte.

»Denk nicht mal dran, mir das ins Gesicht zu drücken«,

warnte sie ihn und in ihren hübschen Augen loderte Entschlossenheit.

Er reichte ihr ein Stück Torte. »Als ob ich das tun würde.«

»Und wie du das tun würdest. Sieh dich doch nur um. Wir stehen in einem Meer aus Luftballons, hören bei Kerzenlicht romantische Musik und essen in einem Gebäude, das wir erst seit weniger als einem Tag kennen, unter einem Hochzeitsbaldachin. Du hast mich sogar dazu überredet, Champagner zu trinken. Das ist wirklich bemerkenswert, wenn man bedenkt, dass ich geschworen habe, in deiner Gegenwart nichts mehr zu trinken. Ich glaube nicht, dass es irgendetwas gibt, was du *nicht* tun würdest.«

Er lachte. Seine Liebe für sie wuchs mit jeder weiteren Sekunde an. »Auf uns, Liebling.«

Er wollte sie gerade mit der Torte füttern, als sie ihm ihr Stück ins Gesicht drückte. Sie quietschte, als er ihrem Beispiel folgte, und versuchte, wegzuschlüpfen. Allerdings zog er sie mit einem Arm an sich und knabberte an dem Kuchen, der ihr von den Lippen hing. Sally stellte sich auf die Zehenspitzen, leckte ihm die Glasur vom Kinn und langsam wurde ihr Lachen zu einem weitaus verführerischeren Laut.

»Küss mich, mein geheimer Ehemann«, flüsterte sie. »Küss mich, als würdest du nicht wollen, dass ich diesen magischen Moment jemals vergesse.«

Er leckte die Tortenreste ab und fuhr ihre Unterlippe mit der Zunge nach. Ihr gieriges Seufzen war Musik in seinen Ohren. Er wiederholte das Ganze an der Oberlippe, und Sally klammerte sich an seinen Nacken, ehe sie ihn in einen innigen Kuss zog. Sie schmeckte nach süßem Zucker und sündhaften Nächten und er konnte sich nicht zurückhalten. Da er sie überall gleichzeitig berühren wollte, ließ er seine Hände über ihren Körper gleiten. Auch Sally ergab sich dem Inferno zwischen ihnen und er liebte ihre besitzergreifende Art. Sie drängte sich an ihn, wölbte den Rücken und stieß ihm ihre hinreißenden Brüste so heftig entgegen, dass er ihr Angebot einfach annehmen musste. Er zog die Bluse aus ihrer Jeans, schob seine Hände darunter und ertastete ihre in Spitze gehüllte Brust. Mit dem Daumen strich er über einen harten Nippel, der sich gegen den Stoff drückte, und zwischen seinen Beinen pulsierte es.

»Du bringst mich um«, brachte er hervor, nachdem er sich von ihr losgerissen hatte.

Gleich darauf trafen ihre Lippen wieder aufeinander. Gage drängte Sally gegen die Wand, sodass die Ballons um sie herum aufgewirbelt wurden. Ein verführerischer Rhythmus erklang, während er sie förmlich verschlang und sich anzüglich an ihren Hüften rieb. Ihr Stöhnen und Wimmern spornte ihn an. Er krallte sich in ihre Haare. Wunderschöne blonde Strähnen glitten über seine Finger und keine Faser in ihm wollte sich zurückhalten, doch er musste vorsichtig sein – wenn das so weiterging, würde er sie aus dieser sexy Jeans schälen und tief in sie eindringen. Sie war seine beste Freundin, und er hatte Jahre darauf gewartet, sie zu bekommen. Ihr erstes Mal – an das sie sich beide erinnerten – würde nicht in einer Turnhalle passieren, aber er brauchte mehr, und zwar jetzt.

Er schob die Bluse über ihre Brüste, küsste ihren Hals und sie packte seinen Hintern. *Oh ja, Baby. Nimm mich.* Für einen kurzen Moment trafen sich ihre Blicke, ehe sie flatternd die Augen schloss und sich von der Wand wölbte. Ihre Haut war gerötet, ihre Lippen geöffnet und der pinke Spitzen-BH spannte sich über ihren Brüsten. Himmel, sie war die aufreizendste Frau, die er je gesehen hatte. Gierig küsste er ihre wunderschönen

Brüste, dann zog er die Spitze an beiden Seiten nach unten, ehe er über ihre harten Nippel leckte. Sie nahm die Hände von seinem Hintern und ließ sie schlaff an den Seiten fallen, als würde sie sich anders nicht aufrecht halten können. Gage saugte fest an ihrem Nippel, doch als Sally aufschrie, löste er sich von ihr.

»Hör nicht auf«, keuchte sie.

Er hatte davon geträumt, sie zu berühren, sie zu kosten, doch nichts kam auch nur annähernd an die sinnlichen Laute heran, die sie ausstieß, als er der anderen Brust dieselbe Aufmerksamkeit schenkte. Er schob sein Knie zwischen ihre Beine und sie rieb sich an ihm. *Verdammt.* Er war schmerzhaft hart und bald würde ihn nichts mehr aufhalten können. Wie im Schnelldurchlauf stellte er sich vor, wie er ihr die Jeans auszog, sich zwischen ihre Beine kniete und ihre Süße kostete. Er wollte hören, wie sie im Rausch der Leidenschaft verzweifelt seinen Namen schrie. Genauso, wie sie es getan hatte, als sie sich geliebt hatten. Er erinnerte sich an diesen Laut. Vielleicht fiel ihm nicht mehr jede Sekunde dieser Nacht ein, doch er wusste ganz sicher noch, wie sie seinen Namen gerufen hatte. Das würde er niemals vergessen.

Die berauschende Erinnerung setzte seinen Verstand wieder in Gang. Sie atmeten beide schwer und waren bereit für eine Nummer, allerdings wollte er nicht nur eine *Nummer* in der Turnhalle. Er wollte sie lieben, sie nehmen, und ja, irgendwann viele Nummern mit ihr an unterschiedlichen Orten schieben, wenn sie der Drang überkam – auch in einer Turnhalle. Aber nicht beim ersten Mal, an das sie sich beide für den Rest ihres Lebens glasklar erinnern würden.

Er küsste ihre Brüste und jedes Stück Haut, während er sich mahnte, sich zurückzuhalten, und gleichzeitig gegen sich selbst kämpfte. Aber er wusste, was er zu tun hatte. Also zog er den BH wieder gerade, strich die Bluse glatt und versuchte, sich angesichts der Verwirrung – oder Enttäuschung? – in ihren Augen nicht wie ein Mistkerl zu fühlen. In so einer Situation aufzuhören, war unangenehm, aber er liebte sie zu sehr, um möglicherweise etwas falsch zu machen.

»Nicht hier, Baby. Nicht so.«

»Oh, äh, nein. Natürlich nicht.« Sie trat zurück und ihr fielen die Haare ins Gesicht. Dennoch konnte er sehen, wie sich ihre Wangen röteten. »Tut mir leid. Es ist lange her, seit ich so was gemacht habe.«

Er streckte die Hand nach ihr aus, doch sie wich ihm aus. *Verflucht.*

»Wir müssen aufräumen. Es gibt noch keinen Hausmeister«, sagte sie gespielt lässig.

Er zog sie in seine Arme und ihre Verlegenheit fühlte sich wie eine Mauer zwischen ihnen an. Für ihn war es unerträglich, dass er dafür verantwortlich war. »Sally.«

Sie betrachtete seine Brust.

»Baby, sieh mich an.« Sie hob den Kopf und der Schmerz in ihren Augen traf ihn bis ins Mark. »Sally, ich will dich hier und jetzt, aber noch mehr will ich, dass du jeden Tag in meinen Armen aufwachst. Ich kann nicht riskieren, dass du irgendetwas von dem bereust, was wir tun.«

Schnaubend straffte sie die Schultern und strahlte pure Entschlossenheit aus. »Gage, ich weiß nicht, wie die Dating-Welt funktioniert, deshalb klingt das jetzt vielleicht billig, aber ich bin achtunddreißig. Wenn ich dir erlaube, mich anzufassen, kannst du darauf vertrauen, dass ich es gut durchdacht und meine Entscheidung getroffen habe.« Lächelnd fügte sie hinzu: »Zumindest, solange ich nicht sternhagelvoll in Vegas bin.«

»Wow, Salbird. Ich war so besorgt, du könntest morgen früh bereuen, es in einer Turnhalle getrieben zu haben, dass ich *darüber* nicht nachgedacht habe.« Erneut schlang er die Arme um sie und beugte sich für einen weiteren Kuss zu ihr, doch sie drehte sich weg.

»Der Moment ist vorbei.« Mehrmals verschränkte sie die Arme und löste sie wieder, als wären sie fremde Objekte, von denen sie nicht wusste, was sie damit anstellen sollte. »Nichts davon ist leicht für mich. Abgesehen von unserem betrunkenen Ausrutscher hat mich seit Dave kein Mann auch nur nackt gesehen. Es hat mich wirklich viel Mut gekostet, mich gerade so von dir berühren zu lassen, entschuldige also, dass ich durcheinander und albern bin.«

»Das weiß ich doch, Babe. Und für mich war es auch nicht unbedeutend. Deshalb habe ich aufgehört. Ich will es nicht vermasseln. Es tut mir leid, dass ich dich falsch eingeschätzt habe, aber du bist nicht albern. Ich bin einfach nur ein Idiot.«

Sie seufzte schwer. »Können wir einfach aufräumen und zurück ins Hotel fahren, damit ich ein heißes Bad nehmen und meine Demütigung allein genießen kann?«

Er wackelte mit den Brauen, um die Stimmung aufzulockern und den Fokus davon abzulenken, wie mies er war. »Wie wäre es, wenn wir zusammen baden?«

Sie verdrehte die Augen und lachte leise. »Siehst du? Es ist um einiges härter, als du dachtest, sich auf diese Weise aneinander zu gewöhnen.«

Zum Teufel mit dem Eiertanz. Er zog sie an sich, damit sie spüren konnte, was sie in ihm auslöste. Hitze flammte in ihren Augen auf. »Wie schön, dass es dir aufgefallen ist. *Hart* ist *sehr* gut, und ich freue mich darauf, mich so oft daran zu *gewöhnen*, wie du mich lässt.«

Fünf

Am Dienstagnachmittag fragte sich Sally, ob von nun an jeder Tag eine Prüfung ihrer Arbeitsfähigkeit sein würde. Die sexuelle Spannung war beinahe greifbar. Das Netzwerk einzurichten und die Bewerbungsgespräche zu koordinieren war mehr als mühsam, denn sie wollte nichts anderes, als einfach nur wieder in Gages Armen zu liegen. Gage war ebenfalls den ganzen Tag beschäftigt gewesen, er hatte sich mit Lieferanten und möglichen Kunden getroffen. Jedes Mal, wenn sie sich im Flur begegneten, wollte sie sich auf ihn stürzen, und seine verstohlenen Berührungen und Blicke verrieten, dass es ihm ebenso ging. Aber die Computertechniker waren überall, sodass es nirgends einen stillen Winkel gab.

Nach Feierabend sammelte sie ihre Sachen zusammen und überlegte, was sie anziehen sollte, um sich in JJ's Pub die Band für die große Eröffnung anzusehen. Gage freute sich auf den Auftritt, doch die Aussicht auf ein weiteres Date mit ihr schien ihn noch mehr zu begeistern. Und das hatte er bei jeder sich bietenden Gelegenheit betont. *Unser drittes Date als verheiratetes Paar.* Allein die Erinnerung an seine Worte und seinen Tonfall ließ ihr Herz rasen, und genau deshalb fiel es ihr schwer, sich für ein Outfit zu entscheiden. Diese unverhohlen liebevolle, verführerische Seite an ihm machte süchtig und weckte einen Teil von ihr, den sie vermutlich noch nie erkundet hatte.

Erkundet? Himmel, ich wusste nicht mal, dass es ihn gibt.

Sie verließ ihr Büro und suchte nach ihrem neuen, geheimen Ehemann. Das Zentrum war größer als das in Allure, da die Kleinstadt hier mehr Einwohner hatte. Sie warf einen Blick in die Turnhalle und ihr ging das Herz auf. Weder sie noch Gage hatten die Erinnerungen an letzte Nacht wegräumen wollen. Noch nie hatte jemand etwas so Romantisches für sie getan. Bei ihrer Hochzeit mit Dave war sie so jung gewesen und dann hatte sie schnell das echte Leben eingeholt – die Fürsorge für ein Baby, einem Kleinkind hinterherlaufen, Abendkurse besuchen, während Dave sein Geschäft zum Laufen brachte. Sie konnte sich nicht erinnern, jemals auch nur einen Gedanken an Romantik verschwendet, geschweige denn sie vermisst zu haben. Aber mit Gage fühlte sich alles romantisch an. Selbst so alberne Dinge, wie sich nach dem Essen und ihrer Mini-Kuchenschlacht zu waschen. Die Ballons und den Baldachin hatten sie stehen lassen. Stundenlang hatten sie sich über banale Dinge wie Lieblingsfarben und Hassessen unterhalten – bei ihm waren es Blau und Auberginen. Als sie schließlich ins Hotel zurückkamen, waren sie beide erschöpft, und sie wollte nur noch ein heißes Bad nehmen und in Gages Arme geschmiegt einschlafen. Allerdings hatte sie sein Angebot abgelehnt, denn ihr war klar, dass Schlaf ganz unten auf ihrer Prioritätenliste stehen würde, wenn sie in seinem Bett lag. Andererseits hatte sie das Bad erfrischt und ihr Verlangen nach dem Mann auf der anderen Seite der Verbindungstür geweckt. Der Höhepunkt, für den sie selbst gesorgt hatte, war nicht annähernd an das herangekommen, was sie gebraucht hatte.

Sie folgte dem Klang von Gages Stimme den Flur hinunter

und in ihrem Magen flatterte es wie wild. Wie konnte eine Stimme, die sie jahrelang jeden Tag gehört hatte, sie plötzlich so aus der Fassung bringen?

Gage saß auf der Tischkante und sah beim Telefonieren aus dem Fenster. Das langärmlige Shirt spannte sich über seinem breiten Rücken, die langen Beine hatte er ausgestreckt. Sie wollte sich direkt zwischen diese Beine stellen, sie streicheln und ihn von dem Telefonat ablenken, um ihm einen Teil der sinnlichen Folter von letzter Nacht zurückzugeben.

Er drehte sich um, lächelte und winkte sie zu sich. In ihrem Kopf kreisten noch immer unanständige Gedanken, und sie war nicht sicher, ob ihre Beine sie tragen würden. Also lehnte sie sich an den Türrahmen und überkreuzte die Füße. *Lass dir Zeit*, formte sie mit den Lippen. Sie würde einfach den Anblick genießen.

Unverhohlen musterte er sie und blieb am offenen Kragen ihrer Bluse hängen. Er leckte sich die Lippen, und sie spürte, wie ihre Nippel hart wurden. Erinnerungen an seinen heißen Mund befeuerten das Inferno, das schon den ganzen Tag in ihr geschwelt hatte.

»Okay, Kumpel. Sicher«, sagte Gage ins Handy, während er aufstand und wie ein Panther auf der Jagd auf sie zukam.

Mit jedem Schritt beschleunigte sich ihr Puls. Himmel, er musste zum Mittagessen Testosteron gehabt haben, weil er noch mehr als sonst Sinnlichkeit ausstrahlte.

»Deine Mom steht neben mir. Willst du sie sprechen?«

Sofort schaltete sie in den Mom-Modus und stieß sich von der Wand ab. »Ist das Rusty?«

Gage nickte. »Er meint, dass er vor ein paar Stunden mit dir telefoniert hat. Soll ich ihn dir geben?«

»Nicht, wenn er nicht mit mir reden will«, antwortete sie.

Worüber die beiden wohl gesprochen hatten? »Aber sag ihm, dass ich ihn lieb hab.«

»Er hat dich gehört«, antwortete er ihr und meinte dann zu Rusty: »Okay, Kumpel. Pass auf dich auf.«

Pass auf dich auf. War ihm eigentlich klar, dass es ein feuchter Traum war, wie er sich um ihren Sohn kümmerte und sich so oft Zeit für ihn nahm? Oh ja, sie würde heute Abend für ihn die Stiefel anziehen. Und vielleicht sogar ein kurzes Pulloverkleid. Das, das sie vor ein paar Wochen angehabt hatte, als er den Blick nicht hatte abwenden können.

Gage steckte sein Handy ein und legte die Arme um sie. »Wie geht's meiner umwerfenden Frau?«

Seine Worte ließen ihr Herz erneut rasen. Sie hob eine Hand an ihre Haare, doch er hielt sie fest und legte sie auf seine Brust. Er war hart und warm und sofort hatte sie unanständige Gedanken. *Hart ist sehr gut.* Gleich darauf schob er seine langen, starken Finger in ihre Haare und seine blauen Augen gaben ihr den Rest. *Pure Verführung.*

»Worüber hast du denn mit Rusty gesprochen?«, fragte sie.

Ein zurückhaltendes Lächeln umspielte seine Mundwinkel. »Oh? Du meinst meinen Stiefsohn?«

Grundgütiger. Sie hatte noch nicht darüber nachgedacht, was Rusty nun rechtlich gesehen war, und wurde von einem Sturm aus Emotionen erfasst. »Bitte sag mir, dass du ihm nicht von Vegas erzählt hast.«

Er zupfte an ihren Haaren, sodass sie sich näher zu ihm beugte und die winzigen weißen Flecken in seiner Iris erkennen konnte. »Ich soll meinem Stiefsohn erzählen, dass seine Mutter nackt in meinem Bett aufgewacht ist?« Seine Stimme war so vollmundig wie dunkle Schokolade. »Ich will viele Sachen mit dir machen, aber ganz sicher nicht respektlos sein.«

Küss mich!, schrie ihr Verstand, doch die Worte verloren sich in ihrem Verlangen.

Er legte seine Lippen auf ihren Mundwinkel. »Nein, Salbird. Ich habe ihm nicht erzählt, dass wir verheiratet sind.« Er küsste ihren Hals, und sie legte den Kopf zur Seite, um ihm mehr Platz zu verschaffen. »Du hast mich gebeten, es nicht zu tun, und ich bin ein sehr guter Zuhörer.«

Erneut zupfte er an ihren Haaren, damit sie sich ihm weiter öffnete, ehe er sie mit einem Kuss nach dem anderen um den Verstand brachte. Sie schloss die Augen. Er kostete jeden Zentimeter Haut zwischen ihrem Kinn und ihrem Brustbein, und sie spürte, wie er hart wurde.

»Gage«, hauchte sie atemlos. »Rusty? Geht's ihm gut?«

Er umfasste ihr Gesicht. »Ja, Babe. Sein Kumpel verkauft einen Jeep und er wollte einen Rat. Er meinte, er hätte dir erzählt, dass er darüber nachdenke, sich ein Auto zu kaufen. Hat er?«

»Ja. Danke, dass du ihm hilfst.«

»Hey«, sagte er zwischen seinen Küssen. »Ich würde dir niemals etwas über deinen Sohn verheimlichen. Es ist nichts im Busch. Das weißt du doch, oder? Ich hätte dir von unserem Sex-Gespräch erzählt, wenn du gefragt hättest. Aber wenn ich jetzt so darüber nachdenke, ist das irgendwie falsch. Ich hätte es dir gleich sagen sollen.«

Lächelnd schüttelte sie den Kopf. »Nein. Ob du es glaubst oder nicht, es gibt gewisse Dinge, die eine Mom nicht wissen muss. Wenn du ihm allerdings geraten hättest, mit so vielen Frauen wie möglich zu schlafen, wäre ich sauer gewesen. Aber so etwas würdest du nicht tun. Das ist nicht die Ryder-Art.«

Er grinste. »Hast du Jake vergessen?«

Jake war sein jüngster Bruder, und bevor er sich in seine

Verlobte Addison Dahl verliebt hatte, war er einer der größten Frauenhelden überhaupt gewesen. Auf einer Stufe mit Blake Carter. »Er ist erwachsen geworden und jetzt so treu wie ein Hund«, erinnerte sie ihn. »Wir sollten besser los, wenn wir in die Bar wollen. Ich bin am Verhungern und will auf dem Weg zum Hotel noch was essen.«

Auf dem Weg zum Ausgang nahm er ihre Hand und schaltete dabei die Lichter aus. »Hab ich dir je erzählt, dass ich es liebe, dass du isst, wenn du hungrig bist?«

»Im Gegensatz zu?«

»Solchen Frauen, die nur von Luft und Liebe leben.« Er packte ihren Hintern, als sie zum Parkplatz gingen. »Verlier nie diesen perfekten Hintern, Baby.«

»Dir ist schon klar, dass das ein Freibrief fürs Schlemmen ist. Ich könnte mächtig zunehmen.«

Er hielt ihr die Autotür auf und grinste teuflisch. »Dann habe ich mehr zu lieben.«

»Ich könnte Speckfalten bekommen.« Sie nahm auf dem Beifahrersitz Platz, und er beugte sich zu ihr, um ihr Bein zu drücken.

»Dann habe ich mehr zum Festhalten, wenn wir uns lieben.«

»Du sagst das Richtige, aber ich habe dich nie mit einer molligen Frau gesehen.«

»Du hast mich überhaupt noch nicht mit einer Frau gesehen«, antwortete er ernst, als wäre er von ihrer Bemerkung beleidigt. »Denn es gibt nur eine Frau, die ich will. Dick, dünn, mit Babybauch, alt und faltig. Nur dich, Salbird.«

Er küsste sie und sie fragte sich, ob Danica sauer wäre, wenn sie sich die Band nicht ansehen und stattdessen die ganze Nacht rummachen würden.

Gage skypte in seinem Hotelzimmer mit seinen Brüdern Duke und Cash. Deren Frauen, Gabriella und Siena, waren zum Einkaufen gegangen. Cash kümmerte sich in der Zeit um seine fast acht Monate alten Zwillinge Coco und Seth. Als Gage seine Nichte und seinen Neffen das erste Mal im Arm gehalten hatte, hatte er damit gerechnet, wegen seines früheren Verlusts traurig zu werden. Doch stattdessen hatte er nur die Vorfreude gespürt, eines Tages seine eigenen Babys lieben und großziehen zu können.

»Wir wollten Blue und Lizzie zur Hochzeit eine dreiwöchige Kreuzfahrt schenken. Hast du schon was für sie?« Cash ließ Coco auf seinem Knie wippen. Ihre sandfarbenen Löckchen umspielten ihre Pausbacken und sie brachte ihn mit ihrem fröhlichen Glucksen zum Lachen. Coco kam nach Cash, während Seths Haare so dunkelbraun waren wie Sienas.

»Noch nicht. Sally und ich richten gerade das neue Zentrum in Virginia ein. Wir kümmern uns drum.« Gage konnte den Blick nicht von seiner hinreißenden Nichte abwenden. Früher hatte er geglaubt, er würde als Erster aus seiner Familie vor dem Altar stehen. Seltsamerweise war das nicht während seiner Zeit mit Stacy gewesen, sondern ein Jahr, nachdem er Sally kennengelernt hatte. Tja, dass es nicht so gekommen war, war ganz allein seine Schuld. Er hatte viel Zeit damit verschwendet, auf ein Zeichen oder irgendeinen Hinweis zu warten, dass sie bereit war. *Manchmal muss man erst plötzlich verheiratet sein, um sich klar zu werden.*

Nicht, dass er ihre spontane Hochzeit geplant hatte, aber wenn er gewusst hätte, wie sich diese Nacht entwickelte, wäre er schon vor Jahren mit ihr nach Vegas gefahren.

Duke tauchte neben Cash auf dem Bildschirm auf. Der Älteste der Brüder ähnelte mit seiner dunklen, ernsten Miene sehr ihrem Vater. »Du klingst, als wärt ihr schon verheiratet.«

Es fiel ihm schrecklich schwer, den Mund zu halten, da er es eigentlich von den Dächern schreien wollte. »Was soll ich sagen, Bruderherz? Ist wohl Wunschdenken.« Gage warf einen Blick auf die Uhr. Es war fast acht. Sally war nach dem Essen in ihr Zimmer gegangen, um zu duschen und sich umzuziehen. Sie war schon eine Ewigkeit da drin und jede Sekunde ohne sie fühlte sich wie eine Stunde an. »Also, was gibt's? Warum wolltet ihr skypen?«

»Weil ich dir das hier zeigen wollte.« Duke hielt ein Ultraschallbild in die Kamera. Er strahlte vor Stolz, doch darunter lag auch ein ernsterer Ausdruck.

Etwas wie eine unausgesprochene, fehlgeleitete Entschuldigung?

Gage lächelte und nickte seinem Bruder unmissverständlich zu. Die Neuigkeiten schmerzten ihn nicht und er freute sich für ihn. »Gabby ist schwanger? Mann, das ist großartig! Glückwunsch. Wann ist es denn so weit?«

»Anfang Mai«, antwortete Duke. »Wir wollten bis zum Ende des ersten Trimesters warten. Der Arzt sagt, dass alles gut aussieht.«

»Bruderherz, ich freu mich so für dich.«

»Ja, der Kerl hat keine Ahnung, was ihn erwartet.« Cash gab Coco an Duke weiter und holte Seth aus dem Laufgitter hinter sich. »Meine Kinder haben entschieden, dass sie erst ins Bett müssen, wenn sie Siena und mich völlig ausgelaugt haben.«

»Aber das ist es sicher wert«, sagte Gage. »Hört mal, ich muss Sally etwas antreiben. Wir sehen uns eine Band für die große Eröffnung an. Gebt meiner Nichte und meinem Neffen einen Kuss, und, Duke, drück Gabby ganz fest von mir.«

»Mach ich«, versprach Duke.

Sobald sie aufgelegt hatten, schnappte er sich seine Brieftasche und klopfte an die Verbindungstür. »Sally? Bist du so weit?«

Die Tür öffnete sich und Sally stand in einem hautengen Pulloverkleid vor ihm, das ihre umwerfenden Beine betonte.

»Entschuldige. Ich hab mit Gabby und Siena telefoniert.« Sie legte sich gerade einen Ohrring an und hatte den Kopf zur Seite geneigt, sodass ihr Hals entblößt war.

Gage verschwendete keine Zeit und nahm sich eine Kostprobe. »Du hast die Neuigkeiten schon gehört?« Er war nicht überrascht. Sie stand seinen Schwägerinnen so nah wie seine eigene Schwester.

»Ja. Ist das nicht aufregend?« Sie hielt sich an seinem Unterarm fest, während er ihren Hals mit Küssen bedeckte. »Gabby hat erzählt, dass Duke es dir heute Abend auch sagen wollte.«

»Mhm. Hat er. Sie sind Glückspilze. Fast so sehr wie ich. Ich habe die heißeste Ehefrau der Welt.« Er streichelte ihren Hintern. »Du siehst zum Anbeißen aus, Baby. Vielleicht sollten wir die Band sausen lassen. Immerhin sind wir frisch verheiratet.«

Sie erstarrte und biss sich auf die Unterlippe, als würde ihr die Idee gefallen. »Das geht nicht«, sagte sie jedoch einen langen Augenblick später und schüttelte den Kopf, sodass ihre Haare ihr glänzend und schimmernd über die Schultern fielen. »Ich habe mir die Band online angesehen und herausgefunden, dass das ihr letzter Auftritt bis nach den Feiertagen ist.« Sie nahm ihre Bürste von der Kommode und huschte ins Badezimmer.

Er sah ihr beim Kämmen zu, und als sie sich suchend umsah, entdeckte er ihr Lieblingshaarprodukt und brachte es ihr. Mittlerweile kannte er ihre Abläufe auswendig. Gleich würde sie die Haare kopfüber nach vorn schütteln, dreimal sprühen, sie wieder nach hinten werfen und dann auf magische Weise vollere Haare haben.

»Wie schade«, bemerkte er, während sie ihre Mähne richtete und sich die langen Locken aus dem Gesicht schob. »Mir fallen nämlich ein Dutzend Dinge ein, die ich gerade gern mit meiner Frau machen würde.«

Sie stellte die Sprühflasche weg und beobachtete im Spiegel, wie er hinter sie trat und die Hände auf ihre Hüften legte. »Du riechst nach Sommerregen und Frischvermählter.«

»Was hast du nur mit diesem frisch verheiratet?« Lächelnd drehte sie sich in seinen Armen um. »In Gegenwart der Band solltest du mich nicht deine Frau nennen. Für den Fall, dass sie wirklich gut sind, auf der Eröffnung spielen und, du weißt schon … irgendwas schief läuft.«

»Du musst wirklich aufhören, dir darüber Sorgen zu machen. Die Eröffnung ist erst in ein paar Monaten. Bis dahin hast du es schon allen erzählt«, erwiderte er überzeugt.

»Du hast sicher recht«, sagte sie und ein Funken Freude breitete sich auf ihrem Gesicht aus. »Aber trotzdem.«

Er klammerte sich an diesen Funken und ihr Eingeständnis, dann nahm er ihre linke Hand und stellte fest, dass die Tinte beinahe von ihrem Finger verschwunden war. Sein Magen krampfte sich zusammen. Er musste versuchen, ihre Meinung zu ändern. »Schlägst du vor, dass wir heute Abend so tun, als wären wir Singles? Ich muss dich nämlich warnen, ich bin ein ziemlicher Frauenmagnet.«

»Das bist du.« Lachend ging sie ins Schlafzimmer. »Nicht Singles, nur unverheiratet.«

Sie setzte sich auf die Bettkante und zog einen ihrer sexy Wildlederstiefel an. Jedes Mal, wenn sie diese verführerischen Schuhe trug, stellte er sich vor, wie sie im Bett nichts anderes anhatte. *Eines Tages …*

Sie zeigte auf den anderen Stiefel, und ihr Blick machte deutlich, dass er den Tag nicht vor dem Abend loben sollte. »Kannst du mir den bitte geben?«

Er nahm ihn vom Boden. »Der *Ehemann* reicht der *Ehefrau* den Stiefel.« Sie lachte und er kniete sich vor sie. »Der *Ehemann* hilft seiner wunderschönen *Ehefrau*, ihren Stiefel anzuziehen.« Langsam strich er über ihr Bein. »Wenn ich schon mal hier unten bin …« Er beugte sich vor, küsste die Innenseite ihres Schenkels und streichelte sie erneut.

Sie legte ihre Hände auf seine und sah ihn warnend und gleichzeitig flehend an.

Gage rutschte nach vorn, sodass er zwischen ihren Beinen kniete, und schlang die Arme um ihre Taille. »Dieses Mal werde ich kein Signal übersehen.«

»Du machst mich wieder nervös«, flüsterte sie.

»Und …?«

»Und wir dürfen die Band nicht verpassen. Ich hab es Danica versprochen.«

»Und …? Wie ich schon sagte, ich will nichts mehr übersehen. Und ich spüre ein Signal, das ich nicht deuten kann. Erklärst du es mir?«

»Ich bin es nicht gewohnt, dass du so bist«, sagte sie und senkte die Stimme zu einem Flüstern. »Ich kann dich *das* nicht einfach machen lassen.«

»Oh, mein Mädchen braucht Küsse und Vorspiel. Zur Kenntnis genommen.«

Sie umfasste seine Wangen und lächelte breit. »Hör auf,

mich in Verlegenheit zu bringen!«

Er gab ihr einen braven Kuss und setzte sich zurück, um ihr mit dem Stiefel zu helfen. »Na schön, aber es ist süß, wenn du verlegen bist. Dazu noch diese verführerischen Schuhe und schon ist die Folter perfekt. Ich werde den ganzen Abend scharf sein.«

»Gut.«

»Salbird, wie ungezogen von dir.« Er beugte sich vor, doch sie zog sich kopfschüttelnd zurück. »Verdammt, Baby. Ich warne dich lieber vor. Wenn wir zusammen im Bett landen, werde ich mich nicht zurückhalten können.«

Sie grub die Finger in die Matratze und ihre hübschen hellblauen Augen verdunkelten sich.

»Du bist immer noch meine Frau, ob ich dich nun so nennen darf oder nicht. Also lass uns in der Bar nicht die Singles spielen.«

Sie beugte sich so nah zu ihm, dass er glaubte, sie würde ihn küssen, doch stattdessen erschien ein freches Lächeln auf ihren Lippen. »Du hast doch nur Angst, eifersüchtig zu werden, weil deine Frau ein *Männermagnet* ist.«

Schnaubend stand er auf. Sally wurde ständig von Typen abgecheckt, aber er hatte absolut keinen Zweifel – ebenso wie sie offensichtlich –, dass er seit Vegas noch besitzergreifender geworden war. Der einzige Unterschied war, dass er es nun zeigen konnte und seine Gefühle nicht mehr verbergen musste.

Sie strich das knappe Kleid glatt, klimperte mit ihren langen Wimpern und reichte ihm ihre Schlüsselkarte. »Das wird ein Riesenspaß.«

<h1 style="text-align:center">Sechs</h1>

Die malerische Kleinstadt Oak Falls erinnerte Sally zwar an zu Hause, doch *JJ's Pub* war eine vollkommen andere Welt. Es roch nach Leder, harter Arbeit und Hemmungslosigkeit. Im hinteren Teil der Bar spielte lautstark eine Band. Eine Nebelmaschine verwischte die bunten Lichter, sodass die Bühne nicht zu sehen war. Gage führte sie an der Hand durch die Menge aus jungen Leuten, die zu einem Country-Song wippten. Gages breite Schultern und seine entschlossene Miene verströmten etwas Gebieterisches und die Leute machten ihnen Platz, also klammerte sich Sally fest an seinen Arm. Frauen warfen ihm lüsterne Blicke zu und die Männer musterten ihn. Sie kamen an einem Bogengang vorbei, hinter dem im nächsten Raum ein stämmiger, bärtiger Mann auf einem mechanischen Bullen ritt und dabei von einer Gruppe Frauen angefeuert wurde. Zum ersten Mal seit Langem spürte Sally, wie alt sie war, und fühlte sich vollkommen fehl am Platz. Sie war so jung gewesen, als sie Rusty bekommen hatte, dass sie ihre Singlezeit in Bars und mit Partys verpasst hatte und direkt zur Vollzeitmutti mutiert war, bevor sie Witwe wurde.

Gage schlang einen Arm um ihre Taille und schob sie vor sich, sodass sein Körper wie ein Schutzschild für sie war. Er schien ganz genau zu wissen, wie sie sich fühlte.

Er legte die Lippen an ihr Ohr. »Bleib bei mir, Salbird. Ich würde nur ungern einen der Typen umbringen, weil er dich anfasst.«

Unwillkürlich musste sie lachen. Bemerkte er die Blicke all der jungen, wunderschönen Frauen nicht?

An der Bar warteten fünf Leute vor ihnen in der Schlange. Gages Hand auf ihrem Bauch und sein Arm über ihrer Brust hielten sie wie ein Sicherheitsgurt. Sie spürte seinen Herzschlag an ihrem Rücken. Die Umarmung war so intensiv, dass sie an ihre Nacht in Vegas erinnert wurde, wo er genauso übertrieben besitzergreifend gewesen war. Ihre Nerven gingen ein wenig mit ihr durch, wie vorhin im Hotelzimmer, als er ihr die Stiefel angezogen und angedeutet hatte, was er tun könnte, während er *dort unten* war. Sie erinnerte sich mit erschreckender Klarheit daran, wie gut er in dem war, was er ihr angeboten hatte. Sie musste nicht lange graben, um sich ins Gedächtnis zu rufen, wie seine Bartstoppeln über ihre Haut kratzten oder sein talentierter Mund sie um den Verstand brachte. Ein heißer Schauer durchfuhr sie. *Na toll.* Jetzt war sie wieder erregt.

»Es geht nicht voran«, sagte Gage, wobei sein warmer Atem über ihre Wange streifte und sie ihn noch deutlicher wahrnahm.

Seine gespreizten Finger lagen auf ihrem Bauch, sein Arm drückte gegen ihre weichen Brüste, und sie spürte, wie sich seine harten Brustmuskeln anspannten.

Plötzlich setzte er sich in Bewegung und schob sich mit ihr durch die Menge in Richtung Bühne. Der treibende Takt der Musik vibrierte unter ihrer Haut, bis ihre Atmung denselben stakkatoartigen Rhythmus annahm. Gage drehte sie in seinen Armen, hielt sie jedoch genauso besitzergreifend an sich gedrückt. Seine stechend blauen Augen waren bezaubernd und sein Blick noch lüsterner als zuvor. Vielleicht waren die erdrückende Hitze der Menge und das provokative Tanzen um sie herum wie eine Droge, die ihn verlockte und seine Hemmungen verschwinden ließ.

Er senkte den Kopf und seine rauen Bartstoppeln erinnerten sie an ihre wilderen Küsse. Sie legte die Arme um seinen Nacken, gab sich dem hypnotischen Gitarrenriff hin und schloss die Augen.

»Für den Fall, dass du es vergessen hast«, raunte Gage ihr mit tiefer Stimme ins Ohr. »Ich bin verrückt nach dir, Salbird.«

Bestimmt würde sie gleich hier und jetzt auf der Tanzfläche dahinschmelzen. Er ließ seine Hände über ihren Rücken nach oben wandern, schob sie in ihre Haare und strich schließlich über ihre Hüften, um ihren Hintern zu streicheln. Sie wollte weder an das Jugendzentrum noch an die Band denken oder daran, dass sie sich bei ihrer Ankunft alt und fehl am Platz gefühlt hatte. Sie wollte sich in den langen, sinnlichen Berührungen von Gages Händen verlieren und sich dem berauschenden Sog seiner meisterhaften Verführung hingeben.

Seine Lippen streiften ihre Wange. »Meine Frau ist die Schönste von allen hier.«

Oh, dieser Mann! Er hatte ihr immer das Gefühl gegeben, etwas Besonderes zu sein, doch wenn er seinen Charme einsetzte, konnte sie ihm unmöglich widerstehen. Das Verlangen zwischen ihnen pulsierte wie ein erotischer Rhythmus, zu dem sie sich wiegten. Und nur, weil sie so weit von der echten Welt entfernt waren, verspürte sie diese unterschwellige Freiheit. Als Gage seine warmen, weichen Lippen auf ihren Hals drückte, sammelte sich Lust tief in ihrem Inneren. Und als er sie küsste, zögerte sie nicht und öffnete sich ihm. Sie wollte es. Das Tanzen. Den Kitzel, was als Nächstes passieren würde. Die

Vorfreude, die ihren ganzen Körper von innen erfasste, in ihr pochte, schmerzte und sie vollständig verzehrte.

Der Song endete, doch Gage und Sally bewegten sich weiter zu ihrem eigenen Rhythmus. Ohne den Blick von ihr zu lassen, hielt er sie noch fester, während die Leute um sie herum tanzten und die Band ein anderes Lied spielte. Schroff und gleichzeitig sanft sagte er ihr ins Ohr: »Ich weiß nicht, wie ich wieder eine Grenze ziehen soll, Sally. Ich wollte dich schon so lange, dass du in meinen Gedanken schon mir gehörst. Alles hat sich verändert, als sich diese Tür geöffnet hat, und ich will sie nicht schließen. Ich weiß, dass ich dich nicht meine Ehefrau nennen darf, solange wir hier sind, aber ich muss dich küssen, Salbird. Hier und jetzt …«

Sally hob den Kopf und ihre Münder trafen sich. Sie krallte sich in seine Haare, und er übernahm die Kontrolle, drehte ihre Körper genau so, wie er sie haben wollte, sodass sie wie zwei Puzzleteile zusammenpassten. Die Hitze in ihr tobte wie ein Sturm und raubte ihr den Atem. Ihr Verlangen zog sie unaufhaltsam zu ihm hin. Irgendwo in ihrem Hinterkopf erklang eine leise Warnung. Sie gründeten in dieser Stadt gerade ein Jugendzentrum und sollten ihre Zuneigung nicht so öffentlich zur Schau stellen. Doch sie wollte nicht aufhören. Sie spürte jeden Zentimeter seiner Härte an ihrem Bauch und schon verstummte die Warnung.

Mit einem gequälten Laut riss er sich schließlich von ihr los. Auch er hatte die Hände in ihre Haare gekrallt und sah sie erhitzt und hin- und hergerissen an. »Die Band«, sagte er, bevor er sie noch einmal küsste, als könnte er es nicht einmal ein paar Sekunden ertragen, von ihr getrennt zu sein.

Dann zog er sich wieder zurück. Sehr gut, denn Sally hatte nicht die Kraft, es selbst zu tun. Um sie herum tanzten Pärchen aufreizend miteinander, und ihr wurde klar, dass ihnen niemand Beachtung schenkte. Tatsächlich passten sie zu diesem heißen, gierigen Publikum, bei dem sie sich so deplatziert gefühlt hatte.

Sie sahen beide zur Bühne hinüber, fochten dabei jedoch einen innerlichen Kampf aus. Sally erkannte durch den Nebel der Lust hindurch Sable Montgomery von den Fotos, die sie gesehen hatte. Sie trug einen schwarzen Cowboyhut und ihre langen, dunklen Haare fielen ihr in einer dichten, wilden Mähne über die Schultern. Sie schien mit ihrer Gitarre eins zu sein und ihre Stimme war süß und rau zugleich, wie Whiskey. Sally wusste, dass es der letzte Auftritt der Band war, während Gage und sie in der Stadt waren, und sie mussten sich mit ihnen in Verbindung setzen. Doch Gage legte eine Hand in ihren Nacken, zog sie wieder an sich und schon übernahm ihre Lust die Führung, sodass ihre verantwortungsbewusste, praktische Seite verdrängt wurde. Himmel, sie würde sich vollständig davon trennen, wenn es sein musste, denn Gage küsste sie heiß und hungrig, gleichzeitig jedoch auch süß und sehnsüchtig. Sie wollte sich die ganze Nacht in ihm verlieren, von ihm geliebt werden und sich zum ersten Mal, seit sie ein Teenager war, wieder frei fühlen.

Sie wusste nicht, was sich verändert hatte, doch es fühlte sich zu richtig an, um es einfach zu ignorieren. Sie würde kein schlechtes Gewissen haben, weil sie Gage liebte. Allerdings würde sie ein schlechtes Gewissen haben, wenn sie ihrer Verpflichtung Danica gegenüber nicht nachkam.

Widerwillig löste sie sich von ihm. »Wir haben es Danica versprochen.«

Erst sah er zur Bühne, dann zurück zu ihr und Sally wusste, dass er denselben Kampf führte. Die Muskeln an seinem Hals spannten sich an. Er fluchte leise und legte seine Lippen wieder an ihr Ohr. Langsam sehnte sie sich nach diesem vertraulichen Flüstern.

»Wir haben den ganzen Tag gearbeitet. Jetzt will ich dich nur noch lieben, Salbird.«

Ja, bitte. Ihre Gedanken rasten. Es gab unzählige Ausreden und viele davon würde Danica ihr wahrscheinlich abkaufen, aber Sally mogelte sich nicht mit Lügen durchs Leben. Gage löste ihren Finger von der Haarsträhne, mit der sie gedankenverloren gespielt hatte.

In seiner Miene spiegelte sich unterdrücktes sexuelles Verlangen, und er schien sich widerwillig geschlagen zu geben, als er sie in die Arme zog und fragte: »Meinst du, dass sie an der Bar einen Eisbeutel haben?«

Gage dachte an haarige, verschwitzte Männer, um seine pochende Erektion zu besänftigen. Der Barbereich war so voll, dass sich Sally seitlich an ihn drücken musste. Jedes Mal, wenn sie sich bewegte, musste er sich von Neuem auf weniger erotische Dinge konzentrieren. Ein aussichtsloser Kampf.

»Willst du einen Drink?«, fragte sie und sah nervös zur Bar.

Ein Typ streifte ihre Schulter und Gage zog sie mit finsterer Miene an sich. Sally legte die Hände auf seine Brust und der sanfte, verführerische Ausdruck in ihren Augen fesselte seine Aufmerksamkeit.

»Keine Drinks«, presste er hervor. »Wenn ich dich in meinem Bett habe, will ich absolut nüchtern sein.«

Ihre Augen weiteten sich. Nun verließ sie ganz klar ihre Komfortzone und erkundete die dunkleren Orte, an die er sie drängte. Er wusste, was sie wollte, was sie brauchte, und würde nicht lockerlassen. Wenn sie nicht für Danica hier wären, hätte er sie schon längst von der Tanzfläche gezerrt und sie zurück ins Hotel gebracht, wo sie mittlerweile den zweiten oder dritten Orgasmus genießen würde.

Ach, verdammt.

Er rief sich aufs Neue Bilder von hässlichen Männern ins Gedächtnis, doch als das nicht funktionierte, konnte nur noch eins helfen: der Gedanke an seine Eltern.

Nach dem nächsten Song kündigte die Band eine Pause an. Eine Gruppe Frauen fächelte sich Luft zu und verließ lachend die Tanzfläche. Eine umwerfende Blondine zwängte sich zwischen Sally und den Typen hinter ihr, während sie Gage flirtend anlächelte. Ihr Blick verhieß nichts Gutes und ihr Lächeln bestätigte das.

Die Frau hatte vielleicht Nerven. Sie sah doch, dass Sally förmlich an ihm klebte. Außerdem war er bestimmt zehn Jahre älter als sie. Sally beobachtete die Band, die gerade die Bühne verließ. Gage umfasste Sallys viel schöneres Gesicht und küsste sie. Sie zuckte erschrocken zusammen, doch er küsste sie sinnlicher und genoss, wie sie sich an ihn schmiegte. Der Kuss wurde immer inniger und sie verloren sich ineinander. Eine ganze Weile später löste er sich langsam von ihr und verteilte sanfte Küsse auf Sallys vollem Mund, ehe er wieder zu der Blondine sah. Die Botschaft hätte kaum deutlicher sein können.

Ist nicht wahr. Sie wirkte erregt. Auf diese Reaktion hatte er nicht gehofft.

Die Blonde lächelte erneut und brüllte: »JJ!«

Der Barkeeper schlenderte heran. Offensichtlich schien er sie gut zu kennen. »Was kann ich dir bringen, Schätzchen?«

Sie zeigte auf Sally. »Ich will, was auch immer sie hatte.«

Sally drehte den Kopf zu der jungen Frau und jegliches Selbstbewusstsein verblasste. Wusste sie nicht, wie schön sie war? Was für eine spektakuläre Frau, Mutter und Freundin sie war? Ganz zu schweigen von den atemberaubenden Küssen. Die junge Frau konnte ihr nicht das Wasser reichen. Das konnte überhaupt keine Frau im ganzen Land.

»Hey.« Gage wartete, bis Sally ihn ansah. »Ich habe *dich* geküsst, Salbird. Jede Frau hier könnte nackt sein und ich würde trotzdem nur dich sehen.« Er zog sie enger an sich. »Und du bist die Einzige, die ich je will.«

»Verdammt«, sagte die Blonde. »Vergiss den Drink, JJ. Ich will in diese Frau hineinsehen und ihr Geheimnis finden.« Dieses Mal war ihr Lächeln freundlicher und weniger flirtend. Sie beugte sich verschwörerisch zu Sally. »Ich bin mit vielen Typen ausgegangen, aber keiner hat auch nur annähernd so etwas gesagt. Was ist dein Geheimnis?«

Gage freute sich über ihre Reaktion. Wäre sie gehässig gewesen, hätte er sie in die Schranken weisen müssen.

Sally sah ihn an, straffte die Schultern und richtete sich geradezu stolz auf. »Es gibt kein Geheimnis. Die besten Beziehungen beginnen immer mit Freundschaft.«

»Süße«, sagte die Blonde, als die Gitarristin aus der Menge auftauchte und einen Arm um sie legte. »Ich schlafe schon seit Jahren mit meinem besten Freund und er hat noch nie so etwas zu mir gesagt.«

»Das liegt daran, dass Flirten für dich wie ein Sport ist, kleine Schwester«, erwiderte die Gitarristin und lächelte Sally ebenso freundlich an. »Macht Brindle deinen Mann an?« Sie musterte Gage. »Verdammt, du bist heiß, aber ganz offensichtlich vergeben.« Sie drehte Brindle an den Schultern herum und zeigte auf einen gut aussehenden, dunkelhaarigen Mann am anderen Ende der Bar. »Schnapp dir Trace und lass die beiden in Ruhe.«

Ihr geübter Große-Schwester-Tonfall erinnerte ihn an Duke, als sie noch jünger gewesen waren und er ihn genauso besserwisserisch ermahnt hatte.

»Das mit Trace Jericho und mir ist vorbei.« Brindle verschränkte finster die Arme.

»Für diese Woche«, fügte die Gitarristin sarkastisch hinzu. Sie nickte dem Barkeeper zu. »Justus, sorg dafür, dass sie nichts mehr trinkt, okay? Ihr Radar funktioniert heute nicht gut.«

»Kein Problem, Sable«, antwortete der Barkeeper.

Gage wurde klar, dass der Barkeeper JJ – Justus – auch der Besitzer des Pubs sein musste.

Brindle marschierte davon und Sable wandte sich wieder an Sally und Gage. »Entschuldigt. Meine Schwester ist etwas wild, aber hinter dem ganzen Flirten versteckt sich eine anständige Frau.«

»Schon in Ordnung.« Gage reichte ihr die Hand. »Ich bin Gage Ryder und das ist« – *meine Frau* – »Sally Tuft. Wir wollten uns deine Band ansehen. Wir eröffnen das neue Jugendzentrum in der Stadt und wollten fragen, ob ihr bei der Eröffnungsfeier im März auftreten würdet.«

»Ah, ihr gehört zu der Firma, von der Brindle gesprochen hat. Sie freut sich schon darauf, mehr Programme für die Kids anbieten zu können.« Sie sah zu ihrer Schwester, die sich gerade mit einer Gruppe junger Frauen unterhielt. »Sie ist Englischlehrerin und leitet die Theater-AG an der Grundschule. Ob ihr es glaubt oder nicht, sie ist eine großartige Lehrerin.«

»Da bin ich sicher.« Sally warf ihm einen erregten Blick zu. »Alkohol macht jeden lockerer.«

Verdammt, Baby. Dieser Blick …

Ihm fiel auf, dass er nicht der Einzige war, der diesen Anblick genoss, und funkelte die beiden Typen, die Sally abcheckten, finster an, ehe er besitzergreifend einen Arm um ihre Taille legte.

»Oh, Brindle war schon immer ein Hitzkopf, aber sie hat nur eine große Klappe. Keine Sorge. Jetzt, da sie weiß, dass Gage vergeben ist, wird sie nicht versuchen, ihn abzuschleppen.« Sable nahm ihren Hut ab und fuhr sich durch die langen, braunen Haare. »Ich muss zurück zur Band, aber wir können sehr gern über die Eröffnung sprechen.« Sie legte zwei Männern an der Bar die Hände auf die Schulter und schob sie auseinander. »Entschuldigt, Jungs.« Anschließend hievte sie sich bäuchlings auf den Tresen und tastete darunter nach etwas.

»Sable!«, brüllte Justus vom anderen Ende aus. Kopfschüttelnd kam er zu ihnen.

Sable wackelte mit den Beinen, und Gage zog Sally zur Seite, damit sie nicht getroffen wurde.

»Irgendwann bringst du dich damit noch mal in Schwierigkeiten«, sagte der größere der beiden Männer und verpasste ihr einen Klaps auf den Hintern.

Sable landete mit einem dumpfen Knall wieder auf den Füßen, atmete geräuschvoll aus und trat ganz nah an den Typen heran. »Frazier Young, wenn du mir noch einmal an den Hintern packst, verpasse ich dir einen Tritt, der dich so weit von hier wegkatapultiert, dass du nicht wieder zurückfindest.«

Frazier hob ergeben die Hände. »*Mann* darf es ja wohl mal versuchen.«

»*Frau* darf *Mann* dafür aber auch in den Hintern treten.« Sable reichte Sally einen Flyer. »Da stehen die Bandinfos, meine Handynummer und die Telefonnummer meiner Autowerkstatt.«

»Sable, wie wär's, wenn du mit den Füßen auf dem Boden bleibst, Schätzchen?« Justus legte einen Stapel Flyer auf den Tresen und sah Frazier böse an. Justus war groß, hatte tiefliegende Augen und einen athletischen Körperbau, doch selbst seine Größe und der ernste Blick schienen Frazier nicht zu beeindrucken. »Fang gar nicht erst mit ihr an. Sie haut dich mühelos um.«

Frazier grinste. »Solange sie sich danach auf mich setzt, hab ich nichts dagegen.«

Sable winkte ab. »Justus Jericho, das sind Gage Ryder und Sally Tuft. Die beiden eröffnen das neue Jugendzentrum. Justus gehört der Pub, und er und seine Brüder können ein Pferd so schnell zureiten, wie ich einen Motor repariere. Ich muss zurück auf die Bühne, aber es hat mich gefreut, euch kennenzulernen. Ruft mich morgen Nachmittag an, dann können wir reden.«

»Bis dann, Sable.« Nachdem sie gegangen war, richtete sich Justus an Sally und Gage. »Sie ist eine unglaublich gute Mechanikerin, falls ihr mal eine braucht, und ihre Band ist die beste in der Gegend. Ich hab gehört, dass ihr nach jemandem sucht, der die Sportangebote leitet, richtig?«

»Ja«, antwortete Gage. »Wir führen diese Woche Bewerbungsgespräche. Kennst du jemanden?«

»Diese Stadt ist so groß wie meine Faust. Ich kenne jeden.« Justus stellte einem Kunden ein Bier auf den Tresen. »Es gibt hier nur einen, mit dem ihr reden müsst.« Er zeigte auf einen stämmigen, dunkelhaarigen Mann, der auf einem Footballfeld zu Hause sein könnte. Gerade unterhielt er sich angeregt mit einer zierlichen Blondine. »Sinclair Vernon, genannt Sin.«

»Das ist Sin Vernon? Der Sin Vernon, der das Sportprogramm der Virginia State University leitet?« Gage hatte viel Gutes über diesen Mann gehört.

»Geleitet *hat*«, stellte Justus klar. »Er hat gerade gekündigt. Ich kann ihn herholen und euch bekannt machen.«

»Schon in Ordnung. Er sieht beschäftigt aus.« Gage wusste, dass sie noch Stunden hier sein würden, wenn sie anfingen, über Sport zu reden, doch diese Stunden wollte er lieber mit Sally verbringen. Er reichte Justus eine Visitenkarte aus seiner Brieftasche. »Könntest du ihm meine Nummer geben? Ich würde liebend gern mit ihm sprechen.« Anschließend legte er einen Arm um Sally und zog sie wieder an sich. Pflicht erledigt, jetzt wollte er unbedingt mit ihr allein sein. Die Funken zwischen ihnen würden sonst noch den Feueralarm auslösen.

»Danke, Mann«, sagte er zu Justus. »Hat mich gefreut, dich kennenzulernen, aber wir müssen los. Sally und ich müssen uns um eine dringende Angelegenheit kümmern.«

Sieben

Sally musste sich beeilen, um mit Gage Schritt zu halten. Auf dem Weg zum Parkplatz kribbelte die kalte Nachtluft auf ihren Wangen. »Eine dringende Angelegenheit?«

Er zog sie an sich und küsste sie so innig, dass ihre Knie weich wurden. Instinktiv schlang sie die Arme um seinen Hals und ließ sich von seiner Dringlichkeit anstecken. Unwillkürlich stöhnte sie auf, als er ihren Hintern umfasste und sie so fest an seinen großen, harten Körper zog, dass nicht einmal mehr Luft zwischen sie passte. Gemeinsam stolperten sie zum Auto, und sie spürte, wie er lächelte. Er drängte sie an die Beifahrertür, rieb sich an ihr und gab einen animalischen Laut von sich, sodass sich Hitze zwischen ihren Beinen sammelte. Ohne den Kuss zu lösen, setzte er sie auf die Motorhaube und zog sie an sich, sodass er zwischen ihren Beinen stand. Dann verteilte er brennende Küsse auf ihrem Hals. *Oh ja. Mehr, mehr, mehr.* Er schlang sich ihr Bein um die Hüfte und drückte seine Länge gegen ihre Mitte. Grundgütiger, er war *hart* und sie bereit.

Flatternd schloss sie die Augen, als er an ihrem Hals saugte.

»Gage«, hauchte sie, doch er quälte sie weiter erregend.

»Ich höre nicht auf«, knurrte er.

Die Muskeln in seinem Hals spannten sich an. Sie wollte

mehr als die Küsse, mit denen er ihren Mund erkundete und die ihr das Gefühl gaben, er würde für immer bei ihr bleiben wollen. Im Hintergrund war gedämpft die Band zu hören und konkurrierte mit ihrem wilden Herzschlag. Gage zog sich zurück, umfasste ihr Gesicht und lehnte schwer atmend seine Stirn an ihre.

»Salbird«, hauchte er voller Lust und Liebe. Genauso wie in ihren Fantasien, allerdings war es viel besser, denn es war real.

Sehnsucht tobte in ihr, vernebelte ihre Gedanken und ließ sie vor Verlangen zittern. »Bring mich ins Hotel.« Es klang wie eine Mischung aus Flehen und Aufforderung.

Sie musste ihn nicht zweimal bitten. Sobald sie im Auto saßen, griffen sie über die Mittelkonsole, da sie einfach nicht die Finger voneinander lassen konnten. *Jetzt ist es so weit*, jubelte ihr von Lust benebelter Verstand. Endlich würde sie den Mann lieben, den sie schon so lange wollte, dass ihr Körper pochte und sich nach ihm verzehrte. Sie war ebenso nervös wie aufgeregt. Gage küsste sie fest und besitzergreifend, während er sie anschnallte.

»Ich will ja nicht, dass meine Frau verletzt wird.«

Sie beobachtete seine vollen Lippen, die sie mit sündhaften Versprechen lockten.

»Beeil dich«, drängte sie ihn. Wenn er nicht bald losfuhr, würde sie entweder einen Rückzieher machen oder ihn erneut in einen Kuss ziehen. Einen Rückzieher wollte sie auf keinen Fall machen, und wenn sie ihn wieder küsste, würde sie sicher nicht aufhören können. Betrunken zu heiraten und miteinander zu schlafen, ließ sich nur toppen, wenn sie beim Sex auf einem Parkplatz erwischt wurden. Bei ihrem Glück könnte das durchaus passieren.

Gage ließ während der gesamten Fahrt seine Hand auf ihrem Bein und schob die Finger unter den Saum ihres Kleids. Es war unmöglich, nicht daran zu denken, da sie sich praktisch durch ihre Strumpfhose brannte. *Vielleicht hätte ich halterlose Strümpfe anziehen sollen.* Wenn sie sich nur ein klein wenig bewegte, würde sie seine Finger an ihrem Höschen spüren. Sie dachte darüber nach, und ihre Wangen brannten, während er auf den Hotelparkplatz fuhr und den Motor abstellte.

Gage beugte sich zu ihr herüber und wickelte langsam die Haarsträhne von ihrem Finger. Der sinnliche Ausdruck auf seinem Gesicht trieb ihren Puls in die Höhe, und sie konnte es nicht erwarten, ihn dabei endlich in sich zu spüren. Er küsste ihre Hand und schob ihr die Haare hinters Ohr. Anschließend strich er mit den Fingerknöcheln über ihre Wange und seine Miene wurde weicher.

»Bist du noch einverstanden, Salbird? Es gibt keinen Druck, solltest du es dir anders überlegen.«

»Tue ich nicht.« Faszinierend, dass sie trotz ihrer Nervosität sprechen konnte. Sie könnte sich eine Ewigkeit darüber den Kopf zerbrechen, was als Nächstes kam, aber hatte sie das nicht bereits jahrelang getan? Es war absolut unmöglich, dass irgendeiner ihrer Bekannten plötzlich an die Tür klopfte oder ihr Sohn nach Hause kam und sie zusammen im Bett erwischte. Sicherer als hier konnte es nicht sein. Um sie aufzuhalten, müsste schon ein Meteorit auf die Erde zurasen.

Seine Lippen waren so weich und sanft und köstlich, dass ihr ganzer Körper prickelte.

Ein paar Minuten später konnten sie weder die Hände noch ihre Münder voneinander lassen, geschweige denn das Tempo drosseln. Die Aufzugtüren öffneten sich und sie stolperten förmlich ineinander verknotet in den Flur. Dann waren sie endlich ins Gages Zimmer, die Tür schloss sich klickend hinter ihnen, und sie lösten sich lange genug voneinander, um die Mäntel auszuziehen. Im Raum roch es nach Gage, herb und verlockend. Bis auf das Mondlicht, das einen blauen Schein durch die geöffneten Vorhänge warf, war es dunkel. Sally bebte wie ein Blatt im Wind.

Gage strich über ihre Arme. »Alles in Ordnung, Liebling?«

»Nervös«, antwortete sie ehrlich und schluckte schwer.

»Ich auch.«

Unwillkürlich musste sie lachen. »Ja, klar.«

Er trat so dicht an sie heran, dass sich ihre Körper von der Brust bis zu den Schenkeln berührten. »Die Frau meiner Träume ist in meinem Hotelzimmer und sie ist weder betrunken noch beschwipst.« Er nahm ihre Hände und führte sie weiter ins Zimmer hinein. »Die letzten fünf Jahre, in denen ich dich wollte, haben zu diesem Moment geführt. Werde ich es in den Sand setzen? Zu schnell sein?« Er öffnete sein Hemd, hielt jedoch nach zwei Knöpfen inne. »Zu langsam?«

Er führte sie zur Bettkante und kniete sich vor sie. Mit jedem Atemzug beschleunigte sich ihr Puls. Genau so hatte der Abend begonnen, und als er ihren Fuß anhob und über ihre Wade strich, strömten die Erinnerungen an das, was er vorhin hatte machen wollen, auf sie ein. Ihr wurde heiß. Es müsste doch unmöglich sein, so viel zu empfinden und bereits so erregt zu sein, dass sie feucht war, bebte, und kaum sprechen konnte. Allerdings strich er nun an ihrem Bein hinauf, und sie wusste, dass er mit seiner meisterhaften Verführung gerade erst begonnen hatte.

»Werde ich dir genug Freude bereiten?«, fuhr er mit den möglichen Gründen für seine Nervosität fort.

Er zog ihr einen Stiefel aus. Seine Aufrichtigkeit war irgendwie unerwartet und sinnlich, ebenso wie er behutsam ihren anderen Fuß anhob und quälend langsam den Reißverschluss öffnete.

»Werde ich überhaupt durchhalten, wenn ich das erste Mal tief in dich eindringe?« Er hob eine Braue und grinste verschmitzt.

Oh Gott. Ihre Lust stieg. Konnte er sie allein mit Worten an den Rand des Höhepunkts bringen?

Er zog ihr den Stiefel aus, setzte sich neben sie, schlüpfte aus seinen Schuhen und entledigte sich dann seiner Strümpfe. Sally konnte vor Nervosität kaum atmen.

Sanft und doch bewusst verführerisch schob er ihr die Haare von der Schulter. »Finde ich einen Weg, dir diese Strumpfhose auszuziehen, ohne sie zu zerreißen?«

Oh! Daran hatte sie nicht gedacht. Sie hätte sich nicht nur über das Kleid den Kopf zerbrechen dürfen. Beim nächsten Mal musste sie besser vorbereitet sein. *Zerreiß sie, bitte! Mit den Zähnen.* Sie wollte die Worte aussprechen, doch er drängte sie auf den Rücken und ihre Stimme verlor sich unter ihrem wilden Herzschlag.

Er verschränkte ihre Finger ineinander und ließ seine Lippen hauchzart über ihre gleiten. Sie liebte diese federleichte Andeutung eines Kusses.

»Es gibt viele Gründe, nervös zu sein, aber das hält mich nicht davon ab, jede Sekunde dieser Nacht zu genießen.«

Er ließ eine ihrer Hände los, streichelte sie von den Rippen bis zur Hüfte und wieder nach oben bis zu ihrer Brust. Sie erschauerte vorfreudig. Lange sagte er kein Wort, sondern betrachtete sie einfach nur, während er die Wölbung ihrer Taille, ihre Brust und ihren Oberschenkel erkundete.

Oh Gott ...

Ihr angestrengtes Atmen und das leise Kratzen seiner Hand

auf ihrem Kleid waren die einzigen Geräusche im Raum. Er berührte ihre Wange, als wäre sie ein kostbarer Schatz. Mit jeder Sekunde schlug ihr Herz schneller.

»Ich kann mich nicht entscheiden, wo ich anfangen soll.« Er strich mit dem Daumen über ihre Lippen. »Deinem Mund?« Er folgte der Spur seines Fingers mit der Zunge, und sie versuchte, sich einen Kuss zu stehlen, doch er entzog sich ihr. »Deinem Hals?« Sanft saugte er an ihrer Haut.

Sie wand sich unter ihm.

»Oder ziehe ich dich aus und fange tiefer an?« Er schob ihr das Kleid nach oben, ohne dabei den Blickkontakt zu unterbrechen, und das war das Heißeste, was sie je gesehen hatte. Mittlerweile berührte er den Bund ihrer Strumpfhose. »Die muss verschwinden.«

Sie streckte die Hand danach aus, doch er hielt sie auf.

»Auf keinen Fall, meine Schöne.«

Er streichelte sie berauschend zwischen Nabel und Schenkel, und sie versuchte, sich auf seine geschmeidigen, verlangenden Küsse zu konzentrieren, doch ihre Gedanken wanderten immer weiter südwärts. Dort hielt er immer wieder kurz vor ihrer Mitte inne, so verlockend, bis sie bei jeder Abwärtsbewegung die Luft anhielt. Er legte sein Bein über ihres, sodass sie seine harte, pulsierende Erregung spüren konnte und sich auch vom letzten Rest ihres Verstandes verabschieden musste. Wie wild griff sie nach ihm und wölbte sich ihm entgegen. Langsam und vorsichtig versuchte er, ihr die Strumpfhose über die Beine zu ziehen, erwischte jedoch versehentlich auch ihren Tanga, wodurch sich beides ineinander verhedderte. Er runzelte die Stirn und versuchte, die Strumpfhose wieder nach oben zu rollen, wobei er das Nylon zerriss.

Da war sie schon kurz davor, seit Jahren zum ersten Mal

wieder Sex zu haben, und dann das! Sie hob den Po vom Bett, um ihm zu helfen, doch das machte das Ganze nur schlimmer. Ihre Blicke trafen sich, und kurz bevor sie vor Scham im Boden versinken konnte, lachte sie laut auf.

»Ich kann nicht mal nüchtern Sex haben«, sagte sie zwischen ihrem hysterischen Lachen.

»Oh, du wirst Sex haben. Den besten Sex deines Lebens, sobald ich dich aus diesem Ding befreit habe.« Mit einem Ruck zerriss er die Beine der Strumpfhose, doch der Bund blieb unversehrt. »Was ist das denn jetzt?«

Sally lachte so heftig, dass ihr Tränen über die Wangen liefen. Gage setzte eine entschlossene Miene auf, was ihren Lachanfall nur befeuerte. Er zerrte am Bund, als würde sein Leben davon abhängen, während sich Sally in die Matratze krallte und ihn mit ihrem Lachen ansteckte. Nachdem es ihm endlich gelungen war, ihr sowohl die Strumpfhose als auch das Höschen auszuziehen, strich er mit dem seidenen Stoff über ihre Mitte und ihre Schenkel. Der lüsterne Ausdruck in seinen Augen ließ sie abrupt innehalten. Er beugte sich über sie und sah sie so offen, ehrlich und *echt* an, dass sich alle Teile ihrer Welt zusammenfügten.

»Tut mir leid, Baby.«

Erneut musste sie ein wenig lachen. »Schon in Ordnung.«

»Mir fallen ein paar Dinge ein, die wir damit anstellen kön-nen.« Er strich mit dem Stoff über ihr Handgelenk und ihr Puls raste. »Aber ich fürchte, dass ich dich nie wieder losbekomme.«

Das löste erneut einen Lachanfall aus.

Ausgelassen schob sie ihn auf den Rücken und knöpfte sein Hemd auf. »Wie gut, dass ich keine Bauch-weg-Unterwäsche anhabe.«

»Nächstes Mal nehme ich eine Schere.«

Gott, sie liebte diesen wunderschönen Mann. *Liebte* ihn! Das war keine Vernarrtheit oder Einsamkeit. Das war eine allumfassende, tiefgreifende, unendliche Liebe. Sie drückte ihm einen Kuss auf die Brust.

Gage schlüpfte aus seinem Hemd und warf es auf den Boden.

»Du willst immer noch eine Wiederholung? Selbst nach diesem Strumpfhosen-Fiasko?« Sie musste ihn einfach aufziehen.

»Jeden Tag für den Rest meines Lebens.«

Gage zog sich aus, ohne Sally dabei aus den Augen zu lassen. Ihr Kleid war hochgerutscht, die Beine hatte sie untergeschlagen. In ihren großen blauen Augen schimmerten Unschuld und Hunger gleichzeitig. Sie ließ ihren Blick an seinem Körper entlangwandern, blieb an seiner Erektion hängen und machte ihn noch härter. Mit stockendem Atem richtete sie sich auf den Knien auf und zog sich das hautenge Kleid über den Kopf. Darunter kam ein schwarzer Spitzen-BH zum Vorschein, der ihre vollen Brüste umhüllte. Ohne einen Moment zu zögern, ließ sie auch das Dessous aufs Bett fallen. Grundgütiger, sie war *umwerfend.* Alles an ihr. Angefangen bei ihren rosigen Nippeln bis hin zu ihrer kurvigen Taille und den dünnen, kaum sichtbaren weißen Dehnungsstreifen an ihrem Unterbauch. *Die Zeichen der Mutterschaft.* Wegen dieser Narben liebte er sie noch mehr.

Sein Blick wanderte tiefer zu den blonden Härchen zwischen ihren Schenkeln. Sally biss sich auf die Unterlippe, wickelte sich gedankenverloren eine Strähne um den Finger und bedeckte mit der anderen Hand ihren Bauch.

Alles in ihm sehnte sich danach, sie endlich zu lieben, doch es war sein wild schlagendes Herz, das ihn antrieb, ihre Hand wegzuschieben, damit er jeden Streifen küssen konnte.

»Du bist wunderschön, Vögelchen.«

Mittlerweile zitterte sie heftiger, also drückte er sie sanft aufs Bett und küsste sie, bis das Beben abebbte.

»Ich liebe dich, mein Liebling, und wenn du einen Augenblick oder einen Tag brauchst, sag es mir.«

Ihr Lächeln war unglaublich süß und sie schüttelte den Kopf. »Ich brauche nur dich, Gage. Lieb mich so, wie du es mir versprochen hast.«

Wie du es mir versprochen hast. Sie wusste, dass sie auf ihn zählen konnte – selbst in dieser Sache. Das bedeutete ihm so viel, dass ihm kurz die Worte fehlten. »Jederzeit, Baby.«

Auf dem Weg an ihrem Körper hinab prägte er sich ein, wie wunderbar weich und willig sie unter ihm war. Er fand heraus, wann sie den Atem anhielt – wenn er ihre Brüste mit dem Mund verwöhnte – und wann sie sich ihm entgegenwölbte – wenn er ihre Hüften küsste. Sie spielte mit seinen Haaren und eine Gänsehaut breitete sich von ihrem Bauchnabel bis zu ihren Schenkeln aus. Als er zwischen ihre Beine rutschte, spreizte sie sie einladend und schloss die Augen. Er verschränkte ihre Finger miteinander, denn er liebte sie so innig, dass er auf jede nur erdenkliche Art mit ihr verbunden sein wollte.

Ihr Griff wurde fester, als er die Innenseite ihres Beins küsste. Kurz betrachtete er ihre geröteten Wangen und wie sie sich auf die Unterlippe biss. Ihr linker Arm ruhte neben ihrem Kopf und sie hatte sich eine Strähne um den Finger gewickelt. Sein Herz zog sich zusammen. Sie war so vertrauensvoll. Er wusste, dass er den Rest seines Lebens dafür sorgen würde, dass sie niemals an diesem Vertrauen zweifeln musste.

Er küsste die blonden Haare zwischen ihren Beinen und leckte über ihre glänzende Mitte. Zum ersten Mal konnte er sie nüchtern schmecken. *Süße Perfektion.* Er liebte sie langsam, leckte und küsste sie, reizte und neckte sie mit Hand und Mund, bis sie sich stöhnend unter ihm wand. Ihr sexy Murmeln trieb seinen Puls in die Höhe. Sally neigte die Hüften und führte ihn mit ihren Bewegungen, da sie zu schüchtern war, um ihn verbal darum zu bitten. Mit zwei Fingern drang er in sie ein und verwöhnte sie, bis ihr Atem abgehackt kam und sich ihre Beine um seinen Kopf verkrampften. Noch einmal brachte er seine Zunge und seine Finger an dieser magischen Stelle in ihr zum Einsatz und sie schrie seinen Namen.

»Gage! Oooh ...«

Der verführerische Laut traf ihn wie eine Kugel. Er ritt die Wellen der Lust mit ihr und brachte sie direkt wieder an den Rand des Höhepunkts. Sie grub die Nägel in seine Fingerknöchel. Bestimmt würde sie Spuren hinterlassen, aber das war ihm egal. Er wollte sie überall.

»Gage«, keuchte sie. »Ich brauche *dich*.«

Auf dem Nachttisch lag ein Kondom, das er sich überstreifte. Sally öffnete flatternd die Augen und sein Herzschlag geriet ins Stolpern, als sie die Hand nach ihm ausstreckte. Er hatte so lange auf diesen Moment gewartet, dass er praktisch eine Liste an Dingen hatte, die er in diesem Moment sagen wollte. Doch ein Blick in ihre liebevollen Augen verschlug ihm die Worte. Und als er in ihre enge Hitze eindrang, füllte er sie so vollständig und perfekt aus, dass er kaum atmen konnte. Ihre Körper bewegten sich im Einklang. Es war noch besser als in seinen Träumen. Besser als alles, was er sich vorstellen konnte. Sie schlang die Beine um seine Taille und sie küssten sich innig. Gage schob eine Hand unter ihren Hintern und hielt sie mit der anderen fest, während er sie so ausgiebig liebte, dass er die Zähne zusammenbeißen musste, um nicht zu schnell zu kommen. Die Dringlichkeit, mit der er sie wollte, und eine ganze Flutwelle von Emotionen machten es ihm schwer, das Tempo zu drosseln. Jeder seiner Stöße ließ ihren Atem stocken. Als er spürte, wie sie sich um ihn herum anspannte, stand er kurz vor dem Höhepunkt.

»Mach die Augen auf, Baby.«

Sie folgte seiner Bitte, und wenn er gestanden hätte, hätte ihn die Liebe auf ihrem Gesicht in die Knie gezwungen.

»Du bist mein Ein und Alles, Sally. Mein Herz, meine Seele, mein Grund zu leben.«

Tränen stiegen ihr in die Augen und er küsste sie sanft.

»Ich liebe dich auch, Gage.«

Die unverfälschte Sinnlichkeit ihrer Stimme ging ihm unter die Haut und schien sogar in seine Knochen zu sickern, wodurch er geradezu ungeahnte Höhen erreichte. Er stieß härter und liebte sie inniger, um sich für immer in ihr Gedächtnis zu brennen. Ihre gemeinsamen Laute erfüllten das Zimmer, ihre Körper waren schweißnass und sie suchten nach Halt. Sally riss ihn mit ihrem langgezogenen Stöhnen mit sich. Gages Gedanken lösten sich unter dem brennenden Verlangen auf, das sich jahrelang aufgebaut hatte, und er ergab sich glückselig der explodierenden Leidenschaft ihrer Liebe.

Im Anschluss blieben sie noch lange ineinander verschlungen liegen, während sich ihre Atmung beruhigte. Gage konnte nicht aufhören, sie zu küssen. Er wollte sich nicht mal lange genug von ihr lösen, um das Kondom zu entsorgen. Er war so von Sally erfüllt, dass er sie für immer in ihrem Liebesnest halten wollte. Murmelnd schmiegte sie sich an ihn und hielt ihn so fest, als würde auch sie die Tiefe ihrer Verbindung spüren.

Schließlich entledigte sich Gage des Kondoms und zog sie wieder in seine Arme. Ihre Herzen schlugen im Einklang.

»Meine Gefühle kommen nicht richtig zum Ausdruck, wenn ich sage, dass ich dich liebe«, gestand er. »Ich gehöre dir, Salbird. In jeder Hinsicht.«

Acht

Sally erwachte mit einem Lächeln. So gut hatte sie schon seit einer Ewigkeit nicht mehr geschlafen und der Sex war der beste … überhaupt. Ganz eng von Gage gehalten zu werden war ganz und gar nicht so, wie sie es sich vorgestellt hatte. Er war ein großer Kerl, und sie war davon ausgegangen, dass er ein bisschen mit ihr kuscheln würde, bis er schließlich seine natürliche Schlafposition einnahm. Doch nun ging langsam die Sonne auf und Gage umschlang sie noch immer. Die Haare an seinen Beinen kitzelten sie. Sein Oberkörper war heiß, seine Arme schwer und beruhigend. *Sicher. Liebevoll.* Er hatte sich die ganze Nacht nicht bewegt, abgesehen von den Küssen, die er vermutlich im Schlaf auf ihrer Schulter verteilt hatte. Sie würde sich gern zwicken, um sicherzugehen, dass es kein Traum war, wagte jedoch nicht, sich zu bewegen. Er fühlte sich einfach zu gut an, um ihn aufzuwecken. Außerdem, was, wenn ihre gemeinsame Nacht für ihn nicht so schön gewesen war wie für sie? Ihre lange Durststrecke könnte ihr Urteilsvermögen verzerrt haben. Obwohl Sex mit Gage für sie nicht nur gut war. Sondern absolut unglaublich. Und das lag sicher daran, dass sie ihn schon so lange geliebt hatte, bevor sie diese Grenze überschritten.

Er hielt sie fester, und sie spürte, wie er an ihrem Hintern hart wurde. Bei der Erinnerung an jeden perfekten Moment der vergangenen Nacht wurde ihr heiß und kalt. So oft hatte sie davon geträumt, mit ihm zu schlafen, doch als sich ihre Körper verbunden hatten, hatte es ihre Vorstellung noch übertroffen. Er roch männlicher und seine Berührungen waren – auf bestmögliche Art – gröber und kontrollierender gewesen. Und sein Lachen? Noch nie zuvor hatte sie beim Sex gelacht. Zumindest konnte sie sich nicht daran erinnern.

Nichts an Gage war vorhersehbar, und nun hatte sie Dinge gefühlt, die sie noch nie zuvor gespürt hatte. Diese Erkenntnis wurde von leichten Schuldgefühlen begleitet, doch Dave und sie waren so jung gewesen, dass sie keine Ahnung gehabt hatte, wie sie zum Orgasmus kommen sollte, geschweige denn, wie sie sich bewegen musste, um dieses Ziel zu erreichen. Um ehrlich zu sein, hatte sie einen richtigen Höhepunkt erst entdeckt, nachdem Dave gestorben war. Ein paar Monate nach seinem Unfall war sie einsam gewesen und hatte sich verzweifelt nach Berührung gesehnt und deshalb ihren eigenen Körper erkundet. Nicht nur das, sie hatte auch recherchiert, wie sie sich am besten selbst befriedigen konnte. Es war faszinierend gewesen, was sie alles empfinden konnte, und sie hatte ein schlechtes Gewissen gehabt, weil sie nicht gewusst hatte, wie sie ihre Lust steigern konnte, als sie mit Dave zusammen gewesen war. Zwar hatte er sich nie über ihr Sexleben beschwert, doch sie fragte sich unwillkürlich, ob auch ihm etwas gefehlt hatte.

»Wie geht's meiner Frau?«, fragte Gage verschlafen.

»Gut«, antwortete sie nervös. Ganz plötzlich überkamen sie neue Sorgen. *Ist zwischen uns alles in Ordnung? War es schön für ihn? Oh Gott! Hat ihm mein Geschmack gefallen?*

»Atme, Salbird. Dein Herz schlägt zu schnell.«

»Ruhe. Du machst mich nur noch nervöser.«

»Dreh dich um, Liebling.«

Sie rollte sich in seinen Armen herum und er zog sie an sich, ohne sich an seiner Erektion zu stören – oder sie zu bemerken.

»Rede mit mir, Sally.«

Auf keinen Fall konnte sie ihre Befürchtungen laut äußern. »Wie wäre es, wenn ich mich einfach für die Arbeit fertigmache? Wir haben beide einen langen Tag mit vielen Bewerbungsgesprächen vor uns.«

»Willst du das, Sally? Davonfliegen und so tun, als wäre es nie passiert?« Er küsste sie sanft. »Denn falls du dir den Kopf über letzte Nacht zerbrichst … Bitte tu es nicht.«

Sie lehnte die Stirn an seine Brust. Wie gern würde sie sich einfach nur verstecken, bis sich all ihre Sorgen gelegt hatten.

»Sally, rede mit mir. Hast du es dir anders überlegt?«

Sie schüttelte den Kopf und sah nervös zu ihm auf. »Du?«

»Nein, Babe, also brich nicht in Panik aus. Dich zu lieben war das unglaublichste Gefühl der Welt.«

»Also … hat es dir gefallen?«

»Ich kann dir sogar zeigen wie sehr«, antwortete er und grinste anzüglich. »Siehst du?« Er schlug die Decke zurück, entblößte ihre nackten Körper, und auf einmal wurden ihre Sorgen von Lust abgelöst.

»Gage!« Leise lachend zog sie die Decke wieder hoch.

Gage rollte sich auf sie und lächelte sie entspannt und aufmunternd an. »Hat es dir gefallen?«

»Was? Natürlich!«

»War ich zu aufdringlich?«

»Nein.«

»Lag es an der Strumpfhose?«

Sie lachte. »Nein. Aber das war lustig.«

Er knabberte an ihrer Unterlippe. »Was ist es dann, Salbird? Woran beißt du dich so fest?« Er hob eine Braue. »Oh, das ist doch mal eine Idee.«

Es war wunderschön, dass er wusste, wie er ihre Sorgen lindern konnte. »Tatsächlich habe ich mich noch nie in etwas verbissen.«

»Gut. Darauf können wir uns freuen.«

Ihr wurde ganz heiß. »Also war es nicht schlecht? Wirklich nicht? Du hast nicht gedacht, dass ich … Keine Ahnung. Im Bett nicht für genug Spaß sorge? Nicht aufregend genug bin? Ich habe ein Baby bekommen, deshalb könnte nicht alles, du weißt schon …« Den letzten Teil flüsterte sie.

Er küsste ihr Kinn. »Baby, du *bist* aufregend. Und was deinen Körper angeht, bist du perfekt. Hat es sich für dich nicht gut angefühlt?«

»Doch. Aber was weiß ich schon? Ich habe in meinem ganzen Leben nur mit einem Mann geschlafen.«

»Zwei«, erinnerte er sie. »Noch irgendwelche Fragen?«

Um ihren Mut zu sammeln, schwieg sie einen Augenblick. »Nur eine …«

»Was auch immer es ist.«

Ein Lächeln umspielte ihre Lippen. »Können wir es wieder tun?«

»Gott, ich liebe dich.«

Sie spürte seine Spitze zwischen ihren Beinen.

»Schutz«, drängte sie ihn.

Stöhnend griff er in die offene Nachttischschublade. Er richtete sich auf den Knien auf und öffnete die Verpackung mit den Zähnen.

»Weißt du …« Er grinste hoffnungsvoll. »Wir sind verheiratet. Wir könnten alle Vorsicht über Bord werfen und eine

Familie gründen.«

Ihre Liebe zu Gage war so stark, dass die Verlockung groß war, doch sie wusste es besser. »Ich darf erst über weitere Kinder nachdenken, wenn wir Rusty erzählt haben, dass wir verheiratet sind.« Rusty war nach Daves Tod so wütend auf seinen Vater gewesen. Ein Teil dieses Zorns war ganz normal, da er ihn so unerwartet verloren hatte. Allerdings war es für sie beide völlig überfordernd gewesen, Trisha und Chase kennenzulernen. Sie konnte von ihrem Sohn nicht erwarten, gleichzeitig mit den Neuigkeiten über ihre Hochzeit und mit einem weiteren Kind klarzukommen.

Gage rollte sich das Kondom über und legte sich auf sie. »Ich hab nur Spaß gemacht, Baby. Ich will nicht, dass Rusty sich unwohl fühlt.«

»Danke. Ich bin von der ganzen Verheiratet-Sache immer noch etwas schockiert, auch wenn du es so locker nimmst.«

»Locker? Himmel, Baby. Ich will es von den Häuserdächern schreien.«

Sie prägte sich seinen liebevollen Gesichtsausdruck ein und speicherte ihn in ihrem übervollen Herzen. »Tut mir leid. Das ist sicher nicht leicht für dich.«

»Beziehungen sollen leicht sein? Ich liebe dich, Sally. Wir werden alles Nötige tun, damit wir alle damit klarkommen. Vor allem Rusty.«

»Gut. Jetzt kannst du mich gern weiter davon überzeugen, dass diese Hochzeit der beste Ausrutscher der Welt ist.«

»Ach, Salbird. Was soll ich nur mit dir machen?«

»Hoffentlich dasselbe wie letzte Nacht. Ganz besonders diese Sache mit der Zunge.«

Der restliche Tag verging wie im Flug. Sally und Gage arbeiteten eifrig ihre Termine ab und stahlen sich bei jeder sich bietenden Gelegenheit einen Kuss. Gage erwischte Sally ein paarmal dabei, wie sie in die Turnhalle spähte, und ihm wurde ganz warm, weil ihr seine Bemühungen so viel bedeuteten. Ihm gefiel die Vorstellung nicht, am Freitagnachmittag alles wegräumen zu müssen. Doch jeder Tag brachte sie dem Treffen mit Rusty und einer gemeinsamen Zukunft näher. Sally hatte mit Sable Montgomery gesprochen und Danica setzte einen Vertrag für *Surge* bei der Eröffnungsfeier auf. Gage vereinbarte Treffen mit verschiedenen Jugendgruppen nach den Feiertagen und nach einer Reihe enttäuschender Bewerbungsgespräche erhielt er einen Anruf von Sinclair »Sin« Vernon. Sie verabredeten sich für Freitagvormittag, kurz bevor Sally und Gage die Stadt verlassen würden. Gage wusste, dass Sin perfekt für die Stelle war, und hoffte, dass sie ihm bieten konnten, was er suchte.

Am Ende des Tages hatten sie beide genug von der Arbeit und wollten nur noch in die Arme des anderen. Zuerst mussten sie jedoch in den örtlichen Läden nach Geschenken für Danicas und Blakes Babyparty und Blues und Lizzies Hochzeit suchen.

»Unglaublich, dass wir damit so lange gewartet haben«, sagte Sally, als sie losgingen. »Das passt gar nicht zu uns.«

»Mein Schatz, dir ist doch klar, dass du klingst, als wären wir schon ewig verheiratet, oder?« Er legte einen Arm um ihre Schultern. »Vom ersten Tag an waren wir ein Team.«

»Was auch immer, mein *aufdringlicher geheimer Ehemann.* Es passt nicht zu uns. Normalerweise besorgen wir die Geschenke immer weit im Voraus und Danicas Babyparty steht vor der Tür.«

»Nach einer spontanen Hochzeit kann man die Prioritäten schon mal vergessen.«

Sie stellte sich auf die Zehenspitzen und küsste ihn. »Auf jeden Fall. Wir sollten Chessie auch etwas mitbringen, damit sie sich nicht ausgeschlossen fühlt.«

»Dein großes Herz ist nur einer der Gründe, warum ich dich vergöttere.«

Auf der Suche nach Ideen gingen sie zuerst in einen Geschenkladen und dann in ein Kaufhaus, aber Gage wusste einfach nicht, was er seinem Bruder besorgen sollte. »Cash und Siena schenken ihnen eine dreiwöchige Kreuzfahrt.«

»Wow, das ist ein teures Geschenk.«

»Da Blue und Lizzie sich so etwas niemals selbst gönnen würden, ist es perfekt. Was sollen sie von uns bekommen?«

»Oh Mann«, sagte sie, als sie das Kaufhaus verließen. »Ich habe keine Ahnung. Sie haben keine Liste erstellt, weil sie keine Geschenke wollen, aber Blue sollte es besser wissen. Etwas zu schenken ist das Beste daran, wenn Freunde heiraten. Wie wäre es denn mit etwas Ausgefallenem statt etwas Großem? Zum Beispiel zusammenpassende Schürzen mit *Kiss the Cook* drauf, weil Lizzie doch mal den *Naked Baker*-Webcast hatte? Oder einen Kochkurs für beide?«

»Hm, vielleicht. Das sind gute Ideen. Was möchtest du denn bekommen, wenn wir unsere richtige Hochzeit feiern?«

»Wir sind schon verheiratet«, erinnerte sie ihn.

»Wenn du denkst, dass ich darauf verzichte, dich in einem wunderschönen Kleid vor all unseren Freunden und unseren Familien zum Altar schreiten zu sehen, hast du dich getäuscht.« Er hob ihr Gesicht an und küsste sie, bis sie sich an ihn schmiegte. »Außerdem will ich spüren, wie sich mein Herzschlag beschleunigt, wenn du durch den Mittelgang kommst. Ich will wissen, dass du nüchtern bist und dich nichts davon abhalten könnte, mich zu heiraten. Also, verrat mir, süßes Vögelchen, was würdest du dir zu unserer Hochzeit wünschen?«

»Du hast mir diesen wunderschönen Abend in der Turnhalle geschenkt. Mehr musst du nicht tun.«

»Baby, siehst du es nicht? Mit dir will ich alles. Wenn wir mal alt und grau sind, sollst du nicht das Gefühl haben, irgendetwas verpasst zu haben.«

Ihr Blick wurde sanft. »Aber ich liebe dich nicht wegen all dem, was du für mich tust. Ich liebe dich, weil du der Mann bist, der du bist.«

»Ich weiß, aber ich werde weiter Dinge für dich und *mit dir* tun …« Er küsste sie erneut. »Denk doch darüber nach, was du als Hochzeitsgeschenk haben möchtest, und Blue und Lizzie schenken wir etwas, was Blue gefallen könnte – wie Dessous für seine frisch Angetraute.« Er wackelte mit den Brauen.

»Jetzt weiß ich wohl, was du haben möchtest.« Sie riss die Augen auf. »Au ja, das ist es! Lass uns ihnen sexy Sachen für ihre Hochzeitsnacht schenken. Wir haben Lizzie auf ihrer Brautparty schon einige süße Outfits geschenkt, aber man kann nie zu viele haben.«

»Deine Einfälle gefallen mir. Aber Baby, Männer tragen nicht wirklich *sexy Sachen*.«

Sie zog die Nase kraus, dann blitzte Belustigung in ihren Augen auf. »Stimmt. Wahrscheinlich ist es ihr ohnehin lieber, wenn Blue nichts außer seinem ledernen Werkzeuggürtel trägt.«

»Werkzeuggürtel?« Er zog sie an sich. »Stellst du dir meinen kleinen Bruder nackt vor?«

»Mit einem Werkzeuggürtel ist er nicht nackt.« Sie lachte.

Offensichtlich gefiel es ihr, ihn zu quälen. »So was ist heiß. Wie bei einem Stripper.«

»Das ist einfach so falsch.«

»Ich denke nur an Lizzie, so wie du an Dessous für Blue gedacht hast.« Sie hakte ihren Finger in seinen Hosenbund und klimperte mit den Wimpern. »Willst du nicht wissen, in was ich mir *dich* vorstelle?«

»Ich versuche immer noch, den Gedanken daran, dass du Blue anschmachtest, aus dem Kopf zu bekommen.«

Sie drückte sich an ihn. »Ich verspreche dir, dass ich von Blue nichts weiter als Freundschaft will. Aber es gefällt mir, deine eifersüchtige Seite zu sehen.«

»Ach ja?« Er schlang die Arme um sie.

»Mhm.« Sie legte ihre Lippen ganz nah an sein Ohr und flüsterte: »Du bist der einzige Mann, den ich strippen sehen will. Aber nur für mich. Eine private Show.«

Er lachte, doch ihre geröteten Wangen verrieten ihm, dass es kein Scherz war. In ihrem Pullover sah sie einfach hinreißend aus. Die Haare fielen ihr wie gesponnenes Gold über die Schultern und in ihren Augen schimmerte eine Mischung aus Sinnlichkeit und dem Erstaunen darüber, dass sie das gerade wirklich gesagt hatte. Es gab nichts, was er nicht für sie tun würde. »Meinst du das ernst?«

Schüchtern lächelnd hob sie eine Schulter. »Ich habe noch nie einen Stripper gesehen. Und ich habe kein Interesse daran, mir einen Fremden anzuschauen.«

»Verdammt, Baby. Welche geheimen Wünsche versteckst du denn noch?«

»Bis gerade eben wusste ich gar nicht, dass ich das will.«

Allein die Vorstellung, für Sally zu strippen, machte ihn an. »Ich mach dir ein Angebot. An dem Tag, an dem ich der Welt verkünden darf, dass wir verheiratet sind, werde ich für dich strippen.«

»Wirklich?« Ihre Augen weiteten sich. »Das ist ein ziemlicher Anreiz für eine Frau, die nur wenig Erfahrung hat, dich aber unglaublich will.«

»Genau so mag ich dich.«

Sie setzten ihre Shoppingtour fort, und da ihnen immer noch nichts einfiel, was sie Blue und Lizzie schenken sollten, suchten sie in einem Babyladen etwas für Blakes und Danicas Babyparty.

»Ist die nicht zuckersüß?« Sally bewunderte eine Schüssel, die mit dem Mosaik von Babyfüßen verziert war.

»Hast du nicht mit deiner Mutter Mosaike gemacht, als du noch jünger warst?«

»Ja. Wenn wir verreist sind, hat sie immer einen Künstler gefunden, der uns in seiner Werkstatt hat arbeiten lassen.« Nachdenklich sah sie ihn an. »Nicht zu fassen, dass du dich daran erinnerst. Ich hab nicht mehr daran gedacht, seit …«

»Seit wir in diesem kleinen Laden im Village waren und Danicas und Blakes Hochzeitsgeschenk gekauft haben.« Diesen Tag im *Jewels of the Past* würde er niemals vergessen, weil sie ihm da zum ersten Mal von ihren Eltern erzählt hatte.

»Das ist so lange her. Wie um alles in der Welt hast du dir das gemerkt?« Sie stellte die Schüssel ab.

»Wie sollte ich das vergessen? Du hattest diesen Ausdruck in den Augen, als würdest du es wirklich vermissen. Und du hast mir so ausführlich erzählt, wie verbunden du dich dabei mit ihr gefühlt hast.«

»Ich vermisse es wirklich.« Sie betrachtete ihre Hände, als würde ihr wieder einfallen, wie es sich anfühlte, mit Ton zu arbeiten. »Diese Zeit mit meiner Mom war etwas Besonderes.«

»Dann solltest du es wieder machen. Such dir ein Studio und lade deine Mom dahin ein, wenn sie das nächste Mal in der Stadt ist.«

Sie verdrehte die Augen. »Sie ist nie in der Stadt. Das weißt du. Jetzt, da sie im Ruhestand sind, reisen sie ständig. Aber vielleicht probiere ich es mal wieder.« Sie nahm ein winziges rosa Kleid vom Ständer und ihre Miene wurde weich. »Hach, sieh dir das mal an. Ich weiß noch, wie ich durch die Läden geschlendert bin, als ich mit Rusty schwanger war, mir die Babykleidung angesehen und davon geträumt habe, wie es sein wird, wenn ich endlich mein Baby in den Armen halte. Vor der Geburt wollte ich nicht wissen, ob er ein Junge oder Mädchen wird, deshalb musste der arme Kerl als Säugling minzgrüne und gelbe Klamotten tragen. Ich wünschte, wir wüssten, ob Danica einen Jungen oder ein Mädchen bekommt.«

Gage zog sie an sich. Er freute sich darauf, eines Tages Klamotten für ihr eigenes Baby zu kaufen. »Ich wette, dass du die hübscheste schwangere Frau aller Zeiten warst.«

»Wohl kaum. Und ich war keine Frau. Als ich Mutter wurde, war ich gerade so aus dem Mädchenalter raus.« Lächelnd fügte sie hinzu: »Aber ich erinnere mich daran, wie Rusty das erste Mal in meine Arme gelegt wurde. Er war so winzig, zerbrechlich und perfekt. Ich konnte kaum fassen, dass er ein Teil von mir war. Es war überwältigend, tatsächlich den kleinen Menschen zu sehen, den wir geschaffen haben. Keine Ahnung, wie ich in seinen ersten sechs Lebensmonaten irgendetwas geschafft habe. Ernsthaft, ich habe ihn ständig angestarrt und gestaunt, wie wunderschön er war.«

»Das will ich mit dir haben, Sally. Nicht jetzt. Ich weiß, dass es noch eine Weile dauert, bis wir so weit sind. Aber ich freue mich darauf, deinen runden Bauch zu sehen und bei der Geburt an deiner Seite zu sein.«

Sie legte das Kleid zurück und schlang die Arme um seinen Nacken. »Gage, dir ist klar, dass eine Schwangerschaft nach fünfunddreißig Risiken birgt, oder? Frühgeburten, Geburtsfehler, Mehrlinge …«

»Das weiß ich alles. Ich bin schon lange genug in eine heiße ältere Frau verliebt und habe das alles bedacht.«

Sie schlug nach ihm. »Ich bin keine ältere Frau.«

Er lachte leise und sie schlenderten weiter durch den Laden.

»Weißt du nicht, dass man das Alter einer Frau nicht erwähnt?«

Er zog sie an der Hüfte in einen Gang, sodass die Mitarbeiter sie nicht sehen konnten. »Ich bin gern dein Boy Toy.« Langsam küsste er ihren Hals.

»Bist du sicher, dass du keine Jüngere willst? Die noch so viel Zeit hat? Eine, die dir fünf Jahre hintereinander ein Kind schenken kann?«

Er biss in ihren Hals.

»Hey!« Sie zog ein finsteres Gesicht.

»Fang gar nicht erst an, Sally Tuft – *Ryder*.« *Oh Mann.* Wieso war ihm das nicht eher eingefallen? Dem Ausdruck auf Sallys Gesicht nach zu urteilen, war sie auch noch nicht darauf gekommen. »Was müssen wir tun, um deinen Namen zu ändern?«

»Ähm …«

»Was? Ich meine nicht sofort. Nachdem wir es Rusty gesagt haben.«

»Aber Rustys Name ist Tuft. Und er ist mein Sohn.«

»Und ich bin dein Ehemann. Ich bitte dich nicht, deinen Namen abzulegen. Aber Sally Tuft-Ryder klingt doch nicht schlecht.«

»Wenn Rusty durchdreht …«

Er brachte sie mit einem Kuss zum Schweigen, da er sich gar nicht erst vorstellen wollte, nicht mit ihr verheiratet zu sein, geschweige denn, dass sie seinen Namen nicht annahm. Möglicherweise war er zu besitzergreifend oder altmodisch, aber das war ihm egal. Er war stolz darauf, mit ihr zusammen zu sein und wollte, dass die Welt es erfuhr.

Er lehnte seine Stirn an ihre. »Ich liebe dich, Sally. Bitte sag mir, dass du uns nicht aufgibst.«

»Niemals«, antwortete sie schnell.

»Gott sei Dank. Was ist dann …?«

»Ich denke einfach darüber nach, wie ich am besten mit Rusty umgehen soll. Ist es sinnvoller, es ihm schonend beizubringen? Sagen wir ihm, dass wir zusammen sind und tasten uns dann zur Verlobung und Hochzeit vor?«

»Nicht, wenn du damit nicht Speeddating, eine einstündige Verlobung und augenblickliches Durchbrennen meinst.«

Nachdem sie ein Geschenk für das Baby und eine besondere Puppe für Chessie besorgt hatten, gingen Gage und Sally etwas essen. Auf dem Weg zurück blieb Sally an einem Schaufenster stehen und bewunderte ein wunderschönes langes, tiefrotes Kleid aus leicht glänzendem Chiffon. Die Spitzenärmel mit den Rosen- und Perlenverzierungen verliehen dem Kleid etwas Elegantes. Durch den Empireschnitt mit dem herzförmigen Dekolleté wäre es nicht nur bequem, sondern würde sie auch schlanker wirken lassen.

Gage nahm Sallys Hand und zog sie in den Laden. »Du

brauchst dieses Kleid.«

»Nein, tue ich nicht«, widersprach sie, während er schnurstracks zu dem Ständer ging, an dem das Kleid in verschiedenen Größen ausgestellt war.

»Dann brauche *ich* es. Ich muss dich in diesem Kleid sehen.« Er sah sich die Größen an und seine Schultern sackten nach unten. »Was sollen denn diese ganzen Buchstaben bedeuten? S, M, L?«

Sie lachte. »So werden die Kleidergrößen nun mal angegeben. Wo soll ich denn so ein Kleid anziehen, Gage? Es ist zu glamourös. Lass uns einfach wieder gehen.«

Er nahm alle Kleider von der Stange und winkte eine Verkäuferin herüber. »Sie muss die anprobieren.«

Die Mitarbeiterin konnte nicht älter als zwanzig sein. Leise lachend blickte sie Sally an. »Alle?«

»Nur Größe M bitte«, antwortete Sally und sah Gage finster an, während er die sieben Kleider in seinem Arm durchsah. Die Verkäuferin öffnete die Umkleide für sie und Sally senkte die Stimme. »Gage, ich kann das wirklich nirgends tragen. Es ist albern.«

Mit einem triumphierenden Strahlen hielt er zwei Kleider nach oben. »Es ist perfekt für Weihnachten, Salbird.« Er scheuchte sie in die Umkleide und schloss die Tür hinter sich. »Ich kann es nicht erwarten, dich darin zu sehen.« Er war wie ein Kind in einem Süßigkeitenladen und öffnete so schnell er konnte den Reißverschluss. Seine Begeisterung war ansteckend. Nur um seine Reaktion zu sehen, wollte Sally, dass ihr das Kleid genauso gut stand wie der Schaufensterpuppe.

Die Verkäuferin machte ein verkniffenes Gesicht. Sie öffnete den Mund, schloss ihn dann jedoch wieder, als wüsste sie nicht, wie sie ihm sagen sollte, dass er nicht in der Umkleide bleiben konnte.

»Ähm, Gage?« Sally berührte seinen Arm, als er gerade das Kleid vom Bügel nahm.

»Ja?« Er sah von Sally zu der Verkäuferin, die auf einen vornehmen Sessel für wartende Kunden deutete. »Oh. Richtig. Entschuldigung.«

Er reichte Sally das Kleid, küsste sie keusch und ließ sich dann auf den Sessel fallen, wobei er nervös mit den Fingern tippte.

»Das ist das schönste Kleid, das wir haben«, erklärte die Verkäuferin, während Sally die Tür schloss.

»Das perfekte Kleid für die perfekte Frau«, antwortete Gage.

Sie genoss seine Bewunderung und schlüpfte in das Kleid. Zu dieser Länge würden Schuhe mit kurzen Absätzen am besten passen. Das Satinfutter fühlte sich schwer auf ihrer Haut an. Sie drehte sich zum Spiegel um und war einen Moment lang überwältigt. Noch nie hatte sie etwas so Bezauberndes besessen. Die Raffung und der Empireschnitt waren sehr schmeichelhaft. So ein Kleid gehörte auf einen roten Teppich und nicht zu einem Feiertagsessen. Sie öffnete die Tür der Umkleide und sofort war die Nervosität wieder da.

Sie spähte heraus und sofort sprang Gage auf. Als sie sich umdrehte, damit er den Reißverschluss schließen konnte, spürte sie seinen bewundernden Blick auf sich.

Sobald er fertig war, drehte er sie wieder um. »Mein Gott, Sally. Du bist umwerfend. Mehr als das. *Erlesen.* Dieses Kleid wurde für dich gemacht. Wir kaufen es.«

Ein Blick auf das Preisschild entlockte ihr ein Keuchen. »Gage, es kostet vierhundert Dollar.«

Sie wollte in die Umkleide verschwinden, doch er hielt sie an der Taille fest und zog sie in seine Arme. »Du bist um einiges mehr wert als das. Es ist das perfekte Kleid für die Feiertage und ich kaufe es, also pass beim Ausziehen auf.«

»Gage, du musst nicht …«

Er unterbrach sie mit einem Kuss.

»Du kannst mich nicht immer mit einem Kuss zum Schweigen bringen.«

»Wetten?«

Neun

Am Freitagmorgen wurde Sally von Gages Küssen auf ihrem Bauch geweckt. Sie schloss die Augen, wünschte sich, dass sie nicht heute abreisen müssten, und schwelgte in den Erinnerungen an ihr Date und die Freude in Gages Augen, als er sie in diesem wunderschönen Kleid gesehen hatte. Noch nie hatte sie sich schöner gefühlt. Der Donnerstag war mit Bewerbungsgesprächen und Vorbereitungen für das Zentrum vollgestopft gewesen. Sally hatte das Ende ihrer gemeinsamen Zeit insgeheim betrauert und nach Feierabend jede Minute genossen. Sie waren ins Kino gegangen, hatten einen langen Spaziergang gemacht, Händchen gehalten und sich unter den Sternen geküsst. Es war bitterkalt gewesen, aber sie hatten sich im Fahrstuhl gegenseitig gewärmt und es kaum ins Zimmer geschafft, bevor sie sich die Klamotten vom Leib rissen.

Nun streichelte Gage federleicht ihre Beine und holte sie wieder in die Gegenwart. Er küsste ihren Oberschenkel, sodass sie vor Vorfreude bebte. Die erste Berührung seiner Zunge jagte ihr einen Schauer über den Rücken. Er schlug einen langsamen, quälenden Rhythmus an, ehe er wiederholt die Innenseite ihres Schenkels küsste. Dann hielt er ihre Hüften fest und nahm sie mit dem Mund. Sie liebte es, seine aufreizende Art ertragen zu müssen und die Dinge nicht beschleunigen zu können. Verloren in dieser schillernden Qual spreizte sie die Beine. Gage schob die Hände unter ihren Po, hob ihre Hüften und seine Zungenfertigkeit jagte Ekstase durch ihren Körper. Sie ballte die Hände zu Fäusten und stemmte die Fersen auf die Matratze.

»Du musst ...« Sie keuchte. »... deine Zunge patentieren lassen. Grundgütiger.« Sie wand sich unter seinem Mund. »Du hättest mir schon vor Jahren sagen sollen, wie gut du das kannst.«

Lächelnd hob er den Kopf.

»Hör nicht auf«, drängte sie ihn.

»Baby, ich könnte dich den ganzen Tag verwöhnen.«

Zähne, Zunge und diese Finger ... Gage hielt sich weder mit seinen Worten noch mit seinen Berührungen zurück, und diese Kombination trieb sie immer höher und höher, sodass ihre Leidenschaft eine nie gekannte Intensität erreichte. Sie riskierte einen Blick auf ihn, und er musste ihre Bewegung gespürt haben, denn er öffnete die Augen und die Luft um sie herum knisterte. Es fühlte sich verdorben an, ihn zu beobachten, wie er sie verwöhnte, und als er über ihre Mitte leckte, ohne seinen dunklen, erotischen Blick von ihr abzuwenden, verlor sie beinahe die Kontrolle. Der Orgasmus baute sich unaufhaltsam auf, doch sie wehrte sich dagegen und genoss die überwältigenden Empfindungen. Sie ließ sich zurückfallen, kniff die Augen zusammen und bemühte sich angestrengt, ihren Höhepunkt hinauszuzögern. Doch dann setzte er seine magischen Finger ein und sie hob mit einem lustvollen Schrei die Hüften vom Bett. *»Gage!«*

Er war bereits ein Profi darin, sie auf dem Weg nach unten abzufangen und wieder nach oben zu treiben. Sie wurde von einer funkelnden Empfindung nach der anderen erfasst, bis sie sich nur noch mit Müh und Not an ihren Verstand klammern konnte.

»Zu viel«, flehte sie. »Es ist zu viel.«

Er glitt an ihr hinauf, hielt jedoch an ihren Brüsten inne. Einen Nippel nahm er in den Mund, den anderen zwickte er zwischen Daumen und Zeigefinger, was seine sinnliche Folter nur noch in die Länge zog. Er stieß gegen ihre Mitte und die Reibung war einfach köstlich.

»*Omeingott*«, flehte sie geradezu. »*Gaaaage …*«

Er stürzte sich intensiver auf sie und erneut verlor sie jegliche Kontrolle. Noch während sie kam, küsste er sie. Leidenschaftlich umspielten sich ihre Zungen und seine Hände übernahmen, was seine Härte begonnen hatte. Die Hitze in ihr wuchs mit jeder verlockenden Berührung weiter an, bis sie bebend kam und sich keuchend in die Laken krallte.

Als sie schließlich ausgelaugt und befriedigt aufs Bett fiel, übersäte er sie mit zärtlichen, liebevollen Küssen und flüsterte ihr süße Worte zu. »Ich liebe dich. Du bist so wunderschön. Ich kann nicht glauben, dass du endlich mir gehörst.«

Seine Worte brachten sie zum Lächeln. Er wollte sich ein Kondom vom Nachttisch nehmen, doch sie drückte ihn auf den Rücken, denn sie wollte ihm genauso viel Lust schenken wie er ihr. »Oh nein, das lässt du schön bleiben.«

»Was hast du denn vor?«

»So was in der Art.« Sie küsste seine Bauchmuskeln und umfasste seine Erektion, was ihm einen tiefen, wahnsinnig erotischen Laut entlockte. Dann verwöhnte sie ihn mit der Zunge und fühlte sich durch den erhitzten Ausdruck in seinen Augen stark und verführerisch.

»Himmel, Baby. Du fühlst dich gut an.«

Sie nahm ihn bis zum Anschlag in den Mund. Gage krallte

sich so fest in ihre Haare, dass ihre Kopfhaut prickelte. Das Stechen schoss durch sie hindurch und heizte sie von Neuem an. Sie stöhnte, und obwohl sie seine Worte nicht verstehen konnte, waren sie so heiß, dass sie einem weiteren Stöhnen nicht widerstehen konnte. Seine Hüften ruckten nach oben, und Sally zog das Tempo an, wobei sie ihn zusätzlich schnell und fest mit der Hand streichelte.

»Babybabybaby …«

Allerdings wurde sie nicht langsamer, denn sie genoss es, wie er sich unter ihr wand und sich an ihr festklammerte. Als er langgezogen und ergeben stöhnte, zog sie sich ein wenig zurück. Heute spielten sie ein quälendes Spiel. Sie liebte es, wenn er sie an den Rand des Höhepunkts brachte und sich dann zurückzog, sodass sie vor Verzweiflung bettelte. Nun wollte sie ihm dasselbe unerträgliche Vergnügen bereiten. Sie richtete sich auf allen Vieren auf, um ihn tiefer aufnehmen zu können, und er streichelte ihren Hintern, während sie ihn reizte und lockte.

»Ich liebe deinen Hintern, Baby.«

Mit den Fingern drang er in sie ein und sie löste sich von ihm, um sich gegen ihn zu bewegen, denn er streichelte diese magische Stelle in ihr.

Gage führte ihren Mund zurück zu seiner Länge. »Mach weiter, Baby. Komm mit mir.«

Allein seine Worte könnten sie zum Höhepunkt bringen. Sie liebte ihn so sehr. Seine schmutzigen Worte machten süchtig, sein Mund und seine Hände verdrehten ihr den Kopf und seine Härte … Himmel, sie liebte alles an ihm. Er bewegte die Finger schneller, und sie folgte seinem Beispiel, indem auch sie das Tempo anzog. Doch es war unmöglich, sich auf ihren Rhythmus zu konzentrieren, während sie von Wellen der Lust erfasst wurde. Sie musste vollkommen innegehalten haben, denn er übernahm die Führung und half ihr, ein gemeinsames Tempo zu finden.

»Baby«, presste er hervor. »Ich komme gleich.«

Er wollte ihren Kopf zurückziehen, doch sie verwöhnte ihn weiter. Sie wollte *alles* von ihm.

»Salbird«, flehte er.

Das Prickeln in ihren Beinen und der wachsende Druck in ihrer Mitte vereinnahmten sie. Er krallte sich fester in ihre Haare und hob in dem Moment die Hüften, in dem sie von ihrem Orgasmus erfasst wurde. Das heftige Beben zwischen ihren Beinen passte zu dem heißen Pulsieren in ihrem Mund.

»Grundgütiger, Salbird«, keuchte er und zog sie neben sich.

»Guten Morgen«, sagte sie frech.

»Gut? Eher spektakulär.«

Sein Kuss verriet ihr deutlich, dass er genauso ungern aufstehen wollte wie sie, denn dadurch würden sie dem Ende ihrer Abgeschiedenheit einen Schritt näherkommen.

Nach einer langen, heißen Dusche, bei der sie sich erneut in den Wahnsinn getrieben hatten, packten sie schweigend ihre Koffer. Sally konnte nicht fassen, dass ihre Zeit allein fast vorbei war. Sie beobachtete Gage durch die Tür. Seit ihnen klar geworden war, dass sie verheiratet waren, war er so beschwingt. Waren seit dieser Nacht in Vegas wirklich erst sechs Tage vergangen?

Sie gewöhnte sich immer noch an die Vorstellung, dass sie tatsächlich verheiratet waren. Mit Dave hatte sie keine richtige Hochzeit gehabt und sie waren auch nie in den Flitterwochen gewesen. Als sie ihn verloren hatte, hätte sie nie gedacht, dass sie noch einmal heiraten würde, doch schon nach wenigen Monaten Freundschaft mit Gage hatte sie sich mehr vorgestellt. Sie würde alles geben, um sich an ihre Hochzeitsnacht zu erinnern, obwohl auch die folgenden Nächte einfach unglaublich gewesen waren.

Gage ertappte sie beim Starren und warf ihr einen Luftkuss zu. *Alles in Ordnung?*, fragte er stumm.

Sie nickte. Er hatte so beharrlich auf der Flitterwochensuite bestanden, und sie erinnerte sich, dass sie sich Sorgen gemacht hatte, ob diese Ehe der Beginn eines gemeinsamen Lebens oder der Anfang vom Ende sein würde. Nun fühlte sich die Heimkehr wie eine Zwickmühle an. Sie hatte sich bereits daran gewöhnt, in Gages Armen zu schlafen, seinen Körper an sich zu spüren und ihn atmen zu hören, wenn sie mitten in der Nacht aufwachte. Wie sollte sie im Büro die Finger von ihm lassen? Wie sollten sie ein Paar sein, ohne dass es alle mitbekamen? Sie konnte nicht riskieren, Rusty das Gefühl zu geben, er würde als Letzter davon erfahren. Und obendrein war ihre Liebe in diesem Hotel zum Leben erwacht. Hier waren sie zusammengekommen, auch wenn sie sich schon vor langer Zeit in Gage verliebt hatte. Das ließ sie nur ungern zurück.

Da sie spät dran waren, frühstückten sie nach dem Auschecken unterwegs. Die übertrieben nervösen Bewerber warteten bereits am Jugendzentrum auf sie. Seitdem hatte Sally alle Hände voll zu tun. Leider war Gage immer beschäftigt, wenn sie eine kurze Pause hatte, und sie konnte kaum mit ihm sprechen. Er war schon immer Teil ihrer Gedanken gewesen, aber nun hatten sich die Dinge so drastisch verändert, dass sie ihn tatsächlich *vermisste*, wenn sie nur ein paar Stunden getrennt waren. Wie konnte das sein?

Später an diesem Nachmittag beendete Sally gerade ein

Bewerbungsgespräch. Haylie Hudson war eine zierliche Blondine mit ernsten blauen Augen und sehr viel Erfahrung. Sie hatte ein Freizeitzentrum und ein gehobenes Reisebüro geleitet. Bis jetzt war sie die vielversprechendste Kandidatin für die Stelle, denn sie hatte die passende Persönlichkeit, um das Zentrum zu leiten.

»Was ist Ihrer Meinung nach der größte Vorzug, den sie für diese Position mitbringen?«, fragte Sally.

»Zusätzlich zu meiner Erfahrung in der Verwaltung konnte ich mit eigenen Augen die Schattenseiten des Geschäfts kennenlernen, als ich mich um die ausgelagerten Veranstaltungen gekümmert habe. Ich kenne die Schwierigkeiten der Kunden, die Räume mieten oder Events im Zentrum veranstalten. Daher kann ich sie vorhersehen und umgehen, bevor sie eintreten.« Lächelnd fügte sie hinzu: »Aus persönlicher Sicht glaube ich, dass mein größter Vorzug ist, alleinerziehende Mutter zu sein.«

Das weckte Sallys Interesse. »Inwiefern?«

»Weil die Arbeit für eine Alleinerziehende nicht nur Priorität hat, sondern auch notwendig ist, ich es aber auch wirklich liebe, produktiv zu sein. Die Arbeit macht mich zu einem besseren Elternteil, und da ich mich um meinen Sohn kümmern muss, bin ich noch effizienter und organisierter geworden, was ich auch am Arbeitsplatz einsetze. Ich weiß nicht, ob Sie Kinder haben, aber sobald man mal eine Nacht durchgemacht hat, weil das Baby eine Kolik hatte, und am nächsten Tag trotzdem funktionieren musste, weiß man, aus welchem Holz man geschnitzt ist.«

Sally lachte. »An diese Tage erinnere ich mich.«

»Mit Ausreden kommt man weder bei Kindern noch bei Kunden weit. Ich bin mittlerweile Profi im Multitasking, komme den Dingen schnell auf den Grund und finde Lösungen für Probleme, bevor sie eskalieren. Und …« Sie hob den Zeigefinger. »… ich habe einen Ersatzbabysitter für meinen Ersatzbabysitter und eine wundervolle Familie, die mich unterstützt und gern einspringt, falls ich lange arbeiten muss.«

Sie erinnerte Sally an sich selbst, auch wenn sie mit Dave verheiratet gewesen war, als Rusty noch klein gewesen war. Dave hatte jede Woche siebzig Stunden gearbeitet, um sein Geschäft zum Laufen zu bringen, und sie hatte sich oft wie eine alleinerziehende Mutter gefühlt.

»Und warum wollen Sie die Firma verlassen, in der Sie gerade arbeiten?«, fragte Sally. »Ich muss ehrlich sein, das Gehalt hier wird wahrscheinlich nicht so hoch sein wie das, was sie dort langfristig erhalten könnten.«

Haylies Miene wurde weicher. »Finanzielle Sicherheit ist zwar notwendig, aber ich muss auch lieben, was ich acht Stunden täglich tue, sonst stimmt es nicht länger, dass mich die Arbeit zu einem besseren Elternteil macht. Die Arbeit im Reisebüro ist interessant, aber, wenn ich ehrlich sein darf?«

»Ja, bitte. Was auch immer Sie hier sagen, bleibt vertraulich.«

»Danke. Es hat viele Vorteile, mit wohlhabenden Kunden zu arbeiten, ist aber nicht so erfüllend wie die Arbeit damals im Freizeitzentrum. Ich liebe den Gesichtsausdruck der Menschen, wenn sie einen Ort und andere Leute finden, mit denen sie im Einklang sind und die ihnen das Gefühl geben, dazuzugehören. Im Freizeitzentrum hatte ich diese Erfüllung jeden Tag. Nichts lässt sich mit der Freude eines Kindes vergleichen, das Basketball spielen oder tanzen lernt oder einen Tutor findet, der es *versteht*. Ich habe vom *No Limitz* in Allure, Colorado, gelesen und weiß, dass Sie hier so etwas aufbauen wollen. Es wäre mir eine Ehre, für diese Stelle in Betracht gezogen zu werden. Geld ist nicht meine oberste Priorität. Ich habe gelernt, dass man manchmal seinem Herzen folgen und darauf vertrauen muss, dass sich der Rest schon irgendwie ergibt.«

Damit hätte sie genauso gut Sallys Situation mit Gage und Rusty beschreiben können. »Ja, an dieser Aussage ist etwas Wahres dran.«

Gage klopfte an und streckte den Kopf herein. »Tut mir leid, dass ich störe …«

»Schon in Ordnung. Komm doch rein.« Sally stand auf. »Haylie Hudson, das ist Gage Ryder, der Sportdirektor unseres Zentrums in Allure.« *Und mein unglaublicher Ehemann.* Sie war überrascht, wie schnell ihr dieser Gedanke durch den Kopf schoss. Es musste ihr anzusehen sein, denn Gage sah sie liebevoll an, als hätte er die Veränderung ebenfalls bemerkt. »Haylie bewirbt sich als Leiterin für das Zentrum.« *Und öffnete mir die Augen für das, was direkt vor mir ist.*

Nachdem Haylie gegangen war, schlossen Gage und Sally ab und betraten die Turnhalle, um ihre Dekorationen wegzuräumen. Sally war bester Laune, lächelte ununterbrochen und erzählte von Haylie.

»Sie hat Erfahrung, ist professionell, klug, und definitiv meine Favoritin«, sagte sie. Er konnte sich einfach nicht zurückhalten und küsste ihre Wange, doch sie ließ sich nicht ablenken. »Wie liefen deine Bewerbungsgespräche?«

»Ich habe Sin ein Angebot gemacht und er hat zugestimmt.« Er küsste ihre Lippen.

»Wir haben nicht ewig Zeit, Mr. Unersättlich.«

»Ich versuche, mich zu benehmen, aber du verlangst ziemlich viel von mir.« Er lachte leise. »Es ist kaum zu glauben, was mir heute aufgetischt wurde. Ich hätte nie gedacht, dass so viele Leute ihren Lebenslauf aufbauschen. Ein Typ meinte, er wäre vier Jahre lang Manager eines Sportteams gewesen. Wie sich herausstellt, war das in einer Fantasy-Football-Liga.«

Sally verdrehte die Augen. »Immerhin muss ich mich damit nicht herumschlagen. Ich bekomme ganz andere Sachen zu hören: ›Natürlich habe ich das Büro geleitet. Ich habe Kaffee gemacht und dafür gesorgt, dass reichlich Sahne im Kühlschrank ist.‹«

»Vielleicht ist das so ein Generationending. Wir werden Rusty vor seinem Abschluss erklären müssen, wie Bewerbungsgespräche laufen.« Gage griff nach der Tür, doch Sally berührte ihn am Arm und hielt ihn bedächtig auf.

»Danke, dass du an ihn denkst. Ich bin wegen Rusty unsicher, aber das liegt nicht daran, dass ich dich nicht liebe. Ich habe einfach Angst, die Sache falsch anzugehen.«

»Ich weiß, Babe. Ich mache mir auch Sorgen, habe aber Vertrauen in uns.«

»Wir sollten es ihm sagen, sobald er nach Hause kommt, und gleich alles erklären. Du hast recht, er ist kein launischer Teenager mehr. Hoffentlich versteht er es und freut sich für uns.«

Liebe und Hoffnung standen ihr ins Gesicht geschrieben. »Das Einzige, was mich noch glücklicher machen wird, als diese Worte von dir zu hören, ist, wenn Rusty von uns weiß und diese Sorge verschwindet, die dir wie ein Schatten folgt.«

»Ich hoffe auf das Beste. Ich will ihm nicht wehtun, aber ich kann mir nicht vorstellen, nicht jeden Tag so mit dir zusammen zu sein. Ich weiß immer noch nicht, wie ich mit all dem umgehen soll, aber wir sollten es Rusty zuerst sagen.«

»Ganz deiner Meinung.«

Sie betrachtete die Tür zur Turnhalle. »Und ich will diese tolle Dekoration wirklich nicht wegräumen oder Oak Falls verlassen. Die Zeit allein mit dir hat mein Leben verändert. Wir sind verheiratet, Gage. *Verheiratet!* Mittlerweile kann ich es sagen, ohne vollkommen auszuflippen, und ich will nicht wieder ins echte Leben zurück, wo wir aufpassen müssen, was wir sagen oder tun.«

»Salbird, ich verspreche dir, dass jeder Tag unseres Lebens genauso wundervoll sein wird. Abgesehen von den Momenten, in denen ich dich nerve, den Toilettendeckel nicht runterklappe, vergesse, Milch mitzubringen, oder ...«

Sie schlang die Arme um seinen Nacken und küsste ihn, doch die süße Berührung verwandelte sich schnell in forderndes Verlangen. Gage hob sie hoch und sie schlang die Beine um seine Hüften. Ihr strahlendes Lächeln ging ihm durch und durch.

»Ich will das alles mit dir. Na ja, bis auf die Sache mit dem Toilettendeckel.« Sie klammerte sich fester an ihn. »Was willst du jetzt tun, da du die vollständige Kontrolle über mich hast?«

»Was ich schon an unserem ersten Abend hier hätte tun sollen.«

Er öffnete die Tür und trat die Ballons zur Seite, die bereits in sich zusammenfielen.

»Oh nein, das wirst du nicht«, widersprach sie lachend. »Wir sind den ganzen Abend unterwegs und ich habe keine Zeit zum Duschen.«

»Siehst du? Weitere Kinder wären kein Problem für dich. Du bist total praktisch veranlagt.« Er setzte sie wieder ab.

»Warum finde ich das so heiß?«

Sie stopfte die Ballons in einen Müllsack. »Wegen dem, was du in der Hose hast. Du denkst ans Babysmachen.« Sie verengte die Augen zu Schlitzen und warf ihm den herausfordernden Blick zu, den er so liebte. Wie gern würde er ihre Entschlossenheit, ob Sex wirklich nicht zur Debatte stand, testen.

Leise lachend schüttelte er den Kopf. »Das ist allein deine Schuld.«

»Gut. Ich habe gern diese Macht über dich.«

Sie sammelten die restlichen Ballons ein, wobei Gage sie ständig berührte und sie erfolglos versuchte, sich davon nicht beeinflussen zu lassen. Die Röte auf ihrer Haut und ihr stockender Atem verrieten sie.

»Du weißt, dass du mich willst«, neckte er, während er die Stoffstreifen vom Torbogen wickelte.

»Wie kann es sein, dass du mit einem so großen Ego noch stehen kannst?«

Er drehte den Stoff zusammen, schlug damit nach ihrem Hintern und genoss ihr wildes Lachen. »Ich sorge gleich dafür, dass *du* nicht mehr stehen kannst.«

»Tut mir leid, mein notgeiler Ehemann, aber du wirst warten müssen. In zwei Stunden geht unser Flug.« Sie bückte sich, um einen Haufen Ballons einzusammeln.

»Wenn du mir weiter deinen umwerfenden Hintern zeigst, nehme ich mir, was ich will.«

Ihre Wangen färbten sich rot.

Nachdem sie alles abgebaut und im Lager verstaut hatten, waren immer noch Ballons übrig.

Gage rieb sich wie eine Katze an Sally und flüsterte: »Hier gibt es Duschen.«

Sie wackelte mit dem Hintern und er verpasste ihr einen

Klaps.

»Hey!« Sie wirbelte herum.

Er kam einen Schritt näher und sie rannte quietschend davon, sodass die Ballons in alle Richtungen aufstoben. Er fing sie von hinten ein und ließ seine Hände wandern.

»Du kannst mir nicht weglaufen, Gattin.« Er biss ihr in den Hals und entlockte ihr ein lustvolles Wimmern.

»Gage«, hauchte sie lachend. »Ich kann im Flugzeug nicht schmuddelig sein und nach Sex riechen.«

»Du könntest nicht mal schmuddelig sein, wenn du es versuchen würdest.« Er leckte über die pochende Stelle an ihrem Hals. »Sex im Flugzeug ist also raus?«

Mit einem sehnsüchtigen Seufzen lehnte sie den Kopf an seine Brust. »Machen die Leute das wirklich?«, fragte sie. »In diesen winzigen Badezimmern?«

»Wir könnten es ausprobieren, um herauszufinden, ob es machbar ist?«

Sie drehte sich zu ihm und drückte die Hände flach auf seine Brust. War ihr klar, wie sehr er sie liebte, wenn sie ihn so berührte? Er legte seine Hand auf ihre und ein Funke loderte in ihren hellblauen Augen.

»Gott, Baby. Dieser Blick …«

Ihre Lippen schmeckten nach dem süßen Getränk von vorhin. Es war unmöglich, das Verlangen zu unterdrücken, das sich den ganzen Tag über aufgebaut hatte, wenn er ihre Absätze vor seiner Bürotür gehört hatte, ihr Lachen im Flur erklungen war oder er sie kurz gesehen hatte, wenn sie einen Bewerber in ihr Büro brachte. Vielleicht war ihre Sorge, dass ihre Beziehung Auswirkungen auf ihre Jobs haben könnte, nicht ganz unberechtigt. Wie sollte er sich zurückhalten, wenn er doch immer mehr von ihr wollte? Er konnte sich einfach nicht zusammenreißen, berührte ihren Po, ihre Brüste und schob die Hände in ihre seidigen Haare.

»Gage«, sagte sie atemlos. »Ich will dich, möchte mich auf dem Flug aber auch nicht unwohl fühlen.«

»Also werden wir nicht schmuddelig?«, neckte er sie. Sie schüttelte den Kopf, und er zog sie fester an sich, als sie ihn schüchtern anlächelte. »Wie wäre es denn, wenn du dich stattdessen adrett in ein Auto setzt, um in die Flitterwochen zu fahren?«

Sie runzelte die Stirn. »Flitterwochen?«

»Ich kann meine frisch Angetraute doch nicht ohne ordentliche, kitschige Hochzeitsreise nach Hause lassen.«

»Aber …? Danica erwartet uns zurück.«

»Kein Aber, Baby. Wir werden am Montag pünktlich zur Arbeit erscheinen. Ich hatte nicht viel Zeit für die Planung, verspreche dir aber, dass ich dich nach unserer richtigen Hochzeit in die Flitterwochen deiner Träume entführe.«

Tränen stiegen ihr in die Augen. »Ich war noch nie in den Flitterwochen.«

»Was für ein Zufall. Ich auch nicht. Aber ich muss dich warnen. Ich habe nach dem kitschigsten Ort gesucht, damit es auch zu unserer kitschigen Elvis-Hochzeit passt.«

Sie lachte und eine Träne lief ihr über die Wange. »Es ist mir egal, ob es kitschig oder extravagant ist, oder wir die Nacht in einem Zelt verbringen. Allein die Tatsache, dass du dir Mühe gemacht und eine Hochzeitsreise geplant hast, ist mehr, als ich mir je erhofft habe.«

Zehn

Nach vier Stunden Fahrt in Richtung der Pocono Mountains fing es an zu schneien. Das erinnerte Sally an die Weihnachtsbaumschau letztes Jahr in Allure. Dort hatte es wie verrückt geschneit. Ihr wurde klar, dass sie die dieses Jahr verpassen würden. Gage und sie waren seit ihrem Kennenlernen jedes Jahr gemeinsam hingegangen. Vielleicht war es an der Zeit für eine neue Tradition. Die Vorstellung, nicht dabei sein zu können, weckte eine gewisse Sehnsucht in ihr, doch sie schob die Gedanken beiseite und konzentrierte sich auf den wundervollen Mann, der sie gewissenhaft zu ihrem geheimen Ziel brachte. *In unsere kitschigen Flitterwochen.*

Lächelnd lehnte sie sich zurück und betrachtete ihren Mann. Er hatte beide Hände ans Lenkrad gelegt und konzentrierte sich auf die Straße. Als der Schnee eingesetzt hatte, hatte er ihren Sicherheitsgurt überprüft und ihr gesagt, dass sie sich keine Sorgen machen müsste. Schon vor ihrer Abfahrt hatte er sich den Wetterbericht angesehen und mit Schnee gerechnet. Für den Fall, dass sie am Straßenrand bleiben mussten, hatte er zusätzliche Decken und Proviant eingepackt. Was da wohl drin war? Sein Bruder Cash wäre stolz auf ihn. Cash war Feuerwehrmann und bläute jedem ein, auf alles vorbereitet zu sein.

Jetzt dämmerte ihr, dass er ihr Schwager war. Tatsächlich hatte sie mehrere Schwager und Schwägerinnen.

Und Schwiegereltern.

Ein Wirbelsturm aus Emotionen tobte in ihr. Sie stand Gages Familie nahe, aber wirklich ein Teil davon werden? Ihr wurde ganz warm, wenn sie daran dachte, dass seine liebevollen Eltern sie und Rusty in ihre Familie aufnahmen. Sie erhielt eine ganze Familie, von der sie bereits jedes Mitglied liebte. Es würde noch mehr Menschen geben, die sich um Rusty kümmerten, sollte ihr etwas passieren. Darüber machte sie sich Gedanken, auch wenn sie wusste, dass Gage immer für ihn da sein würde. Genauso wie Danica und Blake, und wahrscheinlich auch Gages Familie, egal, ob sie verheiratet waren oder nicht. Daves Eltern waren nach seinem Tod weggezogen und hatten seitdem erst einmal versucht, Sally und Rusty zu besuchen. Es war beruhigend, dass Rusty Teil einer größeren Familie sein würde.

Als sie das Resort erreichten, lagen bereits fünfzehn Zentimeter Neuschnee, aber Sally wurde von ihren wundervollen Gedanken gewärmt. Die Lodge hatte drei Stockwerke und wurde an der linken Seite von einem Türmchen gestützt. An den beiden oberen Etagen gab es Balkone. Funkelnde Lichterketten schmückten die Geländer und riesigen Fenster. Vor den beleuchteten Skipisten im Hintergrund wirkte die Lodge wie verzaubert, als wären sie in einen Traum gefahren. Sie hatte ihr ganzes Leben in Colorado verbracht und schon unzählige Male Schnee gesehen, aber irgendwie hatte er nie so schön gewirkt wie jetzt.

Gage legte seine Hand an ihren Nacken. »Was meinst du, Salbird?«

»Du hattest doch was von kitschig erzählt. Es ist großartig. Viel schöner als die Resorts zu Hause – und dabei leben wir in einer Resort-Stadt.«

»Du solltest meine Fähigkeit nicht unterschätzen, Kitsch zu finden. Willkommen in der Lover's-Lodge, wo die Gäste häufig kommen und glücklich gehen.«

Sie lachte. »Hast du dir das gerade ausgedacht?«

»So gerissen bin ich nicht. Das ist ihr Slogan. Steht in großen roten Buchstaben quer auf der Website.« Er beugte sich zu ihr. »So gern ich auch hier mit dir knutschen würde, wurden wir vom Schnee ziemlich aufgehalten und verpassen noch die Weihnachtsbaumschau, wenn wir uns nicht beeilen.«

»Weihnachtsbaumschau?«, fragte sie begeistert, doch er war bereits ausgestiegen und holte ihr Gepäck aus dem Kofferraum.

Anschließend öffnete er ihr die Tür und half ihr beim Aussteigen. »Du dachtest doch nicht wirklich, dass ich dich die verpassen lasse, oder? Prioritäten, kleines Vögelchen.«

Seine Aufmerksamkeit ließ sie innerlich dahinschmelzen. »Ich war etwas traurig darüber, dass wir es verpassen.« Sie zog ihn am Kragen nach unten und küsste ihn. »Danke.«

»Mann, ich liebe deine Küsse. Na komm, Süße, bevor ich doch darauf verzichte und lieber dich anschaue.«

Das hörte sich gar nicht schlecht an.

Von innen war die Lodge ebenso bezaubernd wie von außen. Feuer brannten in den beiden Steinkaminen an beiden Enden der luxuriösen Lobby, die mit üppigen Ledersofas, gemütlich aussehenden Sesseln und Kristallkronleuchtern dekoriert war. Hinter dem großen Empfangstresen konnte man durch eine Glaswand die Terrasse sehen. Rote und orange Flammen tanzten in der mit Steinen umfassten Feuerstelle, als würden sie sich trotzig der Kälte stellen, und im Hintergrund schienen die Berge Wache zu stehen.

Sally schmiegte sich enger an Gage, während sie auf das

Einchecken warteten. »Es ist wunderschön hier. Vielleicht können wir uns nach der Weihnachtsbaumschau ja draußen ans Feuer setzen?«

»Baby, wir haben zwei Nächte, in denen wir tun können, was immer du willst.« Gage trat an die Rezeption. »Hi. Wir haben für Mr. und Mrs. Ryder gebucht.«

Ihr schwirrte der Kopf. *Mr. und Mrs. Ryder. Sally Tuft-Ryder.* Das klang wirklich toll.

Die blonde Frau hinter dem Tresen kümmerte sich um den Papierkram, ehe sie Gage die Schlüsselkarte reichte, die an einem herzförmigen Schlüsselring hing. »Sie haben unsere beste Flitterwochen-Suite.« Sie lächelte strahlend und betätigte die kleine Klingel auf dem Tresen. »Die Joe-Cocker-Suite.«

Zwei muskulöse, gebräunte Männer in Lendenschurzen tauchten aus heiterem Himmel mit Trommeln auf, während zwei umwerfende Frauen in knappen, glitzernden Outfits tanzend aus der Tür zu ihrer rechten kamen und sangen: *»You can leave your hat on …«*

Gage riss die Augen auf und legte einen Arm um Sally. Derweil tanzten die vier um sie herum und sangen von einem sinnlichen Striptease. Die Frauen wirbelten herum, die Männer spannten ihre Muskeln an und umkreisten Sally und Gage, als würden sie sich gleich auf sie stürzen … oder ihnen einen Lapdance geben. Einer der Männer stieß vor Sally übertrieben mit den Hüften nach vorn, und sie legte sich eine Hand auf den Mund, um nicht zu lachen. Gage hingegen zog sie fester an sich und funkelte den Mann finster an. Oh, sie liebte seine eifersüchtige Seite!

Sie beugte sich zu ihm und flüsterte: »Bis jetzt finde ich unsere Flitterwochen klasse. Gehören sie zum Paket?« Sie hätte schwören können, dass er knurrte.

Nach einer letzten Drehung und einem weiteren Refrain gab es noch einen Trommelwirbel, und die anderen Gäste, die dieses Schauspiel angelockt hatte, applaudierten. Einer der Tarzanverschnitte öffnete seine Trommel und holte einen Korb mit einer großen roten Samtschleife heraus. Dann sank er auf ein Knie und hielt ihnen den Korb hin. »Das Wesentliche für unsere frisch Verheirateten.«

»Danke.« Sally nahm ihm den Korb ab, der mit roten Rosenblättern ausgelegt war. Sie hatten wirklich an alles gedacht. Eine Flasche mit essbarem Erdbeermassageöl, Kerzen, zwei Gläser, Champagner, eine Schachtel Kondome, der *Ratgeber für unanständigen Sex*, eine Tube Gleitgel – *oh Gott, wirklich?* – und verschiedene Schokoladensorten.

Gage bedankte sich bei den Tänzern, dann gingen sie zum Fahrstuhl. Dort stellte er ihr Gepäck und den Korb ab. »Willkommen in unseren kitschigen Flitterwochen.«

»Gleitgel!« Sally lachte laut auf. »Was, wenn sich ihre Gäste beleidigt fühlen? Kannst du dir das vorstellen?«

»Fühlst du dich beleidigt?«, fragte er in einem verführerischen Tonfall, der ihr Herz schneller schlagen ließ.

Vermutlich hatte sie mit ihrer Antwort einen Augenblick zu lang gewartet, denn er drückte sie mit seinem fabelhaften Körper gegen die Wand und verwöhnte ihren Hals. Er wusste, dass sie das jedes Mal fertigmachte.

»Also, Salbird?«

Das Verlangen wob ein unsichtbares Band um sie, das sie aneinander fesselte, während er ihre Grenzen auslotete. In einem dunklen Schlafzimmer war es einfacher, sich mitreißen zu lassen und ihren Körpern und Herzen die Kontrolle zu überlassen, als ihre Gedanken in einem hell erleuchteten Fahrstuhl preiszugeben. Doch der gierige Ausdruck auf seinem

Gesicht machte ihre Hemmungen zunichte.

»Nein«, antwortete sie selbstsicher.

Seine Lippen verzogen sich zu einem sündhaften Lächeln und er krallte die Finger in ihre Haare. Er küsste sie langsam, innig, und so sinnlich, dass sie auf einer Wolke aus Lust zu schweben schien. Sie stellte sich auf die Zehenspitzen, um sich mehr zu nehmen, doch er zog sich zurück und sie keuchte gierig.

Er strich mit dem Daumen über ihre Lippen. »Ich werde nie genug von dir bekommen, und du kannst dir sicher sein, dass ich niemals aufhören werde, zu nehmen *und* zu geben«, sagte er mit glühender Stimme.

Die Fahrstuhltüren öffneten sich, doch sie war wie erstarrt. Gage fand offenbar viel zu viel Gefallen an ihren wackligen Beinen und ihrem vor Lust benebelten Verstand, denn er lachte leise, während sie versuchte, sich wieder zu fassen. Sie wusste nicht, wie sie ihre Füße in Bewegung setzen, geschweige denn den Korb zu ihrem Zimmer tragen konnte.

Dort angekommen nahm er ihr den Korb ab, stellte ihn auf den Boden und zog sie in seine Arme.

»Meine Braut wird in ihren Flitterwochen nicht allein über die Schwelle gehen.«

Gott, sie liebte diesen Mann! Grinsend trug er sie hinein. Sie fühlte sich leicht, sexy und so glücklich, dass sie beim Küssen lachen musste. Solche zweiten Chancen gab es doch eigentlich gar nicht, oder? Wieso hatte sie so viel Glück?

Voller Stolz und Freude trug Gage seine Braut ins Zimmer. Das

Leuchten in Sallys Augen weckte in ihm den Wunsch, solche Dinge jeden Tag zu tun, nur um es zu sehen. Er setzte sie neben dem herzförmigen Bett ab. Was sie wohl von dem beleuchteten, verspiegelten Kopfende, den roten Rosenblüten auf der Decke und den zwölf Dutzend Rosen hielt, die er bestellt hatte? Er brachte das Gepäck und den Korb herein und schloss die Tür.

»Oh mein Gott!«, sagte sie. »Sieh dir nur dieses Zimmer an! Hast du für die Rosen gesorgt?« Langsam drehte sie sich im Kreis und betrachtete die Spiegel an Wänden und Decke, die herzförmige Badewanne auf der anderen Seite, und die Rosen, die fast jede Oberfläche bedeckten.

»Bis auf die auf dem Bett. Ich hätte gern daran gedacht, aber …« Er zuckte mit den Schultern und sie schlang die Arme um seinen Nacken und küsste ihn.

»Es ist nicht kitschig. Es ist perfekt für uns.«

Das war Musik in seinen Ohren. »Es ist auf jeden Fall kitschig, aber wie soll man Elvis sonst toppen, wenn nicht mit Beleuchtung und Spiegeln?«

Gage nahm ihr Hochzeitsfoto aus dem Koffer und stellte es auf die Kommode.

Sally nahm es staunend in die Hand. »Du hast es rahmen lassen?«

»Es ist unser Hochzeitsfoto. Natürlich. Rusty wird es erst zu Gesicht bekommen, wenn wir es ihm gesagt haben, aber ich will nicht, dass du es vergisst.«

»Ich soll vergessen, mit wem ich verheiratet bin? Als wäre das möglich. Immerhin wache ich in deinen Armen auf.« Sie stellte das Bild zurück. »Ich kann immer noch nicht fassen, dass mir entgangen ist, was für ein eingefleischter Romantiker du bist.«

»Das könnte daran liegen, dass ich es nicht war«, räumte er

ein. Er holte Schal, Mütze, und Handschuhe heraus, die er für sie in Virginia gekauft hatte, und wickelte ihr den hellblauen Schal um den Hals. »Bis du aufgetaucht bist.«

»Du hast mir das alles gekauft? Wirklich vorausschauend.« Sie rieb den Kaschmirstoff an ihrer Wange. »Er ist so weich. Danke.«

»Und er betont deine hellblauen Augen.« Er zog Schal und Handschuhe an und nahm ihre Hand. »Na komm, meine Schöne. Die Weihnachtsbaumschau wartet auf uns.«

Sie folgten anderen Gästen über einen breiten Weg, der um das Resort herumführte. In der verschneiten Nacht roch es nach Hoffnungen und Träumen und hier und da auch nach Lust und Liebe. Die Menge versammelte sich um einen gewaltigen, mindestens neun Meter hohen Weihnachtsbaum. Festliche Musik lag in der Luft und am Rand war ein weißes Zelt aufgebaut, in dem die Mitarbeiter als Elfen verkleidet Champagner und Snacks servierten.

Jemand legte Gage eine Hand auf die Schulter, und er hielt Sally fester, ehe er sich umdrehte und einem als Weihnachtsmann verkleideten Mann gegenüberstand. Sally schmiegte sich an ihn. Ihre Wangen waren von der Kälte gerötet.

»Ho, ho, ho! Frohes Fest!«, trällerte der korpulente, bärtige Mann.

»Frohes Fest«, erwiderten Gage und Sally synchron.

Der Weihnachtsmann reichte ihnen zwei Anhänger. »Einen für den Baum, den anderen für zu Hause.« So schnell, wie er aufgetaucht war, ging er auch schon zum nächsten Pärchen.

Der Anhänger war eine Miniaturabbildung der Lodge mit dem eingravierten Jahr darunter. »Unser erster Baumschmuck«, sagte Sally.

»Frohe Fast-Weihnachten, Liebling.«

»Frohe Fast-Weihnachten. Ich liebe unsere kitschigen Flitterwochen.«

Eine Gruppe Elfen stimmte Weihnachtslieder an, dann hängte ein Pärchen nach dem anderen den Schmuck an den Baum. Dabei wurden sie von einer Handvoll Fotografen begleitet, die den Augenblick festhielten. Als Gage und Sally an der Reihe waren, stahl sich Gage in dem Moment einen Kuss, in dem der Fotograf auf den Auslöser drückte. Ihm war klar, dass er zu Hause sein Verlangen zügeln musste, wenn sie in der Öffentlichkeit waren, doch bis dahin würde er sich die Mühe sparen. Der Fotograf reichte ihm eine Karte, auf der beschrieben war, wie sie das Bild online bestellen konnten, damit es bei ihrer Abreise am Sonntag fertig war.

Aneinandergeschmiegt sangen sie mit den anderen Gästen und gönnten sich ein Glas Champagner mit ein paar Horsd'oeuvres, während die anderen Paare ihren Schmuck an den Baum hängten. Eine ganze Weile später verstummte die Musik und die Luft selbst schien erwartungsvoll stillzustehen.

Gage lehnte sich ganz dicht an Sally und sagte ihr ins Ohr: »Ich liebe dich, Mrs. Ryder.«

Sie drehte sich in seinen Armen und erwiderte etwas, doch in diesem Moment brach Jubel aus und übertönte ihre Stimme. Er beugte sie nach hinten und küsste sie zur Feier der Stunde. Die funkelnden Lichter des Baumes spiegelten sich in ihren Augen, und er wusste, dass er weder diesen Abend, diesen Moment, noch den Gesichtsausdruck seiner Frau jemals vergessen würde, als sie ihn zu einer Wiederholung an sich zog.

Im Laufe des Abends hörte der Schneefall auf und Gage und Sally gingen auf die Terrasse und sicherten sich eine der Liegen neben dem Feuer. Sally legte den Kopf auf seine Schulter und sie verschränkten ihre Finger. Um sie herum tanzten und kuschelten andere Pärchen oder mischten sich unter die Leute. Er konnte sich keinen perfekteren Abend vorstellen.

»Gage?«

»Hm?«

»Ich war seit Daves Unfall nicht mehr Ski fahren.«

»Ich weiß, Babe. Schon in Ordnung. Ich bin nicht davon ausgegangen, dass wir Ski fahren würden.« Schon vor Jahren hatte sie ihm anvertraut, nie wieder ans Ski fahren denken zu wollen. Er respektierte ihre Gefühle und hatte akzeptiert, dass sie in ihrem Leben gewisse Dinge aufgrund von Daves Tod vermeiden würden.

Sie stützte das Kinn auf seine Brust. Im Abendlicht sah sie einfach umwerfend aus. »Hättest du was dagegen, wenn wir es tun?«

Vor Überraschung dauerte es einen Moment, bis er ihre Worte verstanden hatte. »Nein, Babe. Was immer du tun möchtest, ich bin dabei. Aber du musst dich nicht gezwungen fühlen, nur weil wir hier sind.«

»Keine Sorge. Es ist an der Zeit.« Ein süßes Lächeln umspielte ihre Lippen. »Bis jetzt konnte ich es nicht, aber ich bin bereit, vorwärtszugehen. Ich weiß nicht, ob Rusty es je sein wird, aber manchmal habe ich das Gefühl, dass sein Zögern von meinem angetrieben wird.«

Er beugte sich vor und küsste sie. Ihre Stärke war bewundernswert. »Ich werde an deiner Seite sein, und wenn Rusty so weit ist, bin ich auch für ihn da.«

Elf

»Guten Morgen, Mrs. Ryder. Wie geht's meiner wunderschönen Frau?«, weckte sie Gage flüsternd, ehe er seine Hände liebevoll über ihren gesamten Körper wandern ließ. Nachdem sie sich geliebt hatten, genossen sie ein entspanntes Frühstück im Hotelrestaurant. Anschließend besorgten sie sich im Laden des Resorts Skihosen, liehen sich Skier aus und schlüpften dann auf einer Bank in ihre Ausrüstung. Die Sonne ließ die Temperaturen steigen, doch das war nicht der Grund für Sallys Schweißausbrüche. Während sie die Bindungen schloss, lösten der Anblick und die Geräusche der anderen Skifahrer eine Welle aus Emotionen in ihr aus. Dave war mit Blake unterwegs gewesen, als sie allein auf der Little Hellion, einer der gefährlichsten Pisten in Allure, gefahren waren. Dave war ein erfahrener Freestyle-Skifahrer gewesen, doch die Sicht war an diesem verhängnisvollen, verschneiten Abend nicht gut gewesen. Er musste den Winkel und die Entfernung seines Sprungs falsch eingeschätzt haben und landete in den Bäumen. Durch den Aufprall brach sein Genick, er war auf der Stelle tot.

Gage drückte ihre Hand und sah sie mitfühlend an. »Babe, wir müssen das nicht machen. Es macht mir nichts aus, nie wieder Ski zu fahren.«

Sie atmete abgehackt ein. Beim Anblick der Berge erinnerte sie sich daran, wie Dave Rusty das Skifahren beigebracht hatte, als er vier war. Es war immer Teil ihres Lebens gewesen, zumindest, bis Rusty ins Teenageralter und zu dem Schluss gekommen war, dass alles, was man mit seinen Eltern machte, uncool war.

»Mir ist es aber nicht egal«, gestand sie. »Früher habe ich das Skifahren geliebt, und obwohl ich so nervös bin, dass ich gleich ohnmächtig werde, muss ich es tun und diese Angst hinter mir lassen. Versteh mich nicht falsch, aber ich muss das genauso für Dave und Rusty wie für dich und mich tun. Sobald ich es überwunden habe, wird es Rusty eine Tür öffnen, die er sicher braucht. Selbst wenn er nie wieder fahren will, wird er wissen, dass es seine Mutter nicht traurig macht, sollte er in die Fußstapfen seines Vaters treten. Das ist der einzige Grund, warum ich Daves Anteil der Firma nicht verkauft habe. Er gehört Rusty.«

»Babe, du musst dir niemals Sorgen machen, dass ich irgendetwas falsch verstehe. Du hattest vor mir ein Leben mit einem Mann, der dich geliebt hat, und ihr habt gemeinsam ein Kind. Wenn Stacy anders gehandelt hätte, hätte ich das vielleicht auch und wäre obendrein auch noch geschieden. Ich bin froh, dass du geliebt wurdest, und freue mich, dass Rusty Teil meines Lebens ist. Er wird für mich immer nur so viel Sohn sein, wie er sein möchte. Ich möchte mit dir zusammen sein, und das bedeutet, dass ich deine Liebe zu Dave akzeptiere, bei dir bin und tue, was auch immer nötig ist, damit du und Rusty glücklich seid.«

Es tat weh, dass er auch nur daran denken musste, dass sie jemand anderen liebte, aber ein Neuanfang war kompliziert, und sie war froh, dass er es verstand. Sie schloss die Bindungen.

Die Skier unter ihren Füßen lösten ein eigenartiges Hochgefühl in ihr aus. Sie hatte vergessen, welche Wirkung sie auf sie hatten. Sie wünschte sich die Freiheit, es wieder genießen zu können, ohne dass sie dabei von Daves Tod überschattet wurde.

Dass wir *überschattet werden.*

»Das weiß ich zu schätzen, Gage. Ich *bin* glücklich. Nur auch nervös. Es ist ja nicht so, dass ich fürchte, vom Berg zu fliegen oder mich zu verletzen. Wenn ich die Pisten sehe, kommt einfach alles wieder zurück. Aber ich will nicht, dass Skifahren für den Rest unseres Lebens eine Sache zwischen Dave und mir ist. Und ganz ehrlich will ich auch nicht, dass die Erinnerungen an Dave ständig zwischen uns hängen. Ich bin froh, dass wir es tun und darüber reden. Mir ist klar, dass wir Dave erwähnen, wenn Rusty dabei ist, und selbst, wenn er es nicht ist. Dieser Teil meines Lebens wird immer etwas Besonderes bleiben, aber es ist jetzt über fünf Jahre her. Ich möchte herausfinden, was unsere Sache sein könnte. Vor uns liegt ein riesiger Berg. Ich denke, wir sollten zum Abschied ein letztes Mal die Pisten runterfahren und dann unsere eigenen Erinnerungen schaffen.«

»Du kannst dir gar nicht vorstellen, wie sehr ich dich gerade liebe.« Gage umarmte sie.

»Meine Fantasie ist ziemlich beachtlich«, neckte sie ihn. »Ich wette, dass noch etwas sehr *beachtlich* ist, wenn ich mich jetzt auf deinen Schoß setze.«

»Himmel, Baby. Es macht mich an, wenn du an meinen Schoß denkst. Wie sollen wir denn unsere eigenen Erinnerungen schaffen, sexy Sally?«

Sie lachte. »Hm, ich weiß nicht, *großartiger Gage.*«

»Wir könnten uns eine Höhle suchen und unsere Körperwärme testen.«

»Das klingt kalt und, du weißt schon …« Sie senkte die Stimme und hob eine Braue. »Es könnte sein, dass du mit etwas Schwund rechnen musst.«

Er schnaubte und küsste sie so leidenschaftlich, dass ihr automatisch wieder warm wurde.

»Baby, Alaska ist dafür nicht kalt genug, wenn ich mit dir zusammen bin. Eigentlich ist es das nirgendwo.«

»Wir sollten irgendwann mal nach Alaska fahren. Natürlich nur, um deine Theorie zu testen.«

»Aha, mein Mädchen will also reisen. Ich wusste doch, dass ich es in deinen Augen gesehen habe.«

»Nicht wochenlang oder so. Nur …« Sie zuckte mit den Schultern. »Um ein bisschen was zu sehen. Jetzt, da Rusty älter ist, kann ich tatsächlich verreisen, ohne mir viele Sorgen machen zu müssen. Würdest du nicht gern etwas mehr reisen?«

»Mit dir? Absolut. Aber wie wäre es heute mit dieser Höhle?«

»Ich hatte eher etwas mit *Bekleidung* im Sinn. Wie Rodeln oder Snowboarden. Irgendetwas, bei dem ich dich dominieren kann.«

In seinen Augen loderte es förmlich. »Du kannst mich jederzeit dominieren. Fessel mich. Mach mich zu deinem Sexsklaven.«

Sie stand auf und zog ihn mit sich. »Gehen wir, Romeo.«

Sie stellten sich für den Sessellift an und witzelten dabei über die verschiedenen Formen der Dominanz. Sobald sie das Polster an ihren Kniekehlen spürte, setzte sie sich, und Gage legte einen Arm um sie.

Die klare Bergluft drang in ihre Lungen und brannte auf ihren Wangen. Sie war stolz darauf, endlich diesen Schritt zu wagen. Auf der Fahrt nach oben dachte sie an Dave. Nichts hatte ihn glücklicher gemacht als Skifahren. Wenn sie ganz ehrlich war, könnte sie sogar zugeben, dass nicht einmal sie damit hatte konkurrieren können, und das war in Ordnung. Sally hatte nie den Wunsch verspürt, seine ganze Welt zu sein, wie es andere Frauen für ihre Männer sein wollten. Sie war mit Dave glücklich gewesen und war es nun auch mit Gage. *Glücklicher?*

Ihr war klar, dass es sich nicht vergleichen ließ, so jung schon nach sechs Monaten zu heiraten und plötzlich die Verantwortung für ein Baby zu haben, und versehentlich mit einem reichen Erfahrungsschatz zu heiraten und Gage schon viele Jahre geliebt zu haben.

»Alles in Ordnung, Salbird?«, fragte er.

»Ja. Es ist schön, dass wir es gemeinsam tun.«

Am Gipfel des Berges breitete sich die Piste wie ein magischer Teppich vor ihnen aus und sie spürte den vertrauten Adrenalinrausch.

»Du schaffst das, Salbird«, rief Gage ihr zu.

Sie sah zu ihm und musste gegen die Sonne blinzeln. Was für ein Glück sie hatte. Jetzt beschleunigte sich ihr Puls aus einem ganz anderen – und besseren – Grund. Mit ihm an ihrer Seite würde sie alles schaffen. Bei der Abfahrt schien das Gefühl, ihre Vergangenheit loszulassen, praktisch in ihr zu explodieren, und als Gage an ihr vorbeisauste, lieferte sie sich mit ihm ein Wettrennen in Richtung Zukunft.

Einige Stunden später öffnete Gage ihre Zimmertür und Sally rieb fröstelnd ihre Hände aneinander.

»Komm her, Baby.« Er umfasste ihre eiskalten Hände. »Warum hast du mir nicht gesagt, dass du frierst?«

»Ich hatte zu viel Spaß.«

Sie hatten Snowboardfahren gelernt, spät in einem Café Mittag gegessen und anschließend stundenlang geübt, alberne Fotos gemacht und versucht, sich von einer Gruppe Teenager Tricks beibringen zu lassen. Den ganzen Nachmittag hatten sie Erinnerungen geschaffen. Sally war einfach hinreißend gewesen und hatte nicht aufgeben wollen, bis sie beinahe den *Ollie* und den *Nollie* geschafft hatte, bei denen man von einer Rampe springen musste. Ihre Geschicklichkeit und Entschlossenheit hatten ihn umgehauen.

»Lass uns ein heißes Bad nehmen«, schlug er vor und half ihr, den Mantel auszuziehen. »Das wärmt dich wieder auf.«

Sally verschwand kurz, deshalb stellte er das Wasser an und gab etwas von dem Vanilleschaumbad hinein, ehe er den Champagner und die Gläser in Reichweite stellte. Seit der Konferenz in Vegas standen sie unter Dauerstrom. Ein ruhiger Abend war genau das, was sie brauchten. Gage platzierte ein paar Kondome neben der Wanne, obwohl er nicht ganz sicher war, wie gut das im Wasser funktionieren würde, aber egal, er freute sich darauf, es herauszufinden. Anschließend sammelte er alle Kerzen im Zimmer ein und reihte sie auf dem Fensterbrett auf. *Perfekt.* Kurzerhand legte er auch noch den *Ratgeber für unanständigen Sex* dazu, bevor er ihr kleines Liebesnest begutachtete. Irgendetwas fehlte.

Meine Frau.

Sein Spiegelbild im Fenster lächelte ihm entgegen, und er hatte das Gefühl, das Glück darüber, mit seiner besten Freundin verheiratet zu sein, würde niemals schwinden. Er beobachtete, wie die Sonne den Horizont streifte. Seit ihrer Hochzeit fühlte er sich wie neugeboren, mit neuen Aufgaben, doch obwohl er es gut verbarg, plagten auch ihn neue Sorgen.

Als er seinem Vater von Stacy erzählt hatte, hatte er ihm die Standardantwort gegeben, die Eltern in schmerzhaften Situationen immer hervorkramten. *Es sollte nicht sein. Jetzt tut es weh, aber mit der Zeit wirst du darüber hinwegkommen.* Und dann hatte Ned Ryder seine großen, starken Hände auf Gages Schultern gelegt, ihn ernst angesehen und hinzugefügt: »Junge, ich weiß, dass du gerade unheimlich leidest, aber tu dir selbst einen Gefallen. Versuch, diesen Schmerz kurz außer Acht zu lassen, damit du deine Jahre mit Stacy so sehen kannst, wie sie waren.«

Gage hatte nicht akzeptieren wollen, was sein Vater ihm zeigen wollte, bis Sally ihn gestern Abend gebeten hatte, zum ersten Mal seit Daves Tod mit ihr Ski zu fahren. Es war ein himmelweiter Unterschied, sich ein Leben mit einer Frau aufzubauen, die wollte, dass er ein Teil davon war, und Zeit mit einer Frau zu verbringen, die ungebunden die Welt erkunden wollte. Es ging nicht um das Skifahren, Snowboardfahren lernen oder wie sie einander angefeuert hatten und dann lachend und ineinander verknotet in den Schnee gefallen waren. Es ging um all die Momente in den letzten fünf Jahren, die in einer so innigen Liebe gipfelten, dass er sich ein Leben ohne sie nicht mehr vorstellen konnte. Es ging darum, Sally als Freund zu helfen, den Schmerz über den Tod ihres Ehemanns zu überwinden. Aber es ging auch um die banalen Dinge, wie gemeinsam neue Restaurants auszuprobieren, einkaufen zu gehen oder sich anzurufen, wenn einer von ihnen einen schlechten oder lustigen Traum hatte, um ihn mit der Person zu teilen, die am wichtigsten war. Es ging um das Geschenkekaufen, auch wenn sie nichts fanden, und gemütlich einen Film zu sehen und dabei Eis zu essen. Es ging darum, viele Jahre gemeinsam im Zentrum zu arbeiten, Programme aufzubauen und Leben zu verändern. Es ging um die Abende, an denen sie auf den Hochzeiten ihrer Freunde und seiner Geschwister getanzt hatten. Er hatte gewusst, dass er sie an diesen Abenden nicht mit nach Hause nehmen würde, egal, wie sehr er es gewollt hatte. Diese Momente waren das Fundament gewesen, das er und Stacy nie hätten haben können. Und er wusste tief in seinem Herzen, dass er sich mit keiner anderen Frau auf dieser Welt eine so bedeutungsvolle Zukunft aufbauen könnte.

Zwölf

Sally warf einen letzten Blick in den Badezimmerspiegel. Warum war sie nur so nervös? Gage würde sie ja nicht zum ersten Mal nackt sehen, aber aus irgendeinem Grund drehte sich ihr der Magen um. Sie schlüpfte in den Bademantel, öffnete die Badezimmertür und hoffte, ihre Nervosität kaschieren zu können. Der beruhigende, verlockende Duft von Vanille lag in der Luft. Gage sah aus dem Fenster. Sie bewunderte seinen breiten Rücken und die schmalen Hüften, an die sich seine engen, schwarzen Briefs schmiegten. Die muskulösen Beine und der perfekte Hintern waren beinahe zu viel. *Kein Wunder, dass ich nervös bin.* Es war nicht so, dass Sally Probleme mit ihrem Körper hatte. Das Flattern in ihrem Bauch und ihr beschleunigter Puls waren eher der Tatsache geschuldet, dass sie eines ihrer ersten Dates mit dem Mann hatte, von dem sie nicht genug bekam. Sich ein Zimmer zu teilen, gemeinsam zu baden und sich zu fragen, ob man miteinander schlafen oder fernsehen sollte, waren Entscheidungen für Pärchen. Und obwohl sie bereits so viel zusammen gemacht hatten, war diese Verbundenheit neu für sie.

»Ich kann im Spiegel sehen, wie du mich anstarrst«, sagte er und drehte sich langsam um. Ein sinnliches Lächeln umspielte seine Lippen. »Nervös, Baby?«

Er fuhr sich mit einer Hand durch die kurzen Haare und ihre Aufmerksamkeit blieb an dem Tattoo auf seinem Arm hängen. Sie hatte es schon so oft gesehen, dass sie nie wirklich darüber nachgedacht hatte. Vielleicht lag es am Licht und den Spiegeln, den Kerzen und dem Bad, oder vielleicht einfach daran, dass sie ihn so sehr liebte, dass ihre Anziehung zu ihm noch stärker wurde. Doch auf einmal wirkte er durch das Tattoo mysteriös.

»Da du mit deinen Haaren spielst, nehme ich das als ein Ja«, sagte er und seine Augen verdunkelten sich.

Diese nervöse Angewohnheit verfolgte sie schon seit ihrer Kindheit. Als Teenager hatte sie versucht, sie abzulegen, weil sie sich albern gefühlt hatte. Allerdings waren die Bemühungen erfolglos gewesen, und da sie kein Ventil gehabt hatte, war sie noch unruhiger geworden.

»Ich würde mich ja entschuldigen«, sagte sie, während er langsam und entschlossen auf sie zukam, sodass ihr Puls in die Höhe schnellte. »Aber ich sehe dich gerne an.«

Sie wurde in Sachen Sexualität immer mutiger und sprach Dinge aus, die sie sich sonst immer nur vorgestellt hatte. Während Gage ihren Bademantel öffnete, wusste sie, dass es an der Art lag, wie er sie ansah und mit ihr sprach. Er gab ihr das Gefühl, begehrt zu werden.

»Das ist gut, Salbird, denn ich werde nie genug davon bekommen, dich anzusehen.«

Ihr Bademantel klaffte auf und Gage betrachtete jeden Zentimeter entblößte Haut. *Okay, deshalb bin ich nervös.* Er machte keinen Hehl aus seinem Verlangen, und ihr Körper bebte erwartungsvoll, als er sich bewundernd über die Lippen leckte.

Gage umfasste ihr Kinn und neigte ihren Kopf nach hinten.

»Wirst du noch nervös sein, wenn wir alt und grau sind und ich dich ansehen und berühren will?«

»Wahrscheinlich, aber vielleicht willst du es dann nicht mehr.«

»Auf gar keinen Fall, mein Schatz.« Er küsste ihre Sorgen weg und schob ihr den Bademantel von den Schultern.

Ohne seinen durchdringenden Blick von ihr abzuwenden, trat er einen Schritt zurück und schlüpfte aus seiner Unterhose. Seine Brust hob sich unter jedem schweren Atemzug, und es war unmöglich, seine Erektion nicht anzustarren.

»Siehst du etwas, das du willst, Liebling?«

Seine Stimme war so sanft wie eine Sommerbrise. Er umfasste ihre Taille, zog sie an sich und Hitze erfasste sie rasend schnell, bis sie sich zwischen ihren Beinen sammelte und jeden Millimeter in flüssiges Feuer verwandelte. Verloren in diesen Empfindungen konnte sie nicht antworten, und das musste sie auch nicht. Gage küsste sie mit einer solchen Hingabe, dass elektrische Schauer durch ihren Körper schossen. Seine Hände waren überall. Auf ihrem Hintern, ihren Schultern, ihrem Hals und schließlich in ihren Haaren. Sie war wie hypnotisiert von der groben, starken Art, mit der er sie in Besitz nahm. Ihr blieb nichts anderes übrig, als sich an ihn zu klammern, als er seine Hüften drängend und sinnlich an ihr rieb. Dabei glitt seine Härte verlockend über ihren Bauch. Er stöhnte in den Kuss und seine Erregung trieb sie noch höher.

»Ich liebe dich so sehr«, hauchte er.

Kurz darauf saugte er so fest an ihrer Brust, dass sie sich auf die Zehenspitzen stellte und aufschrie. Er schob seine Finger in ihre feuchte Hitze und ihr Verstand setzte aus. Da waren nur noch sein Mund, der anhaltende, süße Geschmack und die Stöße seiner Härte an ihrem Bauch, die zum Rhythmus seiner

Hand passten. Sie umfasste ihn und entlockte ihm damit ein berauschendes Stöhnen, konnte den Takt jedoch nicht halten, da ihre Beine weich wurden. Mit einem langen, lusterfüllten Stöhnen kam sie schließlich und klammerte sich an seine Arme.

»Ich *liebe* es, zu hören, wie du die Kontrolle verlierst«, sagte er mit rauer Stimme.

Noch immer krallte sie sich an ihn und versuchte, wieder zu Atem zu kommen. »Wenn du solche Sachen sagst, fällt es mir schwerer, die Kontrolle wiederzufinden.«

»Von jetzt an werde ich das definitiv zu meinem Vorteil nutzen.« Er rieb mit der Nase über ihren Hals. »Verrat mir mehr deiner sexy Geheimnisse.«

»Ich hab das Gefühl, dass du sie alle ganz von allein entdeckst.«

Gage legte einen Arm um ihre Taille, was auch bitter nötig war, da ihre Beine den Geist aufgegeben hatten, führte sie zur Wanne und half ihr hinein.

Da sie zu aufgedreht war, um zu warten, setzte sie sich rittlings auf seinen Schoß, streichelte seine harten Bauchmuskeln, reizte seine Nippel und küsste seine Schultern. Gage lehnte sich zurück. Seine Augen waren so dunkel und wild wie ein Sommergewitter. Seine Erregung zuckte verlockend an ihrem Hintern. Sie verlagerte das Gewicht, um besseren Zugang zu haben, dann umfasste sie ihn und streichelte ihn fest, was ihr ein heißes Stöhnen einbrachte. Gage packte ihr Handgelenk und löste seine Lippen von ihr.

»Du bringst mich zum Kommen.«

Grinsend nahm sie eines der Kondome und bemerkte dabei den *Ratgeber für unanständigen Sex*. »Sieh an, sieh an, was hatte mein unanständiger Ehemann denn vor?«

»Verdammt, Baby. Was habe ich *nicht* vor?« Er öffnete die

Kondomverpackung mit den Zähnen.

Sally blätterte den Ratgeber auf. *Reverse Cowgirl. Hm. Das ist doch mal was.* »Den sollte ich mir später genauer ansehen.« Sie warf ihn zur Seite.

Gage richtete sich auf den Knien auf und beobachtete jede ihrer Bewegungen, als sie sich nach unten beugte, und ihn in den Mund nahm. Er zitterte am ganzen Körper, dann schob er die Hände in ihre Haare und sie konnte ein Stöhnen nicht unterdrücken. Sie entfesselte ihre wilde Seite, indem sie ihn mit ihrem Mund und ihren Händen verwöhnte. Schließlich zupfte er an ihren Haaren, damit sie von ihm abließ, und küsste sie leidenschaftlich. Sally richtete sich noch weiter auf, um mit ihm auf Augenhöhe zu sein, während er mit nassen Händen über ihre erhitzte Haut glitt. Sie hatte keine Ahnung, wo das Kondom gelandet war, aber in seinen Händen war es definitiv nicht, denn die lagen ununterbrochen auf ihr. Dann spürte sie seine magischen Lippen erneut auf ihren Brüsten, wölbte sich ihm entgegen und umfasste seine Hoden.

»*Verdammt*, Sally«, keuchte er. »Du machst mich wahnsinnig.«

Zitternd öffnete sie ein zweites Kondom und rollte es ihm hastig über. Gage setzte sich wieder, wobei er das Kondom festhielt, doch als er sie auf sich ziehen wollte, schüttelte sie den Kopf und drehte ihm den Rücken zu, ehe sie sich auf ihn sinken ließ. Gage atmete zischend aus.

Na schön, Reverse Cowgirl. *Zeig mal, was du drauf hast.*

Anfangs bewegte sie sich nur langsam, um sich an die Stellung zu gewöhnen, aber sie war verdammt gut! Mit jedem Stoß traf er die perfekte Stelle, und als er sich hinter ihr aufrichtete, ihre Brüste umfasste und ihre Nippel drückte, wurde sie von elektrischen Schauern erfasst, die eine Flutwelle an Empfindungen auslösten. Sally bog den Rücken durch, wodurch sie Gage noch tiefer in sich spürte. Sie hielt sich an seinen Armen fest, während sie von einer Welle der Lust nach der anderen erfasst wurde, bis sie am ganzen Körper bebte, obwohl sie versuchte, stillzuhalten.

»Offenbar mag mein Schatz diese Position.«

Sally senkte den Kopf. »*Omeingott*«, hauchte sie atemlos. »Hilfst du mir, mich umzudrehen?«

»Sicher, dass du nicht in dieser Stellung kommen willst?«

Grundgütiger. Wenn er *kommen* sagte, brannte sie innerlich. Sie schüttelte den Kopf.

Er hielt das Kondom fest und half ihr, sich umzudrehen. Nun saß sie wieder rittlings auf ihm, und seine Arme um ihr gaben ihr Halt.

»Das ist so viel besser«, flüsterte sie. »In deinen Armen zu sein ist einfach unvergleichbar.«

Er gab etwas Schaum auf ihre Schultern und zog sie an sich. »Sogar besser als der reißende Orgasmus von eben?«

»*Viel* besser. Er war intensiv, aber ich sehe dir lieber in die Augen.«

»Ich dir auch, Baby.«

Er fuhr mit den Fingern durch ihre Haare, küsste sie heiß und ihre Sinne gerieten ins Taumeln. Anschließend umfasste er ihren Hintern und gab das Tempo vor. Sie versuchte, ihn weiter zu küssen, doch ihre Körper bewegten sich zu schnell und die unglaubliche Reibung zwischen ihnen brachte alles an ihr zum Pulsieren. Ihre Brüste glitten in einem schwindelerregenden Rhythmus über seinen Oberkörper. Die Kerzenflammen tanzten im Zuge ihrer Bewegungen und das Badewasser schwappte um sie herum. Gage stürzte sich auf ihren Hals und murmelte süße Worte an ihrer Haut. Sie versuchte, sich auf jedes einzelne davon zu konzentrieren, aber seine Liebe und das Verlangen, das sie erfasste, waren zu viel. Sie keuchte in süßer Qual, doch Gage brachte sie mit einem Kuss zum Schweigen. Er grub die Finger in ihren Hintern, beschleunigte das Tempo und nahm sie hart und grob und trotzdem auch sanft und liebevoll. Sie spürte, wie sein Atem stockte, sich seine Muskeln anspannten, und beim nächsten Stoß wurde sie von explosiver Lust erfasst, ehe sie beide sich in ihrer Erlösung verloren.

Dreizehn

»Beeil dich!«, sagte Sally am nächsten Morgen. Sie huschten durch das Hotelzimmer und stopften ihre Habseligkeiten in die Koffer. Gestern Abend waren sie so lange aufgeblieben, dass sie verschlafen hatten und Gefahr liefen, ihren Flug zu verpassen.

Gage warf die Decke zurück, um einen letzten Blick aufs Bett zu werfen. Mit einem verschmitzten Grinsen nahm er ihr pinkes Höschen vom Bett. »Mein Lieblingsteil.«

Sally verdrehte die Augen, also verstaute er die Unterwäsche in seiner Tasche und nahm das gerahmte Hochzeitsfoto. Sally nahm es ihm ab und wickelte es behutsam in einen ihrer Pullover.

»Hast du die Babygeschenke?«

Er hob seinen Koffer. »Hier drin.«

»Dann sind wir fertig.« Ein letztes Mal sah sie sich im Zimmer um. Da wurde ihr wieder klar, was er für sie getan hatte. Er hatte ihre Flitterwochen geplant, ein kitschiges Zimmer mit beleuchtetem Kopfende und sogar eine Weihnachtsbaumschau gefunden, während sie zu sehr in ihren Beziehungen, ihrer Liebe, einfach allem gefangen gewesen war, um vorauszudenken. Sie betrachtete ihren attraktiven, geduldigen, liebevollen und mit Gepäck beladenen Ehemann und musste einfach lächeln.

»Danke für diese unglaublichen Flitterwochen.«

»Wenn wir zu Hause sind, kannst du dich richtig bei mir bedanken. Zweimal.« Er küsste sie schnell und ging zur Tür. »Das heißt, wenn wir unseren Flieger schaffen.«

»Warte!« Sally rannte zurück zur Chaiselongue und steckte den *Ratgeber für unanständigen Sex* in ihre Handtasche.

Gage schmunzelte.

»Was? Du willst ihn doch auch.« Sie hängte sich die Tasche um und überlegte, ob sie die Sache mit Sex im Flugzeug noch einmal überdenken sollte. »Hast du deinen Baumschmuck?«

»Jap. Gehen wir, mein wunderschönes Vögelchen.«

Mein wunderschönes Vögelchen. Sie freute sich darauf, diese Worte für den Rest ihres Lebens zu hören. »Es hat wirklich Spaß gemacht«, sagte sie, als sie das Zimmer verließen. »Vielleicht sollte *Kitsch* unser Ding werden.«

»Alles sollte unser Ding werden.«

Gage fuhr schnell, aber vorsichtig zum Flughafen, doch da es auf dem Highway einen Unfall gab, verpassten sie ihren Flug tatsächlich. Keiner von ihnen störte sich an der Verzögerung, denn selbst die Zeit am Flughafen war Zeit, die sie gemeinsam verbringen konnten. Einige Stunden später saßen sie schließlich im Flugzeug. Gage verschränkte ihre Finger und drückte Sally einen Kuss auf den Handrücken. Sie atmete tief ein, und es fühlte sich an, als würde sie heute zum ersten Mal Luft holen.

»Alles in Ordnung, Salbird?«

»Ja.« Sie lehnte den Kopf an seine Schulter. »Es hat sich so viel verändert, aber wir sind die Einzigen, die davon wissen.«

»Fürs Erste. Wenn wir Rusty in ein paar Wochen sehen, wird sich das ändern.« Er rieb mit dem Daumen über ihren Ringfinger. »Was für einen Verlobungs- und Ehering möchtest du denn?«

»Weiß nicht. Die Ringe aus Tinte haben mir gefallen.«

»Tätowierte Ringe sind für mich in Ordnung. Ich bin nicht wählerisch. Ich will nur ein Symbol, damit die ganze Welt es weiß.« Er küsste ihren Ringfinger. »Eigentlich hoffe ich, dass ich den Ring meines Großvaters tragen kann.«

»Meinst du den Großvater, der dir alles über Sport beigebracht hat?« Im Laufe der Jahre hatte Gage ihr viele Geschichten darüber erzählt, wie er mit seinem Großvater zu Sportveranstaltungen gegangen war und alles über Punkte, Positionen und Teamfähigkeit gelernt hatte.

»Der einzig wahre Trenton Theodore Ryder. Von ihm habe ich meine Liebe zum Sport, und bevor er gestorben ist, hat er mir gesagt, dass es im Leben nur ein wirklich wichtiges Ziel gibt: Eine Frau so vollständig zu lieben, dass sie es nicht erwarten kann, zu dir nach Hause zu kommen.«

»Das erklärt, warum deine Familie so liebevoll ist. Gute Wurzeln.«

Das Flugzeug rollte über die Startbahn.

»Ich schreibe Rusty schnell, dass wir auf dem Heimweg sind.« *Fliegen zurück nach Colorado. Hast du dich wegen des Jeeps entschieden?*, schrieb sie.

Gage schielte auf ihr Handy, dann zog er sein eigenes aus der Tasche und zeigte ihr eine Nachricht von Rusty. *Danke für die Warnung mit der Inspektion. Der Jeep, den ich wollte, hätte für 1500$ repariert werden müssen. Ich sehe mir nächste Woche einen anderen an. Bus fahren nervt.*

»Immerhin hört er auf deinen Rat.« Sie steckte ihr Handy weg. Warum hatte Rusty ihr nicht geschrieben? »Es ist seltsam, die Mutter eines Zwanzigjährigen zu sein. Als er vor ein paar Jahren aufs College gegangen ist, hat er mich gefühlt bei jeder

Kleinigkeit angerufen.«

»Stimmt. Ich erinnere mich, wie er dich angerufen und von den Partys erzählt hat, auf denen er war. Und du hast dir Sorgen gemacht, *ob* du dir Sorgen machen solltest oder nicht.«

Lächelnd erinnerte sie sich an diese Telefonate. Sie hatte sich Sorgen gemacht. »Ich mache mir immer noch Sorgen, ob ich mir genug Sorgen mache. Ich bin es wohl einfach nicht gewohnt, diese Dinge über ihn aus zweiter Hand zu erfahren. Mir ist klar, dass es normal ist, sich in Sachen Auto an einen Mann zu wenden, aber trotzdem. Es fühlt sich an, als hätte ich einen unsichtbaren Staffelstab übergeben, von dem ich gar nichts wusste.«

»Immerhin übergibst du ihn nicht an einen Fremden.«

Der Start verlief ereignislos, und nachdem die Zeichen zum Anschnallen ausgeschaltet wurden, flüsterte Sally Gage ins Ohr: »Dein Flitterwochengeschenk wartet auf der Toilette auf dich.« Sie stand auf und genoss den schockierten Ausdruck auf seinem Gesicht.

Ihr Herz schlug so schnell, dass die anderen Passagiere es sicher hören konnten – und genau wussten, warum sie so nervös den Gang entlangging. Konnte man es ihr ansehen? Sah sie schuldbewusst aus? Sie betrat den winzigen Toilettenraum und sah sich um. Es roch nach Urin und Reinigungsmitteln. Keine anregende Mischung. Sie klappte den Toilettendeckel mit der Schuhspitze herunter. Dann öffnete sich die Tür und sie lehnte sich nach hinten, um Gage Platz zu machen. Er schloss die Tür hinter sich und zog sie an sich.

Ihre Unsicherheit ließ sich nicht mehr verbergen. »Hat dich jemand gesehen? Wissen sie, dass wir beide hier drin sind?«

»Ich bin ziemlich sicher, dass mich alle im Gang gesehen haben.« Die Enge zwang sie förmlich, sich aneinanderzupressen.

»Dann *wissen* sie es?«

Er grinste. »Sie *wissen* nur, dass ich zur Toilette gegangen bin, aber wenn du nicht leise bist, werden sie sich den Rest denken können.«

Sie küssten sich, und Sally zwang sich, nicht an die restlichen Passagiere zu denken. Gage machte es ihr leicht. Er erkundete ihren Körper, entfachte alle Nervenenden und küsste sie sinnlich, während er ihren Jeansknopf öffnete. Um mehr Platz zu haben, lehnte sich Sally in die Ecke und sie beide zogen ihre Hosen nach unten. Durch eine Turbulenz wurde Sally auf ihn geworfen, sodass Gage nach hinten stolperte und auf dem Toilettendeckel landete. Sally hing lachend über ihm. Er knirschte mit den Zähnen.

»*Mist.*« Er stand auf und hob sie mit einer geschmeidigen Bewegung auf das Waschbecken. Sally stützte sich mit beiden Händen ab. Warum wollte man überhaupt Sex im Flugzeug haben? Sie trug Stiefel und die würde sie auf keinen Fall ausziehen. Mit wilder Entschlossenheit zog Gage ihre Hose bis zu den Knöcheln hinab und spreizte ihre Beine.

»Kondom«, flüsterte sie drängend.

»Verdammt.« Er bückte sich, um die Brieftasche aus seiner Hosentasche zu ziehen, stieß sich jedoch den Kopf am Rand des Waschbeckens. »Bei allem …«

»Geht's dir gut?«, fragte sie und musste erneut lachen. Sie konnte einfach nicht anders. Es war absurd. Warum hatte sie geglaubt, dass es ein Geschenk sein würde? Eher ein höllisches Geschenk.

»Ja.« Er öffnete die Kondomverpackung und streifte es sich über.

Sally schluckte ihr Lachen hinunter und umfasste sein Gesicht. »Es tut mir so leid. Wir müssen es nicht tun.«

»Oh, wir werden es tun. Ich werde dich nicht hängen lassen, meine Schöne.«

Er schlang einen Arm um ihre Taille, drehte sie so, dass sie zusammenfanden, und drang in sie ein. Sally wollte die Beine um ihn schlingen, doch ihre Hose verhinderte das, sodass ihr Stelldichein grob und noch aufregender war, weil sie einen bestimmten Winkel finden mussten, damit er tief in sie stoßen konnte. Das Flugzeug ruckte, und Gage klammerte sich an Sally, während er sie beide mit einem Arm am Waschbecken abstützte.

»Alles in Ordnung?«, fragte er hastig.

Das Flugzeug ruckte und wackelte erneut und das Zeichen für die Anschnallpflicht leuchtete auf.

»Ja. Beeil dich.«

Gage zog das Tempo an, stieß schneller in sie, hielt sie fest und spannte die Muskeln in seinen kräftigen Beinen an, um die Turbulenzen auszugleichen. Sekunden später brummte er ihren Namen und kam bebend.

»Jetzt hattest du auch offiziell Sex in einem Flugzeug.« Für sein teuflisches Grinsen hatte sich die Sache gelohnt.

Erneut geriet das Flugzeug ins Schlingern. Jemand klopfte an, bevor die Tür aufschwang und Gage am Hintern traf. Mit seinem Körper schirmte er Sally vor dem Eindringling ab.

Jemand keuchte. »Sir!«

Sally sah über seine Schulter zu der Flugbegleiterin, die genauso beschämt aussah, wie sie selbst sich fühlte. Sally lehnte den Kopf an Gages Schulter und er legte eine Hand auf ihren Hinterkopf.

»Mist.« Gage wollte die Tür mit dem Fuß wieder zutreten.

»Das ist nicht erlaubt«, fuhr die Stewardess sie an, wobei sie die Augen abschirmte. »Sie müssen sofort zu Ihren Plätzen zurück.«

»Schließen Sie die Tür, dann gehen wir«, knurrte er.

Das tat sie und Sally atmete geräuschvoll aus. »Hast du vergessen abzuschließen?«

»Mist. Keine Ahnung. Vermutlich schon.« Er kümmerte sich um das Kondom, half ihr herunter und sie säuberten sich hastig, um sich wieder anzuziehen, wobei sie ständig aneinanderstießen. Die ungeduldige Stewardess wartete vermutlich draußen und wippte mit dem Fuß.

»Alle wissen es!«, sagte Sally, während sie ihre Jeans zuknöpfte.

»Niemand weiß es. Bleib einfach cool. Und wen interessiert es überhaupt, was die anderen denken?« Er hob ihr Kinn an und küsste sie. »Ich vergöttere dich. Mehr sollte nicht wichtig sein.«

Vielleicht, aber beim Verlassen des Raums wurde sie mit einem wissenden Grinsen von einem etwa zwanzigjährigen Typen gemustert, und als Gage an ihm vorbeiging, sagte er: »Gut gemacht, Kumpel.«

So viel zum Thema cool bleiben …

Nach der Landung in Allure gingen sie noch etwas essen, doch auf dem Weg zurück zum Auto wurde Sally klar, dass sie ihre Zuneigung nun zum letzten Mal öffentlich zeigen konnten, bis sie Rusty von ihrer Beziehung erzählten. In ihrem Magen bildete sich ein Knoten.

Sie blieb mitten auf dem Parkplatz stehen. »Du musst mich jetzt und hier küssen.«

Im nächsten Moment lag sie in seinen Armen, schmiegte

sich an ihn, und er setzte all ihre unruhigen Teile wieder zusammen.

»Ich werde die Freiheit vermissen, das zu tun, wann immer ich will.«

»Ich auch, Salbird. Aber schon bald werden wir es für den Rest unseres Lebens tun können.«

Nur noch ein paar Wochen. Die Worte waren wie ein Mantra, während Gage sie durch den Verkehr in Allure lenkte. Im Winter wurde ihre kleine Stadt von Touristen überschwemmt.

»Ich bin so froh, dass ich in den Bergen wohne«, sagte Gage. »Ich habe keine Ahnung, wie jemand diesen Verkehr täglich aushält.«

Sally liebte Gages abgeschiedene Bergoase. Sein bewaldetes Grundstück umfasste mehr als zwei Hektar mit einer großen, wunderschönen Scheune und einem rustikalen Haus aus Stein und Holz, das teilweise in den Hügel eingelassen worden war, sodass es aussah, als würde es der Erde selbst entspringen. Die breiten Holzdielen, die schweren Holzmöbel und der gemauerte Kamin gaben dem Haus eine robuste, beständige Atmosphäre. Genau wie der Mann, dem es gehörte.

Gage drückte ihre Hand und fuhr von der Hauptstraße ab. »Wir sollten auf jeden Fall die Verkehrslage berücksichtigen, wenn wir entscheiden, wo wir wohnen wollen.«

»Wo wir wohnen wollen? Ich überlege immer noch, wie wir Rusty erzählen, dass wir verheiratet sind. Hast du noch mal darüber nachgedacht, wie wir ihm beibringen, dass wir zusammen sind?«

Er bog in Sallys Straße und hielt mit ernstem Gesichtsausdruck vor ihrem Haus. »Wie lange, Sally? Sollen wir getrennt leben, bis wir verheiratet sind? Erzählen wir ihm, dass wir zusammengekommen sind, und heiraten plötzlich eine Woche später? Wäre es nicht besser, ihm die Wahrheit zu sagen, damit er alles auf einmal verarbeiten kann?«

»Ich weiß nicht. Er hat seinen Vater verloren und er …«

»Baby«, unterbrach er sie mitfühlend, aber auch mit einem Anflug von Verärgerung. »Das ist Jahre her.«

»Schon, aber trotzdem.« Sie betrachtete das bescheidene Haus im Ranch-Stil, das sie mit Dave gemietet hatte, als sie schwanger war. Ein paar Jahre später hatten sie es gekauft. Rusty war hier aufgewachsen, und sie lebte hier, seit sie achtzehn war.

»Ich hab das nicht durchdacht«, murmelte sie eher zu sich selbst als zu Gage. »Was wird Rusty davon halten, dass du hier schläfst? Er kennt nichts anderes und in seinem Kopf ist es …« Sie suchte nach Worten, mit denen sie ihre Beziehung zu Gage nicht kleinredete, aber trotzdem beschrieb, wie schwer es für Rusty sein könnte.

»Es ist das Haus, in dem er wahrscheinlich immer noch seinen Vater durch die Tür kommen sieht. Das verstehe ich, Sally. Meinst du nicht, dass ich dieselben Vorbehalte habe und mich frage, wie *ich* mich fühle, wenn ich mit dir in diesem Haus lebe? Wie du dich damit fühlst? Deshalb denke ich, dass wir bei mir wohnen sollten. Dort ist die Vergangenheit kein Problem.«

»Und Rusty einfach so entwurzeln?« Sie öffnete die Autotür, denn sie brauchte frische Luft. »Das erscheint mir ziemlich harsch und würde die Dinge wahrscheinlich nur schlimmer machen.« Sie stieg aus und tigerte auf und ab.

Gage kam ums Auto herum, doch sie wandte sich von ihm ab. »Baby, er ist zwanzig, nicht *fünf*. Er hat sein eigenes Leben, einen Job, eine Wohnung und Freunde in Harborside. Er ist ohnehin kaum hier.«

»Aber es ist immer noch sein Zuhause, Gage, egal, wie oft er von der Uni herkommt.« Ihr Herz wurde in zwei Richtungen gezogen.

»Und was ist mit dir, Baby?«, fragte Gage ernst. »Wo soll dein Zuhause sein?«

Sie blinzelte die Tränen weg, die vor lauter Frust in ihr aufkamen, und wurde beim Anblick des Hauses von Erinnerungen überflutet. Dann sah sie zu Gage und die letzten Tage kamen wie ein Wirbelsturm zurück. »Ich weiß es nicht. Die Frage ist unfair. Mein Zuhause soll da sein, wo du bist und wo Rusty ist, wenn er zurückkommt, aber ...« Sie betrachtete erneut das Haus. »Es ist auch hier, bis ich weiß, dass es in Ordnung ist, wenn es sich ändert.«

Er strich sich durch die Haare und biss die Zähne aufeinander. Wortlos öffnete er den Kofferraum, lud ihr Gepäck aus und brachte es zur Haustür.

»Bist du sauer?« *Ach was? Wäre ich das nicht auch?*

»Nein, Sally. Ich bin nicht sauer. Ich überlege nur, wie es jetzt weitergehen soll. Es klingt, als würde alles auf Eis liegen, bis wir Rusty sehen. Es ist sehr verlockend, mich in einen Flieger nach Harborside zu setzen, um es hinter mich zu bringen.«

Mit schwerem Herzen setzte sie sich auf die Stufe der Veranda. »Warum tut es weh, dass du es so sagst? ›Es hinter dich bringen‹.«

»Weil du meinen Frust hörst. Glaubst du, dass ich auch nur eine Nacht getrennt von dir verbringen will? Was, wenn Rusty nicht einverstanden ist? Was dann? Ziehen wir uns zurück?« Er setzte sich neben sie, zog sie an sich und küsste sie seitlich auf den Kopf. »Tut mir leid. Uns wird wohl gerade klar, dass wir eine Menge überdenken müssen.«

Tränen stiegen ihr in die Augen. »Ich dachte, Rusty davon zu erzählen wäre der schwierige Teil, aber was sagen wir bis dahin unseren Freunden? Wo schlafen wir? Ich weiß wirklich nicht, was ich davon halten soll, mit dir hier zu schlafen. Vielleicht hätte mir das früher klar werden müssen, aber ich habe mich so von uns mitreißen lassen, dass ich die meiste Zeit nicht klar denken konnte. Das kann ich immer noch nicht.«

»Ich weiß, Babe.« Er strich ihre Tränen mit dem Daumen weg. »Was sagen wir unseren Freunden? Nichts. Du wolltest nicht, dass es jemand vor Rusty erfährt, und das respektiere ich.«

»Regt dich das nicht auf?«

»Ich bin kein Heiliger. Natürlich regt es mich auf und ich bin auch ein wenig verletzt. Aber das klingt, als wäre ich ein selbstsüchtiges Weichei, also werde ich das nie wieder zugeben.«

»Nein, tut es nicht.« Sie nahm seine Hand. »Du klingst wie ein normaler Typ, dessen Frau reif für die Anstalt ist.«

»Dann sollte es kein Problem sein, unsere Wohnsituation zu klären.« Ein verspieltes Grinsen zeichnete sich auf seinen Lippen ab. »Ich kann dich regelmäßig in deiner Anstalt besuchen.«

Sie stieß ihn mit der Schulter an. »Im Ernst, was sollen wir tun? Wie sollen wir getrennte Leben führen, nachdem wir jede Nacht miteinander verbracht haben?«

»Du kannst bei mir wohnen, Salbird. Rusty wird es nie erfahren, und falls jemand vorbeikommt, wissen sie ja, dass wir enge Freunde sind. Sie werden es nicht merkwürdig finden, dich bei mir zu sehen.«

»Vielleicht. Ich bin …« *Zu Tode verängstigt.* Wie sollte man sein Zuhause nach über zwanzig Jahren zurücklassen? »Aus dem Gleichgewicht gekommen. Ich glaube, dass ich heute Nacht hier schlafen und mich wieder sammeln sollte. Hoffentlich werde ich die Dinge morgen früh klarer sehen.«

Gage wusste, dass es nicht leicht sein würde, wieder nach Hause zu kommen, aber er hatte nicht mit so viel Schmerz in Sallys Gesichtsausdruck gerechnet, als er vorgeschlagen hatte, sie könnten bei ihm wohnen. Er fuhr direkt ins Fitnessstudio, um seinen Frust abzuarbeiten, aber auch sechs Meilen auf der Hallenlaufbahn halfen kaum. Beim Anblick des unbekannten Pick-ups in seiner Auffahrt wallte die Frustration sofort wieder auf. Außerdem brannte das Licht in seinem Haus. Er lief um das Haus herum und spähte hinein. Jake, sein jüngster Bruder, saß auf der Couch, trank ein Bier und hatte die Füße auf den Tisch gelegt. Jake kam so oft unangekündigt vorbei, dass er seinen eigenen Schlüssel hatte. Gage war zwar sehr erleichtert, keinen Einbrecher verprügeln zu müssen, war aber nicht in der Stimmung für Besuch. Er riss die Küchentür auf und Jake sprang auf.

»Bruderherz!« Jake kam mit offenen Armen zu ihm. »Wie war die Reise?«

Gage umarmte ihn. »Ziemlich gut.« *Bis wir nach Hause gekommen sind.* »Was machst du hier?«

»Hast du meine Nachricht nicht bekommen? Ich wurde gestern zu einer Bergrettung nur zwei Stunden von hier gerufen. Wir haben die Frau und ihren Sohn in der Nacht gefunden.« Jake war in die Fußstapfen ihres Vaters getreten und arbeitete als Bergungs- und Rettungsspezialist. »Ich dachte, wir hängen noch ein bisschen ab, bevor ich morgen wieder nach Hause fahre.«

»Ich freue mich, dass die Rettung erfolgreich war, habe die Nachricht aber nicht gesehen. Wie geht's Addy?« Jakes Verlobte

Addison Dahl arbeitete für Dukes Ehefrau Gabriella als Anwaltsgehilfin und machte nebenbei die Ausbildung zur Bergungs- und Rettungsspezialistin.

»Sie ist so heiß wie immer«, erwiderte Jake dreist.

»Schön, dass du hier bist.« *Das hält mich davon ab, zu Sally zu fahren.* »Lass mich mein Gepäck holen. Bin gleich wieder da.«

Draußen schrieb er Sally eine Nachricht. *Vermisse dich jetzt schon. Sicher, dass du nicht vorbeikommen willst?* Es war ihm egal, dass Jake hier war. Auch wenn er ihre Beziehung nicht öffentlich machen konnte, würde es sich besser anfühlen als die vielen Meilen zwischen ihnen, wenn sie einfach nur im Haus war.

Er brachte seine Taschen ins Haus. Jake folgte ihm in die Waschküche, in der Gage seine schmutzige Kleidung sortierte. Jake angelte Sallys Unterwäsche aus seinem Koffer.

»Alter. Hast du endlich mit Sally geschlafen?«

Gage nahm ihm das Höschen ab und knirschte mit den Zähnen. Er würde Sallys Vertrauen nicht missbrauchen und seinem Bruder von ihrer Beziehung erzählen. Jake hatte nämlich keinen Filter. »Nein.«

»Nein? Du hast die Unterwäsche irgendeiner Frau dabei?« Er beobachtete, wie Gage das Höschen in die Waschmaschine legte. »Und du *wäschst* sie?«

»Himmel, Jake.« Gage warf das Höschen in den Müll und stopfte seine Kleidung in die Waschmaschine.

»Kumpel«, sagte Jake streng. »Sally und du seid füreinander bestimmt. Wieso schläfst du mit einer anderen?«

»Lass es gut sein, Jake.« Ein weiteres Shirt landete in der Trommel.

»Nein, werde ich nicht.« Jake kochte. »Was stimmt nicht mit dir? Ich verstehe, dass du flachgelegt werden musst, aber du warst *mit* Sally unterwegs. Weiß sie es? Denn ich bin ziemlich sicher, dass du dir jede Chance mit ihr vermasselt hast, falls es so ist.«

Halt die Klappe. »Sagt der Typ, der Addy ständig gesehen und trotzdem mit anderen Frauen die Bar verlassen hat.« Der Rest seiner Kleidung verschwand in der Waschmaschine und er nahm die Flasche mit dem Waschmittel. Am liebsten hätte er sie gegen die Wand geschmissen. Er war ganz kurz davor, die Fassung zu verlieren.

Jake regte sich furchtbar auf. So wütend hatte Gage ihn noch nie gesehen. »Ich habe mit keiner anderen Frau geschlafen, sobald ich wusste, dass ich Addy will. Du weißt, dass Sally die Richtige für dich ist. Sie ist es. Verdammt, sie ist es schon seit Jahren.«

»Halt dich zurück, kleiner Bruder. Ich bin nicht in der Stimmung dafür.« Gages Brust zog sich zusammen. Ja, er wusste es schon seit Jahren und jetzt war sie mit ihm verheiratet. Trotzdem waren sie voneinander getrennt, und er hatte das Gefühl, die zweite Geige zu spielen. Das war wirklich verkorkst. Es war absolut vernünftig, dass sie Zeit brauchte, um ihre Lage und alles, was damit zusammenhing, zu verarbeiten. Seine einzige Aufgabe war es, sie zu unterstützen. Dennoch fiel es ihm alles andere als leicht – vor allem mit Jake im Nacken.

Jake ließ sich nicht beirren. »Ich werde mich nicht zurückhalten und zulassen, dass du dein Leben versaust.«

Gage wusste nicht, was schlimmer war: ein Geheimnis vor seinem Bruder zu haben, der die Frau beschützen wollte, die Gage liebte, oder der Ausdruck auf Sallys Miene, als sie verkündet hatte, dass sie bei sich bleiben musste, um sich wieder zu sammeln. Wut und Schmerz zerrten an ihm. Was, wenn Sally zu dem Schluss kam, dass sie einen Fehler gemacht hatte?

Was, wenn sie geglaubt hatte, über Dave hinweg zu sein, angesichts der Realität – einer Realität, die größer war, als einfach nur einen anderen Mann zu wollen – die Vergangenheit aber doch nicht hinter sich lassen konnte?

»Ich meine es ernst, Jake. Ich bin nicht in der Stimmung für diesen Unsinn.«

»Unsinn? Gage, wir reden von *Sally*. Wie kannst du sie so verletzen?«

Gage packte ihn am Kragen und drückte ihn an die Wand. All die Emotionen der vergangenen Woche stürzten auf ihn ein. »Es war ihre, du Idiot. Die Unterwäsche gehört ihr. Aber verdammt noch mal …« Er ließ Jake los und marschierte aus der Waschküche, während er seinen verspannten Nacken rieb. Er nahm sich ein Bier aus dem Kühlschrank und trank einen großen Schluck. »Das muss zwischen uns bleiben. Sally will nicht, dass jemand davon erfährt, bevor wir mit Rusty sprechen konnten.«

Jake stand mit verschränkten Armen zwischen Küche und Wohnzimmer und grinste besserwisserisch.

»Hör auf, mich so anzusehen.« Gage drängte sich an ihm vorbei und ließ sich auf die Couch fallen.

»Dieses Grinsen wird nicht verschwinden.« Er setzte sich auf den Ledersessel und stützte die Ellbogen auf den Knien ab. »Also …?«

»Wenn du glaubst, ich würde über Sally im Bett plaudern, kannst du dich warm anziehen.«

Jake lachte. »Diese Einzelheiten will ich nicht. Ich bin sicher, dass der Sex nach all den Jahren großartig war, aber warum bist du mies drauf?«

Gage trank noch einen Schluck. Er wollte ihre Ehe und all die Komplikationen nicht preisgeben. Er hätte Jake nicht mal erzählen dürfen, dass sie zusammengekommen waren, aber dafür war es jetzt zu spät.

»Gage?«

Die besorgte Miene seines Bruders dämpfte die Wut ein wenig.

»Es ist kompliziert«, antwortete er schließlich.

»Sind das nicht alle Frauen? Mann, deshalb lieben wir sie doch. Wenn sie einfach wären, würden wir uns langweilen, nicht wahr?« Jake lehnte sich zurück und verschränkte die Hände hinter dem Kopf. »Ich bin ständig wegen Addy angespannt. Diese Frau ist unheimlich dickköpfig. Manchmal starre ich sie einfach nur an und frage mich, was in ihrem wunderschönen Kopf vorgeht, aber, Mann. Das ist genauso toll, wie wenn wir uns einig sind.«

»Ich *weiß*, was in Sallys Kopf vorgeht.« Sein Handy vibrierte, also nahm er es aus der Tasche. *Sally.* Voller Hoffnung las er ihre Nachricht. *Ich vermisse dich auch, aber ich muss erst herausfinden, was mir dieses Haus bedeutet, bevor wir Rusty treffen. Danica hat angerufen. Ich treffe mich morgen vor der Arbeit mit ihr und den Mädels zum Frühstück. Geht's dir gut?*

»Eine Nachricht von ihr?«

»Ja.« Gage las sie erneut. Sie hatte nicht geschrieben, dass sie sich ihren Gefühlen nicht stellen konnte. Das musste etwas Gutes sein. Wie gern würde er in ihr Haus platzen, sie sich wie ein Höhlenmensch über die Schulter werfen und zu sich nach Hause tragen. Stattdessen schrieb er ihr zurück. *Viel Spaß mit den Mädels. Bei mir ist alles in Ordnung. Jake ist nach einer Mission hergekommen. Er schläft heute hier. Sonst wäre ich schon bei dir. Ich bin da, falls du mich brauchst. Liebe dich, Salbird. Immer.*

»Erzählst du mir, was los ist und warum du gerade nicht bei

ihr bist?«, fragte Jake.

Auf Gages Handy leuchtete Sallys Antwort auf. *Grüß Jake von mir und euch viel Spaß. Liebe dich auch.* Dahinter tauchten noch ein Kuss-Emoji und zwei Herzen auf. Gage legte lächelnd sein Handy auf den Tisch.

»Das heißt wohl, dass alles wieder gut ist?«

»Es wird, aber das braucht Zeit.« Gage war davon ausgegangen, dass sie als verheiratetes Paar weitermachen und ihr gemeinsames Leben beginnen würden, sobald sie Rusty alles erzählt hatten. Nun fragte er sich, ob seine Annahme falsch gewesen war. Vielleicht war es gar nicht Rusty, für den sie erst zusammenkommen, sich dann verloben und schließlich heiraten mussten. Vielleicht war es Sally.

»Warum?«, fragte Jake. »Was hält euch auf?«

»Erinnerst du dich, was Dad dir zu Addy gesagt hat, als du sie nicht allein auf diesen Campingausflug gehen lassen wolltest, nachdem ihr zusammengekommen seid?« Direkt nach ihrem ersten gemeinsamen Wochenende war Addy in den Bergen campen gegangen und Jake hatte beinahe den Verstand verloren.

»Wie könnte ich das vergessen? Er hat mir gesagt, dass sie mich wahrscheinlich beißt, wenn ich sie einsperre.«

»Langsam frage ich mich, ob das bei Sally auch der Fall sein könnte.«

Vierzehn

Sally lag die halbe Nacht wach und stellte sich vor, wie es wäre, nicht mehr in ihrem Haus zu wohnen. Nachdem Gage und sie eine Pause von ihrem echten Leben gemacht hatten und sich so nahgekommen waren, hatte es sich letzte Nacht angefühlt, als würde sie das Leben einer anderen Person betreten, oder zumindest ein früheres Leben, in das sie nicht länger hineinpasste. Sie hatte den Großteil des Abends gebraucht, um die Schuldgefühle abzuschütteln, die sich nach diesen ungewohnten Emotionen einstellten. Sie hatte sogar ihr Hochzeitsfoto in der Hoffnung neben das Bett gestellt, es würde die Teile zusammenhalten, die sich langsam in ihr auflösten, aber es fühlte sich falsch an, es in dem Haus aufzustellen, in dem sie mit Dave gelebt hatte. Also hatte sie den Rahmen umgedreht, aber dadurch waren nur neue Schuldgefühle in ihr aufgekommen.

Am Montagmorgen wurde sie das Gefühl immer noch nicht los, eine Fremde in ihrem eigenen Haus zu sein, und das machte ihr schreckliche Angst. Was, wenn es Rusty ebenso ging, sollten sie bei Gage einziehen? Was, wenn es das Beste für Rusty wäre, in diesem Haus zu bleiben und ihm eine Verbindung zu den Erinnerungen an seinen Vater zu geben? Wenn sie sich hier schon so unwohl fühlte, wie sollte sie von Gage erwarten, es zu ertragen?

Als wüsste er, dass sie ihn brauchte, rief Gage sie auf dem Weg zum Café an.

»Wie geht's meiner Lieblingsehefrau?«

Sie stellte sich das Lächeln, das sie in seiner Stimme hörte, auf seinem Gesicht vor. Und so schnell wie sie von Wärme erfasst wurde, meldeten sich die Schuldgefühle. *Lieblingsehefrau.* Was sagte es über ihre Ehe mit Dave aus, wenn sie den Kosenamen erwiderte?

Wieso wurde es denn auf einmal so kompliziert?

»Mir geht's gut, aber es war schrecklich, ohne dich zu schlafen. Was ist mit dir? Hattest du Spaß mit Jake?«

»Er ist heute Morgen gefahren. Es war schön, ihn zu sehen, aber Spaß würde ich es nicht nennen. Ich wäre glücklicher gewesen, die Nacht mit dir zu verbringen. Ich hab dich vermisst.«

»Ich dich auch. Aber ich habe es gebraucht.«

»Bist du zu einem Schluss gekommen?«

Sie warf einen Blick in den Rückspiegel. Kein Make-up auf dieser Welt könnte die Sorgen in ihren Augen verbergen. »Ich weiß es nicht«, erwiderte sie aufrichtig. »Meinst du, dass wir uns später noch unterhalten können?«

»Du bist meine oberste Priorität, Babe. Wir können uns auch jetzt treffen, wenn du möchtest.«

Das wäre toll, wenn sie nicht mit ihren Freundinnen verabredet wäre. Sie würde so lange ein nervöses Wrack sein, bis sie mit Gage eine Lösung fand. »Ich kann nicht. Ich bin auf dem Parkplatz. Ich habe keine Ahnung, wie ich unsere Beziehung vor den Mädels geheim halten soll. Ich hasse Geheimnisse.«

»Was das angeht …«

Irgendetwas an seiner Stimme verriet ihr, dass er es schon

preisgegeben hatte. »Du hast es Jake verraten, nicht wahr?« Sie wusste, wie penetrant Jake war. Gage war im Lügen so schlecht wie Jake im Geheimnisse bewahren. Sollte Jake auch nur die kleinste Veränderung in Gage bemerkt haben, hatte er ihn wahrscheinlich gezwungen, die Wahrheit zu sagen.

»Er hat deine Unterwäsche in meinem Koffer entdeckt und mich beschuldigt, ich würde hinter deinem Rücken mit anderen Frauen schlafen.«

Lächelnd fuhr sie in die Parklücke und stellte den Motor ab. Seine Brüder schützten ihre Partnerinnen sehr, und obwohl Gage und sie in all den Jahren kein Paar gewesen waren, galt dieser Schutz auch ihr. »Warum bringt mich das zum Lächeln?«

»Weil du weißt, dass wir es von den Dächern schreien sollten.«

Oh, wie gern sie das tun würde! Aber Rusty stand an erster Stelle. »Gage …«

»Kein Sorge. Ich hab ihn gebeten, es für sich zu behalten, weil wir zuerst mit Rusty sprechen wollen.«

»*Wir*«, flüsterte sie.

»Immer *wir*, Sally. Es sei denn, du hast deine Meinung geändert und möchtest zuerst allein mit ihm reden?«

»Nein. Vielleicht. Ich bin noch nicht sicher.« Aber sie konnte die Entscheidung auch nicht aufschieben. Sie musste überlegen, wie sie es ihm sagen sollte. Bestimmt war es das Beste, es Rusty gemeinsam zu beichten, aber nach ihrer Reaktion gestern Abend war es vielleicht nicht die klügste Lösung, Gage dabei zu haben.

»Wir haben Zeit, Babe. Ich wollte einfach deine Stimme hören. Ich halte dich nicht auf.«

»Tu es, bitte.« *Hilf mir, zu entscheiden, was ich mit dem Haus tun und wie ich es Rusty sagen soll.*

»Ich habe nicht vor, dich gehenzulassen, Salbird«, erwiderte Gage liebevoll. »Um nichts auf der Welt.«

Den ganzen Weg ins Café genoss sie dieses Versprechen. Danica, ihre jüngere Schwester Kaylie und ihre Freundin Max Braden waren bereits da und winkten sie an einen Fenstertisch.

Danica stand auf, um sie zu begrüßen. Ihre dichten Locken waren so dunkel wie Kaylies lange, wellige Haare blond.

»Willkommen zurück.« Danica drehte ihren üppigen Babybauch zur Seite und umarmte sie. Ihr Blick ruhte jedoch etwas zu lang auf Sally. »Alles in Ordnung? Du siehst müde aus.«

»Das hat Reisen so an sich«, erwiderte Kaylie und umarmte sie ebenfalls, während Danica sich wieder setzte. »Wenn ich auf Tour bin, falle ich ins Bett und schlafe wie ein Stein. Schön, dich zu sehen, Sally.« Kaylie hatte selbst zwei junge Kinder: die Zwillinge Lexi und Trevor. Dank ihrer Karriere als Sängerin und den Kindern war sie immer auf dem Sprung.

»Dich auch«, antwortete Sally und beugte sich zu Max hinab, die ebenfalls schwanger war. Allerdings erst im vierten Monat. Max arbeitete für Kaylies Ehemann und war mit Blakes Cousin Treat verheiratet. »Wie geht's dir, Max?«

Max hob ihren dunklen Pferdeschwanz. Der Ausdruck in ihren grünbraunen Augen war deutlich: *Was denkst du denn?* »Ich liebe es, schwanger zu sein, aber auf die Morgenübelkeit könnte ich verzichten, und mit zwei Kindern bin ich bereits in der Unterzahl. Den Pferdeschwanz werde ich die nächsten fünf Monate haben.«

»Oh ja, an dieses Gefühl erinnere ich mich.« Sally nahm ihr Portemonnaie aus ihrer Handtasche und legte sie auf den Stuhl. »Ich hole mir einen Kaffee und einen Muffin. Möchte eine von euch was?«

»Nur, wenn sie Concealer verkaufen.« Kaylie zeigte auf eine

winzige, rote Stelle an ihrem Kinn. »Ich habe in letzter Zeit zu viel Schokolade gegessen.«

»Sieh nicht mich an«, sagte Danica. »Ich trage überhaupt kein Make-up mehr.« Sie tätschelte ihre Wangen. »Das aufgedunsene Schwangerschaftsgesicht kann man sowieso nicht verstecken.«

»In dem kleinen Fach in meiner Handtasche ist welcher. Nimm ihn dir«, sagte Sally und ging dann zum Tresen, um sich etwas zum Frühstück zu holen.

Zurück am Tisch überkam sie der Heißhunger und sie biss in den Muffin.

»Ähm, Sally?«, trällerte Kaylie.

Sally hatte noch immer den Mund voll. »Hm?«

Kaylie beugte sich über den Tisch und flüsterte: »Selbst *ich* habe kein Gleitgel in der Handtasche!«

Sally verschluckte sich, musste husten und spuckte in eine Serviette. Danica klopfte ihr auf den Rücken, während sie versuchte, Luft zu holen. »Au! Das ist heiß! Wovon redest du? So was hab ich nicht in meiner Handtasche!«

Kaylie hielt die Gleitgeltube aus dem Flitterwochenkorb hoch. »Dann hat dich also doch nicht das Reisen ausgelaugt.«

Sally nahm ihr die Tube aus der Hand und stopfte sie in ihre Tasche. »Ich werde Gage umbringen.«

Danica riss die Augen auf.

»Wurde aber auch Zeit, dass du dir diesen Hengst schnappst.« Kaylie grinste. »Danica, du bringst lieber ein Schloss am Pausenraum an.«

»Es ist nicht so, wie ihr denkt.« *Lügnerin.* Sie wollte ihnen unbedingt die Wahrheit erzählen und davon schwärmen, wie romantisch Gage war und dass ihr Herz zum ersten Mal seit Jahren wieder wie wild schlug. Aber die Mutter in ihr brachte den Enthusiasmus zum Schweigen und erinnerte sie daran, wie wichtig es war, dass Rusty nicht das Gefühl hatte, als Letzter davon zu erfahren. Ihre Freunde würden es verstehen, sobald Gage und sie sich zu ihrer Beziehung bekannten, aber sie musste ihren Sohn beschützen – egal, wie alt er war.

»Bist du sicher?« Max wedelte mit dem *Ratgeber für unanständigen Sex.* »Ich kann mich nämlich auch nicht erinnern, dass du den früher schon hattest.«

Sally wand sich. »Ich lasse keine von euch jemals wieder an meine Handtasche.«

»Gleitgel. *Ratgeber für unanständigen Sex.*« Kaylie verengte die Augen. »Spuck's aus, sonst denken wir uns unsere eigenen Geschichten aus, und ich habe eine *wilde* Fantasie. Wenn es nicht Gage war, mit wem hast du dich dann amüsiert?«

Sally schossen alle möglichen Erklärungen durch den Kopf, doch angesichts der erwartungsvollen Gesichter der Frauen, die ihr nicht nur über den Verlust ihres Mannes hinweg-, sondern auch bei den Höhen und Tiefen ihres Sohnes geholfen hatten, konnte sie nicht einfach lügen. Sie atmete tief ein, um sich zu beruhigen, und hoffte, teilweise die Wahrheit sagen zu können.

»Gage muss es mir als Scherz in die Handtasche gesteckt haben. Wir haben uns die ganze Zeit über Streiche gespielt. Ich verspreche euch, dass wir es nicht benutzt haben.« Zumindest der Teil stimmte.

»Schade.« Kaylie wirkte aufrichtig enttäuscht.

Max wedelte mit dem Ratgeber und fragte: »Was ist damit? Einige dieser Stellungen sehen verrückt aus. Hört euch das an. Es heißt ›die Brücke‹. Der Mann liegt mit Kopf und Schultern auf einem Hocker oder so was und legt die Beine auf einen Stuhl.«

Die Frauen rutschten zusammen und betrachteten das Bild.

Sally versuchte, sich Gage in dieser Position vorzustellen. Ihre Wangen wurden heiß, und sie konzentrierte sich auf ihren Muffin, während Max weiter erklärte.

»Dann setzt man sich auf ihn, dreht sich um und stützt sich mit den Händen ab. Erst hebt man ein Bein über seins, stößt ein paarmal zu und dreht sich dann wieder – wie bei einem Korkenzieher.« Max lachte laut auf. »Stellt euch mal vor, der Typ rutscht dabei zwischen Hocker und Stuhl. Also ernsthaft. Wer soll das denn hinbekommen? Wenn ich Treat bitten würde, das zu machen, würde er mich für verrückt erklären.«

»Treat würde alles tun, was du von ihm verlangst«, widersprach Danica. »*Das* eingeschlossen.«

Treat hatte Max unablässig den Hof gemacht, bevor sie geheiratet hatten, und stellte sie seitdem auf ein Podest. Er vergötterte sie und ihre beiden wunderschönen Kinder Adriana und Dylan. Sally bezweifelte, dass es irgendetwas gab, das er nicht für sie tun würde.

»Da muss ich Max zustimmen, Danica«, sagte Kaylie. »Ich meine, ich hab schon verrückte Sachen gemacht, aber das? Ich kann mir nicht mal vorstellen, Chaz zu fragen, ob er das ausprobieren will, aber Treat? Er ist so groß. Auf keinen Fall ...« Sie hob die Brauen. »Wer hätte gedacht, dass Sally wilder ist als ich? Und, oh Mann. Gage muss ziemlich fit sein.«

»Gage ist sehr fit, aber *das* haben wir nicht gemacht.« *Sondern das Reverse Cowgirl.* Sally steckte auch das Heft wieder in ihre Tasche und wünschte, es würde verschwinden.

»Ich wusste, dass sie das Gleitgel benutzt hat«, warf Kaylie ein.

Danica schlug ihr auf den Arm. »Sei still.«

»Wir haben es nicht benutzt«, beharrte Sally.

»Hey, ich verurteile dich nicht«, sagte Kaylie. »Hallo? Wer

will die Hintertür schon ohne aufmachen?«

»Kaylie Crew!«, schimpfte Danica.

»Was?« Kaylie lachte. »Du hast gesagt, dass Blake und du …«

»Okay, das reicht!« Danica hob die Hände. »Zeit für ein harmloseres Thema. Max, hast du mit Treat schon über Babynamen gesprochen?«

Sally atmete erleichtert auf und mahnte sich, ihre Handtasche zu leeren – und Gage die Hölle heiß zu machen, weil er ihr das Gleitgel zugesteckt hatte. Obwohl … Es brachte sie auf ein paar Ideen.

Im *No Limitz* ging es am Vormittag zu wie auf einem Bahnhof, und jedes Mal, wenn Gage mit Sally sprechen wollte, telefonierte sie entweder oder kümmerte sich um ein Problem. Abgesehen von dem langen Konferenztelefonat mit Danica und den neuen Angestellten in Oak Falls hatte er keine Zeit mit ihr verbracht. Sin und Haylie wollten die Dinge in die Hand nehmen und alles organisieren, außerdem freuten sie sich auf die große Eröffnungsfeier.

Gage ging den Flur hinab, um sich Kaffee zu holen. Erleichtert stellte er fest, dass Sally am Tresen stand und sich ebenfalls eine Tasse einschenkte. Er schlang von hinten die Arme um sie und umschloss sie. Ihr süßer Duft weckte das Verlangen, das er bis dahin unterdrückt hatte.

»Wie geht's meinem Mädchen?«, flüsterte er an ihrem Ohr. Sie lehnte den Kopf an seine Brust. Ihre augenblickliche Entspannung unterstrich noch einmal, wie richtig ihre Beziehung war.

»Jetzt besser. Die letzte Nacht hat mir die Augen geöffnet.« Sie drehte sich um und er fuhr mit den Fingern durch ihre Haare.

»Hör mal, vielleicht habe ich etwas überreagiert. Wenn du möchtest, dass wir den traditionellen Weg gehen und erst etwas zusammen sind, uns dann verloben und erst im Anschluss heiraten, ist das für mich in Ordnung. Es ist nicht meine erste Wahl, aber ich habe fünf Jahre gewartet. Ich kann auch noch eins warten, wenn es sein muss.«

»Nein«, erwiderte sie hastig. »Ich weiß jetzt, dass ich nicht getrennt wohnen will. Es fällt mir nur schwer, das Haus aufzugeben, nachdem ich fast mein ganzes Leben dort verbracht habe.«

»Ich weiß, und wir müssen auch nicht sofort entscheiden, was wir mit deinem Haus machen. Ist es für dich in Ordnung, bei mir zu wohnen? Ich möchte nicht noch eine Nacht ohne dich sein, will dich aber auch nicht unter Druck setzen.« Das stimmte nicht ganz. Er wollte sie unter Druck setzen, wusste es aber besser.

Verlangen blitzte in ihren Augen auf. »Ich will mit dir zusammen sein, egal, was es kostet, und wo auch immer wir können.«

Sie beugten sich gleichzeitig vor, doch ihr sanfter Kuss wurde schnell heißer. Die Frustration und der Schmerz von gestern verschwanden und wurden von einem unbeschreiblichen Verlangen ersetzt. Er drängte sich zwischen ihre Beine, um ihr noch näher zu sein, und streifte ihre Brüste. Mit jeder Berührung brodelte es mehr in ihm. Sally gab einen lasziven Laut von sich, der ihm durch und durch ging.

»Hab dich so sehr vermisst«, sagte er zwischen ihren Küssen.

Er umfasste ihr Gesicht und der herausfordernde Ausdruck in ihren Augen gab ihm beinahe den Rest. »Sag mir, dass du heute Nacht bei mir schläfst, Salbird. Lass mich nicht warten.«

Ihre Miene wurde noch sinnlicher und sie zog ihn in einen weiteren, atemberaubenden Kuss. Er war bereits hart, sie rieb sich an ihm, packte seinen Hintern und gab ihm praktisch die Erlaubnis.

»Wir können das hier nicht tun«, sagte sie erhitzt. Dann saugte sie an seinem Hals, doch es fühlte sich an, als wäre sie auf den Knien.

»Verdammt, Salbird«, presste er hervor.

Doch sie saugte nur fester an ihm.

Er packte ihre Haare und zog ihren Kopf zurück. »Ich *brauche* dich, und wenn du so weitermachst, werde ich dich gleich hier nehmen.«

Kurz blickte sie zum Abstellraum und stieß sich vom Tresen ab. In nur drei Sekunden befanden sie sich auf der anderen Seite der Tür und zerrten hektisch an ihrer Kleidung. Gage war von Lust und Liebe geblendet, und das einzig Wichtige war, Sally nah zu sein. Sie schlüpfte aus ihrem Höschen und hob ihren Rock, während er ein Kondom herausholte und es überzog. Er hob sie hoch und stöhnte mit zusammengebissenen Zähnen, als er in sie eindrang.

»Schhh«, hauchte sie atemlos.

Ihr Kuss war rau und ebenso drängend wie die pulsierende Hitze in ihm. Sally schlug mit dem Rücken gegen die Wand, als er in sie stieß. Es war so dunkel, dass er kaum etwas sah, aber er konnte *fühlen*. Oh, und wie er fühlen konnte – ihren heißen Atem auf seiner Wange, ihren donnernden Herzschlag und das Pulsieren zwischen ihren Beinen. Sie klammerte sich an seine Schultern und schlang die Beine fest um seine Mitte.

»Schneller«, flüsterte sie verlangend. »Oh Gott, Gage ...«

Er verstand sie kaum, denn blendende Hitze schoss seine Wirbelsäule hinab. Sallys Atmung wurde flacher und sie grub die Nägel in seinen Nacken. Er brauchte einen Anker in diesem Strudel, und stieß fester und schneller zu. Sie pulsierte eng und heiß um ihn herum, ihre Nägel brannten auf seiner Haut. Der stechende Schmerz vermischte sich mit seiner Lust, und er brachte sie mit seinen Lippen zum Schweigen, während sie über die Klippe der Ekstase stürzten.

Gage lehnte sich an die Wand und drückte Sally fest an sich. Ihre Küsse wurden träge und sinnlicher. Als sich ihre Atmung beruhigt hatte, setzte er sie ab, entledigte sich des Kondoms und fühlte sich ein klein wenig schuldig, weil er sie ausgerechnet im Abstellraum genommen hatte. Aber sie war einfach so heiß.

Hastig zogen sie sich an, dann umfasste er ihr Gesicht und küsste sie noch einmal. Ihre Haare waren sehr eindeutig zerzaust, und ihm ging das Herz auf, als sie ihn voller Liebe ansah.

»Tut mir leid, Baby. Ich wollte nicht, dass es hier passiert. Ich kann einfach die Finger nicht von dir lassen.«

»Du hast mich ja nicht gezwungen. Ich wollte dich genauso sehr und habe jede Sekunde mit dir im Wäscheschrank genossen.«

Er strich mit den Lippen über ihre. »Aha, du magst verstohlenen Sex?«

Sally schlang die Arme um seinen Nacken, doch genau in diesem Moment ging die Tür auf und sie sprangen auseinander. Danica sah sie verwirrt an. Sie öffnete den Mund, klappte ihn dann jedoch zu, und ihre Wangen röteten sich, als ihr offenbar klar wurde, was sie gerade sah. »Entschuldigt«, murmelte sie und huschte aus dem Raum.

Fünfzehn

»Verdammt!« Sally lief Danica nach. Sie hätte sich niemals so hinreißen lassen dürfen. Was hatte sie sich gedacht? Tja, sie hatte gar nicht gedacht. Der Verwaltungsbereich des Gemeindezentrums lag weit von den Räumlichkeiten entfernt, in denen sich die Kids aufhalten durften, trotzdem hätte sie jeder erwischen können.

»Schon in Ordnung, Sally«, beruhigte Gage sie auf dem Weg zu Danicas Büro. »Ich kümmere mich darum.« Seine Haare waren zerzaust und er hatte Lippenstift am Mund.

Ihr rutschte der Magen in die Kniekehlen. Sicher sah sie auch aus, als wäre ihr Lippenstift explodiert, aber im Augenblick konnte sie nichts daran ändern.

»Es ist nicht in Ordnung.« Schnaubend betrat sie Danicas Büro. Danica tigerte mit verkniffener Miene umher, was Sally nur noch mehr aufwühlte.

»Es tut mir leid«, flehte sie. »Ich hätte dir heute Morgen die Wahrheit sagen sollen.«

»Es ist meine Schuld, Danica.« Gage trat wie ein Schutzschild zwischen die beiden Frauen.

»Das stimmt nicht. Es ist meine Schuld«, beharrte Sally. »Wirst du mich feuern? Du solltest mich feuern. Ich habe dich angelogen. Na ja, also nicht in Bezug auf das Gleitgel oder die Brücke oder so, aber über Gage und mich. Und ich weiß, dass ich ihn im Büro wieder küssen werde. Ich weiß es einfach, weil …« Sie deutete auf Gage, der reichlich verwirrt aussah. »Sieh ihn dir doch an. Wie sollen wir zusammenarbeiten, wenn ich die Finger nicht von ihm lassen kann?«

»Gleitgel?«, fragte Gage.

»Ja, Gleitgel«, fuhr Sally ihn an. »Und ich habe noch ein Wörtchen mit dir darüber zu reden.«

Er lachte leise, hatte sich aber schnell wieder im Griff. »Es war meine Schuld, Sally. Ich hätte uns aufhalten müssen. Wenn jemand die Firma verlässt, dann ich.«

»Würdet ihr mal einen Moment den Mund halten?« Danica zog einige Papiertücher aus der Schachtel auf dem Schreibtisch und reichte sie ihnen. »Wischt euch den Lippenstift aus dem Gesicht. Niemand wird gefeuert oder verlässt die Firma. Ich bin einfach nur etwas schockiert und verlegen, weil ich euch erwischt habe, aber auch dankbar, dass nur ich es war und nicht eines der Kids.«

Wenn du wüsstest, was du noch hättest sehen können. Sally wischte sich den Mund ab. »Es tut mir wirklich leid, Danica.«

Gage legte eine Hand auf ihren Rücken und zog sie zu sich. Und natürlich schmiegte sie sich sofort an ihn, obwohl sie wusste, dass sie zumindest ein klein wenig Abstand halten sollte. Was stimmte nicht mit ihr?

»Siehst du?«, flüsterte sie Gage zu. »Ich kann mich nicht mal jetzt von dir fernhalten. Das ist schlecht.«

»Es ist *wunderbar*, Baby.«

Danica zeigte auf die Couch. »Setzt euch, ihr Turteltäubchen.«

Sie nahmen Platz und Gage legte den Arm um Sallys Schultern. Die Katze war aus dem Sack. Es war sinnlos, noch dagegen anzukämpfen. Sie rutschte näher zu ihm.

Danica ließ sich lächelnd auf den Sessel sinken und legte eine Hand auf ihren Bauch. »Ihr müsst es mir nicht sagen, aber wie lange seid ihr schon ein Paar? Habe ich die Zeichen nicht gesehen?«

»Seit der Konferenz«, antwortete Sally.

»Vegas«, bekräftigte Gage.

»Das sind gute Neuigkeiten, oder?«, fragte Danica. »Warum haltet ihr es geheim?«

»Weil ich nicht will, dass Rusty, nach allem, was er durchgemacht hat, der Letzte ist, der es erfährt.«

Gage löste sanft ihre Finger von ihren Haarspitzen und legte ihre Hand stattdessen auf sein Bein. »Wir wollen es ihm persönlich sagen, wenn er über die Feiertage nach Hause kommt.«

»Warum sollte es ihn stören, nicht der Erste zu sein, der erfährt, dass ihr zusammen seid?«

Weil wir in Wahrheit verheiratet sind.

Gage drückte ihre Hand. »Nach der Sache mit Chase wollte Sally einfach kein Risiko mehr eingehen. Wir wissen nicht, wie er reagiert.«

»Rusty soll nicht befürchten, dass er Gage verliert, sollte das mit uns nicht klappen«, erklärte Sally.

»Er wird mich nicht verlieren«, beharrte Gage. »Zwischen uns wird nichts schieflaufen.«

»Das können wir nicht wissen! Paare lassen sich ständig scheiden und das will ich Rusty nicht antun.«

»Scheiden?« Danica sah zwischen ihnen hin und her.

Sally stand auf und tigerte durch den Raum.

»Trennen«, sagte Gage. »Sie meinte trennen.«

»Sally, selbst wenn ihr euch trennen solltet, warum würde er dadurch Gage verlieren?«

»Ich weiß es nicht!« All ihre Liebe für Gage kam, angetrieben von ihrer Angst und Verwirrung darüber, ihrem Sohn gerecht zu werden, an die Oberfläche. Sie warf die Hände in die Luft. Sie konnte ihr Geheimnis nicht länger bewahren. »Vielleicht, weil wir verheiratet sind. Du bist doch die ehemalige Therapeutin. Sag du es mir. Wir waren betrunken und haben in Vegas geheiratet. Es war ein Unfall. Oder auch nicht.« Sie betrachtete Gage. Ihr Herz schmerzte, Tränen stiegen ihr in die Augen und sie musste aussprechen, was ihr auf der Seele brannte. »Was, wenn wir es einfach schon so lange wollten, dass wir es einfach getan haben? War es ein einziger klarer Moment in einer ausschweifenden Nacht? Ich weiß nicht, was wir uns gedacht haben, und obwohl ich Gage aus ganzem Herzen liebe, wird Rusty mir niemals mehr vertrauen, oder mir zuhören, sobald er es herausfindet. Wie auch? Seine eigene Mutter hat sich volllaufen lassen und ihren besten Freund geheiratet. Das war selbstsüchtig von mir. Und wenn ihm erst mal klar wird, dass ich meine Bedürfnisse vor seine stelle und das Vertrauen gebrochen ist, wie kann es wieder hergestellt werden? Welche Mutter tut so etwas? Und was, wenn wir uns wirklich scheiden lassen? Dann habe ich Rusty das Beste genommen, was ihm je passiert ist.«

»Beruhige dich, Baby.« Gage stand auf und nahm sie in die Arme. »Das wird nicht passieren. Versprochen. Wir sind gut zusammen. Wir sind glücklich. Wir lieben uns. Was sollten wir noch überwinden müssen?«

»Ich weiß es nicht«, antwortete sie tränenerstickt. »Vielleicht die Tatsache, dass ich mich in meinem eigenen Haus wie eine Fremde fühle – dem Haus, das ich wegen Rusty eventuell niemals loswerden darf.«

»Wir finden eine Lösung«, versicherte er ihr. »Wir können das Haus behalten. Wir müssen es nicht verkaufen. Du zitterst ja, Baby. Setz dich.«

Sie bewegte sich wie im Nebel. Zum einen war sie erleichtert, das Geheimnis los zu sein, andererseits versetzten sie die Nachwirkungen aber auch in eine Art Schockstarre. »Tut mir leid, dass ich damit einfach so rausgeplatzt bin.«

»Schon okay«, sagte Gage. »So ist es besser.«

Danica hatte verblüfft die Augen aufgerissen. »Ihr seid *verheiratet?*«

Gage reichte Sally weitere Papiertücher. »Ja, und wir wollen verheiratet sein. Aber nicht auf Rustys Kosten. Wenn du einen Tipp hast, wie wir am besten damit umgehen, würden wir ihn gern hören.«

»Verheiratet?« Danica schüttelte den Kopf. »Tut mir leid. Bei Kaylie kann ich mir das vorstellen, aber ihr seid doch vorsichtig. Ich glaube, dass ihr es beide gewollt habt.«

»Toll.« Sally ließ sich nach hinten sinken. »Wie verkorkst muss ich denn sein, dass ich mich betrinke, um mit dem Mann zusammen zu sein, den ich liebe?«

»Du bist nicht verkorkst«, widersprach Danica. »Du hast die Mutterschaft, seit du achtzehn bist, über alles gestellt. Warum überrascht dich das? Ich werde jetzt mal ins Blaue hineinraten und behaupten, dass du dich wahrscheinlich betrinken musstest, um dir das zu nehmen, was du wolltest. Und je stärker du dagegen ankämpfst, desto mehr werdet ihr einander wollen.«

Sally winkte ab. »Offensichtlich, immerhin hatten wir in der Abstellkammer Sex.«

»Ihr hattet *Sex* in der Abstellkammer?« Danica lachte. »Ich dachte, ihr hättet nur rumgemacht.«

Sally vergrub das Gesicht an Gages Brust. »Mach schon. Feuer mich. Ich verdiene es.«

»Ich werde dich nicht feuern! Ich freue mich, dass ihr zusammen seid. Aber es sind Kinder im Gebäude, also …«

»Wir werden es nicht …«, sagte Sally in dem Moment, in dem Gage meinte: »Nie wieder.«

»Danica, was sollen wir tun?«, fragte Sally. »Ich kann Rusty nicht am Telefon davon erzählen. Und ich weiß nicht, wie ich ihm sagen soll, dass wir verheiratet sind. Und was ist mit Kaylie und Max? Ich fühle mich schrecklich, weil ich ihnen vorgemacht habe, Gage und ich wären nicht zusammen.«

»Kaylie und Max sind der einfache Teil.« Danica reichte Sally das Telefon. »Ruf die beiden gleichzeitig an und sag es ihnen, damit du dir darüber nicht mehr den Kopf zerbrichst. Aber lass den Teil mit der Hochzeit lieber aus. Ich glaube, es ist richtig, dass Rusty der Erste – Zweite – ist, der es erfahren sollte. Und wenn du ihn siehst, wirst du wissen, was du sagen musst. Dafür brauchst du mich nicht. Ihr habt einander und werdet zusammen eine Lösung finden.«

Sally betrachtete das Telefon und wandte sich fragend an Gage.

»Ich stehe hinter dir, egal, was du tun willst, Babe. Ob du es den Mädels sagen oder noch warten willst. Es ist deine Entscheidung.«

Er war bereit, ihr Geheimnis weiter zu bewahren, um ihren Sohn und ihr Herz zu beschützen, obwohl er – das wusste sie – der Welt unbedingt von ihrer Beziehung erzählen wollte. Ihre Liebe für ihn wuchs wie ein lebendiges Wesen, und als sie ihre Freundinnen anrief, um ihnen die Wahrheit zu sagen, war es Gages unablässige Unterstützung, die ihre Sorgen dämpfte und sie einen weiteren Schritt nach vorn brachte.

Später an diesem Abend grillte Gage Steaks, während Sally einen Salat machte. Im Anschluss aßen sie vor dem Kamin in seinem Haus. Sie hatten entschieden, dem Zusammenleben hier eine Chance zu geben. Sie wuschen das Geschirr ab und teilten sich eine halbe Flasche Wein. Es war schön, nicht in einem Hotel oder getrennten Häusern festzusitzen. Nach dem Essen leerte Gage einige Schubladen in seiner Kommode und machte Platz im Kleiderschrank, damit Sally ihre mitgebrachten Klamotten unterbringen konnte. Ihre Sachen neben seinen zu sehen, füllte eine Leere in ihm, von der er überhaupt nichts gewusst hatte.

Nachdem sie die letzten Shirts in die Schublade gelegt hatte, schloss sie sie behutsam. Ihr Blick wanderte über die schwere Holzkommode, auf der sie ihre Bürste, einen Spiegel und ihr Parfüm platziert hatte. »Ich war schon so oft bei dir, aber es hat sich noch nie so angefühlt.«

Er zog sie an sich. »Ist das gut oder schlecht?«

»Gut. Aber anders. Als ich gestern Abend nach Hause gekommen bin, hat es sich angefühlt, als würde ich das Leben einer anderen Person betreten. Es war seltsam, nachdem ich jede Sekunde mit dir verbracht hatte. Ich weiß jetzt Dinge über dich, von denen ich vorher nichts wusste, zum Beispiel, dass du das Waschbecken nach dem Zähneputzen ausspülst und dein Handtuch immer aufhängst. Du hast jeden Morgen das Bett gemacht, als ich mich angezogen habe, und wenn du einen Stift benutzt hast, hast du ihn immer dahin zurückgebracht, wo du ihn her hattest. Auch wenn es vom anderen Ende des Zimmers war. Gestern Abend fühlte es sich an, als würde ein Teil von mir fehlen. Ich habe all die kleinen Dinge an dir vermisst. Gleichzeitig habe ich mir vorgestellt, nicht in dem Haus zu leben, in dem sich die Erinnerungen an Rustys Kindheit praktisch in den Fußboden eingebrannt haben, und es tat weh. Es war verwirrend und hat so viele Sorgen geweckt. Und jetzt bin ich hier, und es fühlt sich gut und richtig an, wieder mit dir zusammen zu sein. Allerdings fühle ich mich dadurch schuldig.« Ihre Schultern sackten nach unten. »Ich hab dir ja gesagt, dass ich reif für die Anstalt bin.«

»Nein, Babe, das bist du nicht. Das würde jeden verwirren. Es war dumm von mir, all diese Dinge nicht sofort zu bemerken. Ich möchte nicht, dass du dich durch irgendeinen Teil unserer Beziehung schlecht fühlst. Würde es dir helfen, wenn wir in beiden Häusern wohnen und herausfinden, in welchem du dich besser fühlst, wenn wir zusammen sind? Ich will, dass es funktioniert, Sally, egal, was dafür nötig ist.«

»Vielleicht. Aber ich bin nicht sicher, ob ich dort mit dir schlafen kann. Fürs Erste würde ich es mir lieber hier gemütlich machen. Es fühlt sich an, als würden wir beide hierhergehören.«

»Das ist eine tolle Idee. Und da du einen so stressigen Tag hattest, weil du beim Sex erwischt wurdest und so …« Er wackelte mit den Brauen und sie lachte. »Wie wäre es, wenn ich dir den Rücken massiere?«

Er holte das Massageöl, das sie für ihre Flitterwochen bekommen hatten, aus der Schublade neben dem Bett.

»Ich kann immer noch nicht fassen, dass du das Gleitgel in meine Handtasche gesteckt hast. Das war so peinlich.«

»Entschuldige. Ich dachte, du würdest es gestern Abend finden und dich dann erinnern.« Er steckte die Tube ein und trat näher. »Also, wie wäre es, wenn du deinen hübschen Pullover ausziehst und mich all die Peinlichkeit wiedergutmachen lässt? Ich mache es dir am Feuer bequem und werde dafür sorgen, dass du dich gut fühlst.«

Sie hob die Arme, damit er ihr den Pullover über den Kopf ziehen konnte. »Dir ist schon klar, dass deine Verführung nicht gerade subtil ist, oder?«

Er küsste ihre Brust. »Das ist nicht subtil?« Er öffnete ihren BH und schob ihn ihr über die Schultern.

»Nein«, antwortete sie atemlos.

»Ich sollte mich schämen.« Er reizte ihren Nippel mit dem Mund. »Und etwas Feingefühl entwickeln.«

Ihr sexy Murmeln lockte ihn und er küsste sie innig.

»Lass mich dich so lieben, wie du es verdienst.« Gage führte sie ins Wohnzimmer und platzierte Decken und Kissen vor dem Feuer. »Zieh auch deinen Rock aus, damit er nicht eingeölt wird.«

Verspielt schlüpfte sie aus ihrem Rock. »Solltest du dich nicht auch ausziehen? Natürlich nur, damit deine Klamotten nicht eingeölt werden.«

»Aha«, sagte er und öffnete den Reißverschluss seiner Jeans. »Feingefühl. Gefällt mir.«

Sally trug nur noch ihr Höschen und spielte mit ihren Haaren, während sie zusah, wie er sich bis auf die Unterwäsche auszog. Ihre Augen verdunkelten sich und sie öffnete die Lippen.

»Vielleicht war das keine gute Idee.« Dieser hungrige Ausdruck auf ihrem Gesicht war einfach wunderbar. Er ging zu ihr, löste die Strähne von ihrem Finger und legte ihre Hand auf seine Brust. »Darf ich dich wirklich anfassen?«

»Mhm.« Sie leckte sich über die Lippen und strich träge kreisend über seine Brust. »Wie willst du mich haben? Auf dem Bauch oder auf dem Rücken?«

Bei der Vorstellung, wie sie nackt auf dem Bauch lag, zuckte seine Länge. Wie gern würde er seine unanständigen Gedanken in die Tat umsetzen. »Himmel, Baby. Das ist eine sehr zweideutige Frage.«

Sie biss sich auf die Lippen und ließ sich bäuchlings auf die Decken sinken. Gage versuchte, sich einzureden, dass es keine Einladung war, aber sein Körper würde ihr trotzdem nur zu gern nachkommen.

Er nahm das Öl aus seiner Jeans, dann sprach er sich selbst wie vor einem großen Spiel aufmunternde Worte zu, setzte sich rittlings auf ihre Hüften und goss sich das essbare Massageöl auf die Hand. *Du willst sie nur massieren, nicht ihr das Höschen runterreißen und dich auf sie stürzen. Dräng sie nicht! Du schaffst das. Willenskraft, Mann. Du kannst das.*

Er hasste diese Stimme in seinem Kopf.

Willenskraft? Wem wollte er etwas vormachen? Man musste schon Eier aus Stahl haben, um Sallys süßem, kurvigen Körper zu widerstehen.

Zuerst massierte er ihre Schultern und spürte, wie sich die Verspannungen unter seinen Fingern lockerten. Ihre Haut war ganz warm vom Feuer und erhitzte sich durch seine Berührungen noch weiter.

»Mmh, das fühlt sich so gut an.«

Oh ja, es fühlt sich gut an. Du fühlst dich gut an.

Er arbeitete sich an ihren Armen bis zu den Handgelenken hinab und wieder hinauf, was ihr weitere, zufriedene Laute entlockte. Dieses verführerische Murmeln machte ihm das Denken schwer. Er wanderte tiefer und verlagerte das Gewicht auf die Knie, damit er ihre Beine nicht zu sehr belastete, während er ihren Rücken massierte. Der Geruch von Erdbeeren und Lust hing in der Luft. Er streifte ihre Brüste und ließ seine

Hände dort ruhen, während er jeden einzelnen Wirbel küsste.

»Mmh«, hauchte sie.

Langsam und fest massierte er jeden Zentimeter ihrer Haut. Der Anblick ihres wunderschönen Körpers und ihrer Haare, die sich wie ein Fächer um sie herum ausbreiteten, erfüllte ihn gleichzeitig mit Verlangen und Liebe. Er verteilte unzählige Küsse auf ihrer Taille und ihrem unteren Rücken, den er gleichzeitig massierte. Anschließend glitt er zwischen ihre Beine. Ihr Höschen war ein Stück nach oben gerutscht, sodass ihre empfindliche Haut entblößt war. Er konnte sich nicht davon abhalten, über die Vertiefung zwischen Po und Bein zu lecken. Sally hob die Hüften und ballte ihre langen, zarten Finger zur Faust. *Verdammt*, sie hatte keine Ahnung, wie sehr sie ihn quälte.

Er träufelte Öl auf ihre Schenkel und rieb es langsam ein. Ihm gingen so viele schmutzige, heiße Gedanken durch den Kopf, dass sie förmlich von seinen Lippen tropften. »Baby, ich will dir das Höschen runterreißen und dich berühren, dich schmecken. Ich will mich an dir reiben. Ich will deinen eingeölten Hintern an mir spüren, wenn ich dich von hinten nehme.«

Sie biss sich auf die Unterlippe und sah ihn hungrig über die Schulter an.

Fest und sinnlich massierte er ihr Bein von der Kniekehle bis zu ihrem Po, allerdings konnte er ihrer verlockenden, süßen Haut erneut nicht widerstehen. Sally wiegte die Hüften und stöhnte bei jeder Berührung seiner Zunge. *Oh, verdammt.* Es war zu viel. Er spreizte die Finger auf ihren Schenkeln, drückte sie zu fest und rieb mit den Daumen über die Innenseiten. Er hatte Mühe, sich davon abzuhalten, sie dort zu streicheln, wo er wollte. Dann zuckten ihre Hüften und seine Daumen drückten gegen ihr feuchtes Höschen. Mit einem kehligen Laut knabberte er an ihrem Hintern und sie wand sich.

Tief atmete er den verlockenden Duft ihrer Erregung ein, leckte sie durch das Höschen und drückte mit den Daumen gegen die empfindlichen Nerven an der Innenseite ihrer Schenkel. Sally reckte den Hintern nach oben und spreizte die Beine weiter. Diese Einladung würde er nicht ausschlagen. Er schob einen Finger unter ihr Höschen und zog es zur Seite. Gierig und ohne Raffinesse stürzte er sich auf sie. Er hielt sich nicht zurück. Sally wand sich stöhnend und legte sich mit dem Oberkörper auf die Decken. *Unwiderstehlich.*

Wo zum Teufel war die Schere, wenn er sie mal brauchte? Vergessen war die Willenskraft. Er zog ihr das Höschen bis zu den Knien herunter, umfasste ihre weichen Pobacken und verwöhnte sie erneut mit dem Mund. Sie wimmerte und keuchte, als er mit den Fingern in sie eindrang. Er musste sie noch einmal kosten. Alles an ihr. Er leckte um ihren Eingang und der Anblick seiner Finger in ihrem süßen, perfekten Körper, der nur darauf wartete, genommen zu werden, gab ihm beinahe den Rest. Während er mit den Fingern die Stelle streichelte, die sie zum Stöhnen brachte, knabberte er an einer ihrer Pobacken. Sally stieß die Hüften nach hinten, um ihm grünes Licht zu geben, und er gab ihr bereitwillig nach. Er liebte sie mit dem Mund, verwöhnte sie mit den Fingern und brachte ihren Körper zum Beben, bis sie unter ihm förmlich dahin-schmolz.

Er schlang einen Arm um ihre Taille, ließ seine Hand zwi-schen ihre Beine gleiten und reizte die überempfindlichen Nerven. Sally richtete sich schwer atmend auf Händen und Knien auf und stieß nach hinten. Gage zog seine Unterwäsche nach unten und rieb seine Härte an ihrer feuchten Hitze. Jeder

Muskel in seinem Körper spannte sich an, so sehr wollte er in ihr sein. Er wollte sie ganz spüren. Er beugte sich über sie und biss ihr in die Schulter. Die Süße des Öls und Sallys einzigartiger Geschmack explodierten auf seiner Zunge.

»Oh Gott, das ist wunderbar«, keuchte Sally.

Sie rieb sich an seiner Länge. Sein Verlangen wuchs immer weiter, also umfasste er ihre Brüste, kniff in ihre Nippel und küsste ihren Nacken. Sie wölbte den Rücken und ihr langes, ergebenes Seufzen zerstörte seinen Entschluss.

»Ich will kein Blödmann sein«, presste er hervor, »aber ich will dich gerade unbedingt nehmen …«

Sally sah ihn heißblütig über die Schulter an, wobei ihr die Haare halb ins Gesicht fielen. »Dann tu es.«

In Rekordzeit zog er sich das Kondom über. Sein Herz schlug wie wild, dann packte er ihre Hüften und drang so hart und schnell in sie ein, dass sie aufschrie – und er Sterne sah.

Gage erstarrte aus Angst, ihr wehgetan zu haben.

Mehr«, verlangte sie.

Oh ja.

Also liebte er sie härter und sie bewegte sich mit ihm, kam jedem seiner Stöße entgegen, nahm und gab ebenso leidenschaftlich wie er. Ihre Körper waren glitschig von Öl und Schweiß. Ihm dröhnte der Puls in den Ohren. Hitze schoss seine Wirbelsäule hinab. Er schlang einen Arm um ihre Taille und richtete sie beide auf den Knien auf. Dann streichelte er ihre Brüste und glitt zwischen ihre Beine, drehte ihren Kopf und küsste sie innig.

»Ich brauche mehr von dir, Baby.«

Sofort drehte sie sich um und sein Herz explodierte beinahe. Ihre Weichheit war der perfekte Kontrast zu seinem harten Körper. Ohne den Blick von ihr zu lösen, drang er in sie ein.

Bevor er sie in einen quälend intensiven Kuss verwickelte, leckte er über ihre Lippen. Die Bewegungen seiner Hüfte waren so präzise, dass ihn jeder Stoß der Erlösung näher brachte. Dann spürte er jedoch, wie sie sich um ihn herum zusammenzog und ihr Orgasmus nahte, also verlangsamte er das Tempo, um ihr Vergnügen in die Länge zu ziehen. Sie grub die Nägel in seinen Arm.

Er wollte ihre Gier ins Unermessliche steigern, doch als sie ihn flehend ansah, wallten die Emotionen in ihm auf und seine Entschlossenheit verpuffte. Er versiegelte ihre Lippen und liebte sie mit wilder, heißer Leidenschaft.

Sechzehn

Sally beobachtete vom Eingang der Turnhalle aus, wie Gage einer Gruppe kleiner Jungs das Dribbeln eines Basketballs beibrachte. Im Vergleich zu den Kindern war er so groß, ging jedoch sanft, freundlich und geduldig mit ihnen um. Seine Anleitung, das Anfeuern und sein Lachen, das sich unter das niedliche Kichern der Kinder mischte, löste ein seltsames Gefühl in Sallys Bauch aus. Sie erinnerte sich an den Schmerz in seiner Stimme, als er ihr erzählt hatte, dass Stacy ihm die Möglichkeit genommen hatte, Vater zu werden, und wünschte, sie könnte dieser Stacy mal gehörig die Meinung sagen. Gage wäre ein wundervoller Vater und wollte unbedingt Kinder. Das hatte sie immer gewusst, aber nie länger darüber nachgedacht, so wie jetzt, wo es eine gewisse Bedeutung und auch Gewicht hatte. Aber sie wurde nicht jünger. War es egoistisch, mit Gage zusammen sein zu wollen, wenn ihm eine jüngere Frau viele Babys schenken konnte?

»Er ist schon etwas Besonderes, nicht wahr?«, fragte Danica und Sally zuckte erschrocken zusammen.

Lächelnd sah sie ihre sehr schwangere Freundin an. »Er kann sehr gut mit Kindern.«

»Offensichtlich kann er auch sehr gut mit einer gewissen

Frau. Alle sagen immer, ich würde strahlen.« Danica strich über ihren Bauch. »Aber du siehst aus, als hättest du den Jungbrunnen entdeckt.«

Sally konnte ein Lächeln nicht unterdrücken. »Ich hatte vergessen, wie belebend Sex sein kann.« Es war Donnerstagnachmittag und sie hatte die ganze Woche bei Gage übernachtet. Bis jetzt hatten sie es noch keinen ganzen Tag ohne Sex geschafft. Sie liebten sich überall – in der Dusche, im Schlafzimmer, im Wohnzimmer, in der Küche. Heute wollten sie bei ihr schlafen und sie war ein nervöses Wrack.

»Und ich wollte mich bei euch dafür bedanken, dass ihr es nicht wieder in der Abstellkammer getrieben habt«, stichelte Danica. »Oh! Das Baby tritt!« Sie packte Sallys Hand und drückte sie auf ihren Bauch.

Sally spürte, wie sich ein Ellbogen, Knie, oder irgendein anderer winziger Babyteil gegen ihre Hand drückte. »Ich habe vergessen, wie wundervoll sich das anfühlt.«

»Wenn das Baby um drei Uhr morgens auf meiner Blase sitzt, ist es nicht so wundervoll.« Danica deutete mit dem Kopf auf die Turnhalle, in der sich Gage gerade mit High-Fives von den Jungs verabschiedete. »Da wir gerade von Kindern sprechen, hast du dir schon überlegt, wie du deinem erzählst, dass du mit Gage zusammen bist?«

»Du meinst, dass wir verheiratet sind?« Gage räumte gerade die Bälle weg. So viele Jahre war er ihr bester Freund, ihr Fels gewesen, und nun, da sie so viel mehr geworden waren, konnte sie sich überhaupt nicht vorstellen, wieder nur mit ihm befreundet zu sein. Damit hatte sie zu kämpfen, denn sie stellte ihre Hoffnung auf eine gemeinsame Zukunft wissentlich über Rustys Wohlbefinden.

»Ich versuche, mir nicht mehr den Kopf darüber zu zerbrechen. Eigentlich brauche ich Rustys Erlaubnis nicht. Ich möchte nur, dass er mir vertraut und dass ich ihn nicht fertigmache oder seine Beziehung zu Gage vermiese.« Das war der schwierige Teil, denn obwohl sie aus ganzem Herzen daran glaubte, dass Gage und sie für immer zusammen sein würden, konnte sie sich in Bezug auf ihren Sohn keinen Fehler erlauben.

Gage kam auf sie zu und war dank seiner kräftigen Beine in Sekundenschnelle bei ihnen.

Danica lächelte, als er einen Arm um Sallys Taille legte. »Du hast wohl auch den Jungbrunnen gefunden.«

»Ja. Er heißt *Sally Tuft-Ryder*.«

Sie würde es nie satthaben, diese Worte aus seinem Mund zu hören.

»Da hat es aber jemand eilig, diese Familie zu gründen«, neckte Danica ihn.

»Ja, das habe ich. Und das erinnert mich an etwas. Es ist nach Feierabend.« Gage beugte sich zu ihr und Sally erwiderte seinen Kuss wie eine Verdurstende, der man Wasser anbot.

Wie konnte sie sich nach nur wenigen Stunden nach ihm sehnen? Das war schließlich keine junge Liebe oder Vernarrtheit, beides konnte unstillbares Verlangen erzeugen.

Unsere Liebe ist tiefgreifender. Die aufrichtigste Form der Liebe, die es gibt.

Warum befürchte ich also, dass sie kaputtgehen könnte?

Ein schrecklicher Gedanke schockierte sie. Machte sie sich eventuell Sorgen, dass sie noch mehr von ihrem Sohn an Gage verlieren könnte? Sie standen sich bereits so nahe.

Nein, so selbstsüchtig war sie nicht.

Oder?

Na prima. Jetzt greife ich schon nach Strohhalmen, um die überfürsorgliche Mutter in mir zu erklären. Es war an der Zeit, diese Gedanken ein für alle Mal zum Schweigen zu bringen.

»Mommy!« Chessie kam in ihrem pinken Mantel mit passender Mütze den Flur hinuntergerannt. Die dunklen Locken tanzten um ihre hinreißend pummeligen Wangen.

Blake folgte seiner Tochter mit mehreren großen Einkaufstüten. Mit einem schuldbewussten Lächeln hob er die Tüten an.

»Wie ich sehe, warst du mit Daddy einkaufen.« Danicas Lächeln verriet Sally, dass sie absolut nichts dagegen hatte.

Chessie wurde langsamer, streckte die Hände aus und legte sie auf Danicas Bauch. Begeisterung schimmerte in ihren kleinen Augen. »Hallo, Baby. Ich habe viele Überraschungen für dich.« Sie küsste Danicas Bauch und sprang sofort in Gages Arme. »Tante Sally, Onkel Gage, wollt ihr was wissen?«

Gage hob sie hoch und küsste ihre Wange. »Wie geht's meinem Lieblingsmädchen?«

Blake küsste Danica und hob grüßend das Kinn in ihre Richtung. Sally wurde klar, dass sie keine Ahnung hatte, ob Danica ihm von ihrer Ehe erzählt hatte, aber da er Gage ansah, als würde er *all* seine Geheimnisse kennen, war das wohl der Fall.

»Mir geht's gut! Daddy und ich haben viele Geschenke für das Baby gekauft. Einen winzigen Basketball und Puppen, weil Mommy sagt, dass Jungs und Mädchen mit Puppen spielen können und wir nicht wissen, ob ich einen kleinen Bruder oder eine kleine Schwester bekomme.« Chessie drückte die Hände an Gages Gesicht, küsste ihn schmatzend auf den Mund und Sally ging das Herz auf.

»Das Baby kann sich sehr freuen.« Gages sehnsüchtiger Ausdruck war nicht zu übersehen. Genau das wollte Gage. Seine eigene Familie.

Chessie wand sich aus seinen Armen und nahm Danicas

Hand. »Wir haben dir auch was mitgebracht, Mommy.«

»Okay, Süße«, sagte Blake. »Es wird Zeit, Mommy zum Essen auszuführen, bevor wir ihr unser Geheimnis zeigen.«

»Geheimnis?«, fragte Danica.

Blake und Gage sahen sich wissend an. Blake grinste frech und sagte: »Geheimnisse scheinen hier gerade üblich zu sein. Wir sehen uns später.« Er zwinkerte Sally zu und bestätigte damit ihre Vermutungen.

Nachdem die drei gegangen waren, zog Gage sie in die Arme und küsste sie noch einmal. »Ich kenne da ein Büro, das nur darauf wartet, eingeweiht zu werden.«

»Nein. Auf keinen Fall. Nie im Leben. Nicht nach dem, was am Montag passiert ist«, erwiderte sie, insgeheim gefiel es ihr aber, dass er ihre Grenzen ausreizte.

»Ich wusste, dass du das sagen würdest, deshalb habe ich andere Pläne. Komm mit.« Er führte sie zum Eingangsbereich.

»Werden wir dabei Sex an einem öffentlichen Ort haben?«

Ein dunkler Ausdruck huschte über sein Gesicht. »Willst du das?«

»*Wollen* und *tun* sind zwei verschiedene Dinge. Wir haben ein Händchen dafür, uns erwischen zu lassen, schon vergessen?«

»Oh, also gibt es noch Hoffnung …«

Und schon stürzten ihre Gedanken in unanständige Tiefen. Es gab so viele Möglichkeiten … sein Büro, sein Pick-up und im Grunde jeden anderen Ort auf ihrem Weg durch die Stadt.

Gage fuhr den Berg hinauf und bog in die lange Einfahrt in Richtung Zuhause. *Unserem Zuhause.* Er konnte es nicht anders sehen. Heute Abend würden sie bei Sally schlafen, doch in seinem Herzen wusste er, dass sie in sein Haus gehörten. Er stieg aus und ging um den Wagen, um Sally zu helfen, doch sie schrieb noch eine Nachricht.

»Alles in Ordnung?«, fragte Gage.

»Mhm. Kaylie und Max wollen, dass ich nächsten Samstag früh vorbeikomme, damit wir die Babyparty vorbereiten können.«

Er rieb die Nase an ihrem Hals und atmete den vertrauten Duft ihres Lavendel-Shampoos ein. Sein ganzes Badezimmer roch nach ihr. Er liebte es, ihr Parfüm in jedem Raum wahrzunehmen. »Hoffentlich nicht zu früh.«

»Nicht *so* früh.« Sie steckte ihr Handy ein und drehte sich zu ihm. Dann strich sie durch seine Haare und er lehnte sich in ihre liebevolle Berührung.

»Wenn du mich so anfasst, scheint mein ganzer Körper aufzuatmen. Ich stand den ganzen Tag unter Strom, aber deine Berührung erdet mich und bringt mich nach Hause.«

»Was passiert, wenn ich dich so anfasse?« Sie küsste ihn direkt unter dem Kiefer.

Er drückte ihre Hand an seinen Reißverschluss, damit sie seine wachsende Erektion spüren konnte. Verlangen flammte in ihren Augen auf, und er zog sie an den Rand des Sitzes, um sie besser küssen zu können. Hitze erfasste ihn, und er kämpfte gegen den Drang an, sie trotz der eisigen Dezembertemperaturen hier und jetzt auf dem Sitz zu nehmen.

Widerwillig löste er sich von ihr. »Ich habe eine Überraschung für dich, Babe.«

»Die Überraschung gerade hat dir gefallen. Wenn ich achtzig bin, will ich dich immer noch so küssen.«

»Wir werden niemals aufhören.« Er strich ihr mit beiden

Händen die Haare aus dem Gesicht und küsste sie noch einmal. »Du und Rusty seid meine Welt, und daran wird sich nichts ändern.« Er half ihr beim Aussteigen.

»Hattest du nicht Pläne für uns?«

Er legte auf dem Weg zum Haus einen Arm um sie. »Hatte ich.«

Sie gingen durch die Küchentür ins Haus. Es dauerte einen Augenblick, bis ihr die Lampen auffielen, die er an beiden Seiten des Küchentischs angebracht hatte. Gage zog seinen Mantel aus und hängte ihn neben die Tür.

»Wofür sind die Lampen?«

»Für dich«, antwortete er. Er half ihr aus dem Mantel und hängte ihn ebenfalls auf. Anschließend nahm er einen riesigen Beutel mit Mosaikplättchen aus dem Schrank und raschelte damit.

»Was ist das?«

Er führte sie zum Tisch. »Das ist deine Überraschung.«

Nachdem er den Beutel auf den Tisch gestellt hatte, öffnete sie vorsichtig die Schleife und warf einen Blick hinein. Sein Herz raste. Er hatte keine Ahnung, ob er das richtige Material gekauft hatte, obwohl die Verkäuferin es ihm versichert hatte.

Sie sah ihn verwirrt – oder hoffnungsvoll? – an. Sie steckte die Hand in den Beutel und nahm einige der Steinchen heraus. »Gage«, sagte sie bang. »*Tesserae*. Es ist so lange her.«

»Tesserae?« Er öffnete den Schrank und stellte auch die restlichen Materialien auf den Tisch.

»Das ist der Fachbegriff für die Mosaiksteine.«

Sie sah zu, wie er so gut wie jeden Mosaikkleber, den er hatte finden können, und verschiedene Grundplatten auspackte. Sie schwieg so lange, dass er schon fürchtete, die Tränen in ihren Augen falsch gedeutet zu haben.

Schließlich streichelte sie jedoch lächelnd seine Wange und er atmete aus.

»Ich kann nicht glauben, dass du dir so viel Mühe gemacht hast.«

»Es war keine Mühe, Salbird. Ich möchte dir helfen, all die Dinge zu tun, die dich glücklich machen. Obwohl wir in Virginia nur kurz darüber gesprochen haben, konnte ich sehen, wie sehr du es vermisst hast. Wenn deine Mom es schon nicht mit dir machen kann, dann zumindest ich. Natürlich will ich sie nicht ersetzen, aber ...«

Sie schlang die Arme um seinen Nacken und küsste ihn – hart. »Danke. Ich hab es nicht mehr gemacht, seit ich mit Rusty schwanger war.«

Voller Freude sah er zu, wie sie die Steinchen und Materialien durchging. Überwältigt trat sie vom Tisch zurück, nahm seine Hand und legte sie auf ihr pochendes Herz.

Begeisterung schimmerte in ihren Augen. »Das ist jedes Mal passiert, wenn ich mit meiner Mom in einem Studio war. Nicht zu fassen, dass ich diesen Kick auch nach all den Jahren noch verspüre. Allerdings schlägt mein Herz dieses Mal schneller – deinetwegen.«

Sally hatte vergessen, wie wundervoll es sich anfühlte, etwas Einzigartiges zu erschaffen, und wie inspirierend wahre Freude sein konnte. Mehr noch, sie hatte vergessen, wie es war, jemanden zu haben, der ihre Träume unterstützte. Vor allem die Träume, von denen sie gar nicht gewusst hatte, dass sie noch da waren. Stundenlang bastelte sie mit Gage und setzte winzige

Glas-, Stein- und Keramikteilchen zu dem Muster zusammen, das sie auf die Grundplatte gezeichnet hatte. Ihre Gesichter waren sich so nah, dass sie jeden seiner Atemzüge hören konnte. Ihre Hände bewegten sich im Einklang. Die Teile passten wie bei einem Puzzle zusammen, und obwohl es keinen vorgegebenen Rahmen gab, wussten sie genau, welcher Stein wo hinmusste, um einen wunderschönen Farbverlauf zu schaffen. Und warum sollte sie mit Gage auch nicht mühelos aufeinander abgestimmt arbeiten? Sie kannten sich seit Jahren. Sie waren schon ein Paar, bevor sie offiziell dazu wurden. Mittlerweile wusste sie es tief in ihrem Herzen, wie Gage es schon immer getan hatte.

Die Erinnerungen an das Basteln mit ihrer Mutter stürmten auf sie ein. Sie hatte sich immer sehr auf diese gemeinsamen Stunden gefreut. In einer Kindheit, die in einem Wirbelsturm aus einer Luxusreise nach der nächsten zu bestehen schien, mit einem Vater, der ständig geschäftlich telefonierte, und einer Mutter, die ihm ständig zur Verfügung stand und zu schicken Verabredungen und Abendessen ging, waren diese wenigen gestohlenen Stunden der Kleber gewesen, der die Beziehung zu ihrer Mutter zusammengehalten hatte. Vielleicht war es der Mangel an gemeinsamer Zeit gewesen, der es ihr leichter machte, sich an die Trennung von ihren Eltern zu gewöhnen, nachdem diese wegen der Schwangerschaft eine Kluft zwischen ihnen geschaffen hatten. Nach Rustys Geburt bestand ihr Leben nur noch aus Verpflichtungen, und selbst nachdem sie sich mit ihren Eltern versöhnt hatte, waren diese weiter gereist. Bis zu ihrer Hochzeit mit Dave hatte sie nie wirklich ein festes Zuhause gehabt. Sie hatten sich zusammen und doch getrennt ein Zuhause geschaffen. Gemeinsame Zeit war selten gewesen. Dave hatte sein Geschäft aufgebaut, sie ging zur Uni und fuhr

Rusty zu Schulveranstaltungen, Freunden und dem Training. Sie waren mehr als ein Jahrzehnt verheiratet gewesen und hatten ihre Zeit trotzdem nicht so gemeinsam verbracht, wie sie es mit Gage tat.

Ihr wurde klar, dass sie bisher noch nie eine solche Beziehung gehabt hatte.

Sie schluckte schwer. Auf dem Kaminsims standen Bilder von seiner Familie und von Sally und Rusty. Die Fotos von Rusty und ihr hatten sich im Laufe der Jahre angesammelt, und sie hatte sie so oft gesehen, dass sie sich bis jetzt nichts weiter dabei gedacht hatte.

Verstohlen betrachtete sie Gage, der ein Stück blaues Glas musterte, und wurde von einem wunderbar friedlichen Gefühl erfasst. Er war die ganze Zeit da gewesen, der Fels, den sie gebraucht hatte, der Freund, der zugehört hatte, und nun war er ihr sinnlicher Liebhaber und der Mann, der ihr half, wieder die Person zu werden, die sie einmal gewesen war. Nur besser.

Er musste ihren Blick bemerkt haben, denn er hob den Kopf und warf ihr einen Luftkuss zu. Anschließend legte er seinen Stein neben den, den sie gerade aufgeklebt hatte. Sie schufen gemeinsam dieses wunderschöne Kunstwerk, und auch, wenn es nur ein Mosaik war, wurde immer deutlicher, dass sie dazu bestimmt waren, sich auch ein gemeinsames Leben aufzubauen. Während sie die letzten Steinchen platzierten, verschwanden all ihre Sorgen um Rusty und was die Zukunft für sie bereithalten konnte.

Sie atmete tief ein und trat einen Schritt zurück, um ihre Arbeit zu bewundern. Gages Fingerspitzen berührten ihre und die grenzenlose Liebe in seinem Blick war wie eine Umarmung. Die Antworten, die sie suchte, waren die ganze Zeit da gewesen.

Sie legte ihre Hand auf seine Brust, wie er es vor fast zwei

Wochen getan hatte, und stellte fest, dass sie dieses Mal nicht nach ihren Haaren gegriffen hatte – sondern nach ihm. Er schürte nicht nur ihre Hitze, sondern hatte auch eine beruhigende Wirkung auf sie.

»Was meinst du, Salbird? Sind wir ein tolles Team?«

Team? Sie waren so viel mehr als das. Sie waren Freunde und Geliebte, Vertraute und Gleichgesinnte. Sie waren *alles*, und sie wollte mehr als alles andere, dass ihre Beziehung so stark blieb, wie sie heute war.

»Das beste Team aller Zeiten.«

Er umarmte sie und küsste sie warm und wundervoll. »Ich liebe dich so sehr, Sally. Ich kann nicht beschreiben, wie es sich anfühlt, ein Leben mit dir aufzubauen. Danke, dass du mich Teil deiner Welt sein lässt.«

Sie konnte nicht antworten, sondern ihn nur immer und immer wieder küssen, um sich an ihn zu binden.

Seine Stimme war nicht mehr als ein Flüstern. »Bereit, zu dir zu fahren?«

Zu mir? Dieses Haus gehörte nicht mehr ihr.

Dieses Leben gehörte nicht mehr ihr.

Alles hatte sich verändert.

Sie hatte einen Kloß im Hals, aber als sie nun an das Haus dachte, in dem sie den Großteil ihres Lebens verbracht hatte, schnürte ihr nicht die Traurigkeit die Kehle zu. Vor ihr lag das Ende eines Kapitels, das sie nicht hatte kommen sehen. Und sobald sie die Worte aussprach, die bereits erwartungsvoll mit den Flügeln schlugen, würde sich eine Tür für das überschwängliche Glück finden, das beinahe schon aus ihr herausplatzte.

»Ich glaube, dass ich hier mein Nest mit dir gefunden habe«, erwiderte sie leise. »Und wenn du mich willst, möchte ich es nie wieder verlassen.«

Siebzehn

»Es ist offiziell«, verkündete Sally am nächsten Samstagmorgen. Zusammen mit Kaylie und Max dekorierten sie Kaylies Berghütte für Danicas Babyparty. »Wir werden Rusty von unserer Beziehung erzählen, und sobald er wieder in Harborside ist, ziehe ich offiziell bei Gage ein.«

Kaylie umarmte sie quietschend. »Das ist so toll!«

»Endlich!« Max nahm sie beide in die Arme. »Ernsthaft, so lange wie ihr hat noch keiner umeinander geworben. Gage muss aus dem Häuschen sein.«

»Das sind wir beide«, schwärmte Sally. »Ich lächle ununterbrochen, seit wir die Entscheidung getroffen haben.« Gage hatte sie fünfzigmal gefragt, ob sie sicher war, und bei jeder Antwort war sie überzeugter gewesen, die richtige Entscheidung getroffen zu haben. Sobald er akzeptiert hatte, dass sie ihre Meinung nicht ändern würde, hatte er Rusty das größte Zimmer zugeteilt und ihr ging das Herz auf. Letztes Wochenende hatten sie ihr gemeinsames Mosaik zu einem Beistelltisch verarbeitet, der nun stolz ihr Wohnzimmer zierte. Außerdem räumte er eines der Gästezimmer um, damit Sally Platz für ihre *Kreativstation* hatte, wie er sie nannte. Er hatte angeboten, ihr ein Atelier in der Scheune einzurichten, aber sie wollte nicht so weit von ihm entfernt sein, sollte sie der Drang überkommen, an einem Projekt zu arbeiten.

»Wann sagt ihr es Rusty?«, fragte Max. Sie drückte Sally das eine Ende einer Wimpelkette in die Hand und ging mit ihrem Ende zur anderen Seite des Tisches.

»Wenn er über die Feiertage nach Hause kommt. Ich überfalle ihn damit nur ungern, wenn er nur eine Woche da ist, aber es ist das Beste, wenn er es persönlich erfährt.«

Max befestigte die Kette am Tischende und Kaylie klebte die Mitte fest, sodass ein Schuppenmuster entstand.

»Er liebt Gage«, sagte Kaylie und schnitt ein weiteres Stück Kette für die andere Tischseite ab. »Aber erinnert ihr euch daran, als er sechzehn war? Der arme Junge war so wütend und hat sich ständig davongeschlichen. Auf diese Zeit freue ich mich bei Lexi und Trev nicht.«

»Sie sind doch genau wie Adriana erst in der Grundschule«, erinnerte Max sie. Ihre Tochter ging in die zweite Klasse. »Wir haben noch genügend Zeit, sie zu erziehen. Und mit *erziehen* meine ich, ihnen in Sachen Alkohol, Sex und allem anderen, was sie anstellen könnten, eine Heidenangst einzujagen.«

Sally schmunzelte über ihre Naivität. »Du denkst, du könntest einen Teenager mit Angst kontrollieren, aber vertrau mir. Sie halten sich für unzerstörbar. Schlimmer ist nur noch, dass es zum Übergangsritual gehört, die Eltern zu testen.«

»Tja, Adriana ist eine Heilige und ein Papakind. Dylan hingegen ist so verschmitzt wie ein Äffchen. Der Junge stellt ständig etwas an. Armer Treat. Er war so ein guter Junge, dass er gar nicht wissen wird, was er mit ihm anfangen soll.«

»Oh, bitte!« Kaylie winkte ab, ehe sie die Kette aufhängten. »Im Grunde hat Treat seine fünf jüngeren Geschwister großgezogen. Denk mal einen Moment darüber nach. Damals stand Hugh genauso auf Frauen wie auf Autos, und du weißt doch, dass Dane sein Riesending nicht in der Hose lassen konnte. Ich bin sicher, dass Treat euren Kindern immer einen Schritt voraus sein wird.« Sowohl Hugh als auch Dane waren mittlerweile verheiratet und obendrein auch Väter. Hugh war Profi-Rennfahrer und Dane arbeitete als Haiforscher. Bevor sie sich in Brianna und Lacy verliebt hatten, waren sie beide ziemliche Frauenhelden gewesen.

Die Frauen kicherten.

»Vor Treat solltest du nicht so über Dane sprechen«, warnte Max sie. »Es ist kein Geheimnis, dass Dane der am besten bestückte Mann aus Weston, Colorado, ist, aber mein stattlicher Ehemann will das nicht hören.«

»Als würde ich das jemals tun«, erwiderte Kaylie. »Himmel, das würde ich nicht mal in Anwesenheit meines umwerfend attraktiven Mannes sagen. Männer und ihre Penisse. Wenn du einem Mann hundertmal am Tag sagst, dass du ihn liebst, liebt er dich ebenfalls. Aber wenn du ihm sagst, sein Ding wäre aus Gold?« Sie breitete die Arme aus und ließ sich auf ein Knie sinken. »Dann betet er dich auf ewig an.«

Sally wickelte einen Teil der Wimpel um Max' Taille, ließ jedoch ein Stück wie einen Penis nach unten hängen. Dann wiederholte sie das Ganze bei Kaylie und sich.

Max stemmte die Hände in die Hüften und ließ sie kreisen. »Komm schon, Baby. Lass dich vom Kronleuchter baumeln. Es lohnt sich.«

Kaylie streckte die Brust aus und strich über die Kette. »Meiner ist mit Diamanten besetzt und schmeckt nach Eiscreme. Ich schwöre!«

Sie krümmten sich vor Lachen. Max und Sally gaben noch einige schlechte Peniswitze zum Besten. Sie hielten sich aneinander fest und lachten dabei so heftig, dass ihnen Tränen über die Wangen liefen.

Dann klopfte es an der Tür. »Seht ihr? Die Frauen treten mir schon die Tür ein!«, sagte Kaylie, was für einen weiteren Lachanfall sorgte.

Kaylie ging zur Tür und Sally versuchte, sich wieder zu beruhigen, doch Max wackelte erneut mit ihrem Wimpel-Penis und sie verlor erneut die Fassung. Also drehte sie ihr den Rücken zu. Ein paar Sekunden später legte sich eine schwere Hand auf ihre Schulter und sie wirbelte herum. Gage stand mit unheilvoller, ernster Miene vor ihr. Das Lachen wurde sofort von Sorge ersetzt.

»Was ist los?«, fragte sie.

»Es geht um Rusty«, erwiderte Gage ernst und umfasste ihre Schulter fester.

Angst erfasste sie.

»Er wurde verhaftet und wir müssen nach Harborside.«

»Verhaftet?« Das konnte nicht sein. Rusty war kein unruhestiftender Teenager mehr. Er war verantwortungsvoll und vernünftig. Ihr Herz schlug wie wild. »Warum? Was hat er angestellt? Geht's ihm gut?«

»Alles in Ordnung. Es klingt nach einem Missverständnis, aber wir müssen jetzt sofort nach Harborside. Um vier wird er dem Richter vorgeführt, und wir müssen da sein, um die Kaution zu zahlen, *falls* sie eine festsetzen.«

Tränen stiegen ihr in die Augen. »Kaution?« Sie klammerte sich an seinen Arm, denn ihre Knie gaben nach. »Was hat er getan? Braucht er einen Anwalt? Wir brauchen einen Anwalt, oder? Ich kenne keine Anwälte in Massachusetts.«

»Ich rufe Treat an.« Max zog ihr Handy heraus. »Ihr könnt sicher sein Flugzeug nehmen.«

Verhaftet. Oh mein Gott, Rusty.

Gage küsste ihre Schläfe. »Alles wird gut. Wir fliegen hin und finden eine Lösung.«

»Treat sagt dem Piloten Bescheid«, warf Max ein. »Der Flug nach Boston dauert dreieinhalb Stunden. Er organisiert euch einen Fahrer, der euch von dort aus nach Harborside bringt. Er hat gesagt, dass er einen Anwalt kennt, aber ihr werdet es niemals bis um vier schaffen.«

Max reichte ihnen das Handy.

»Ich kümmere mich darum, Babe.« Gage nahm es Max ab und sprach mit Treat. »Danke, Treat. Ich habe auf dem Weg hierher mit der Sachbearbeiterin gesprochen. Sie hat mir erklärt, dass er ins Gefängnis geschickt wird, bis wir die Kaution bezahlen, sollten wir nicht rechtzeitig da sein. Meinst du, dein Anwalt könnte hinfahren und dafür sorgen, dass sie ihn vor Ort festhalten? Ich würde ungern auf einen Kautionsagenten zurückgreifen müssen, wenn es sich vermeiden lässt.«

»Gefängnis?« Sally schluchzte. Max und Kaylie nahmen sie in den Arm. »Rusty kann nicht ins Gefängnis. *Gage …*«

Gage zog sie von den Mädels weg in seine eigenen Arme, während er das Telefonat mit Treat beendete. »Danke. Ich weiß dein Angebot mit dem Fahrer zwar zu schätzen, aber ich glaube, wir brauchen dort unseren eigenen Leihwagen. Ich will dort auf niemanden angewiesen sein. Danke, Treat. Ich stehe tief in deiner Schuld.« Er legte auf und gab Max ihr Handy zurück. »Danke.« Dann wandte er sich an Sally. »Wo sind deine Handtasche und dein Mantel?«

Kaylie gab ihm Sallys Tasche und half ihr, den Mantel anzuziehen. »Geht. Erklär ihr alles im Auto und ruft uns an, falls ihr uns braucht.«

Gage war bereits auf dem Weg zur Tür. Sobald sie im Auto

saßen, ging es direkt Richtung Highway. »Offenbar hat sich Rusty das Auto seines Kumpels geborgt, um etwas am anderen Ende der Stadt abzuholen. Eines der Rücklichter war kaputt, und er wurde angehalten. Sie haben ein Tütchen mit Tabletten auf dem Rücksitz gefunden und ihn wegen Drogenbesitz verhaftet.«

»Tabletten? Das ergibt keinen Sinn. Was für Tabletten?«

Gage atmete aus und drückte ihre Hand. »Einige. Oxycodon, Xanax und ADHS-Medikamente.«

»Oxycodon?« Ihr rutschte der Magen in die Kniekehlen. »Ich werde ihn erwürgen. Er hat geschworen, nichts von diesem Zeug zu nehmen. Erinnerst du dich? Ich habe ihn letzten Sommer gefragt, nachdem wir in diesem Artikel gelesen haben, dass Heroin die bevorzugte Droge bei den Kids ist. Warum ist mir das nicht aufgefallen? Ich weiß warum. Er ist nie zu Hause. Das ist alles meine Schuld.«

»Baby, Baby, Baby«, beruhigte Gage sie. »Er schwört, dass es nicht seine waren.«

Innerlich brodelnd presste sie die Lippen zusammen. Sie wollte ihrem Sohn glauben, hatte aber gleichzeitig Angst davor.

»Da ist noch mehr«, fuhr Gage fort. »Ich musste ihm versprechen, dass ich allein komme.«

»Was?« *Macht mal Platz, Drogen. Diese neuen Informationen haben jetzt Vorrang.* »Du hast meinem Sohn versprochen, das vor mir geheim zu halten?«

»Verdammt, Sally. Sieht es so aus, als würde ich es dir verheimlichen?« Er knirschte mit den Zähnen. »Er war ganz aufgeregt, weil du dir wegen der Arbeit schon genug Sorgen machst, und wollte dich mit so etwas nicht belasten.«

»So etwas? Er wurde verhaftet! Wenn es einen Zeitpunkt gibt, seiner Mutter etwas zu sagen, dann ist es dieser! Warum hast du ihm das nicht gesagt?«

»Unterschätzt du mich wirklich so sehr?« Er legte beide Hände ans Lenkrad und seine Oberarme spannten sich an. »Himmel, Sally. Trau mir ruhig was zu. Ich hab versucht, ihn zu überreden, aber er war entschlossen, dich nicht zu beunruhigen.«

Erneut stiegen ihr Tränen in die Augen. »Tut mir leid. Ich bin einfach überfordert. Und verwirrt. Was, wenn es doch seine Tabletten waren? Was, wenn er sein Leben da oben in Massachusetts in den Sand setzt und ich es zulasse? Ich hätte ihn zwingen sollen, die ganzen Ferien über herzukommen. Ich hätte ihm niemals erlauben sollen, dass er dort arbeiten geht. Ich hätte …« Ein wütendes Schluchzen raubte ihr die Stimme.

Gage nahm ihre Hand. »Er ist zwanzig, Sally. Er ist ein junger Mann und trifft gute Entscheidungen. Ich denke, wir sollten warten, bis wir persönlich mit ihm gesprochen haben, bevor wir uns aufregen.«

»*Warten*, bevor wir uns aufregen?« Sie schnaubte. »Das steht überhaupt nicht zur Debatte. Und warum bist du so ruhig? Selbst wenn es nicht seine Drogen sind, mit welchen Freunden hängt er rum? Und wie lange wird es dauern, bevor ihn der Gruppenzwang auf die dunkle Seite lockt? Diese Verhaftung wird ihn sein ganzes Leben lang verfolgen. Was habe ich falsch gemacht? Glaubst du, es liegt daran, dass sein Vater gestorben ist?«

Gage nahm die nächste Ausfahrt und hielt am Straßenrand. Dann beugte er sich über die Mittelkonsole und umarmte Sally. Sie zitterte am ganzen Körper, und obwohl sie in seinen Armen lag, tobte die Angst in ihr noch immer.

Gage zog sich zurück und wischte ihre Tränen weg. »Sally, er ist *dein* Sohn. Du hast ihm beigebracht, richtige Entscheidungen zu treffen. Auch wenn ich ihm glauben will …«

»Ich auch! Er ist mein Sohn. Aber ich bin nicht eine von diesen Müttern, die denkt: ›Mein Kind nicht.‹«

»Das weiß ich doch. Sollten es seine Tabletten sein, wirft er nicht automatisch sein Leben weg. Sollten sie ihm gehören, wird ihn diese Verhaftung wahrscheinlich genug wachrütteln, um wieder auf den rechten Weg zu kommen.«

»Falls es seine Drogen sind, kommt er zurück nach Colorado, lebt unter *meinem* Dach nach *meinen* Regeln und bringt sein Leben in Ordnung.«

Die restliche Fahrt zum Flughafen verlief schweigend. Der lange Flug war ebenso angespannt. Sally konnte kaum glauben, dass sie nach Massachusetts flogen, um ihren Sohn aus dem Gefängnis zu holen. Durch den Stress wurde ihr ganz übel und Gage sagte kaum ein Wort.

Erst, als sie nach Harborside fuhren, wurde Sally ihr Fehler bewusst.

Sie schafften es gerade rechtzeitig in die Stadt, um die Kaution zu bezahlen, bevor das Kassenbüro schloss. Auf dem Weg zurück zum Auto waren Sallys Augen vor Sorge weit aufgerissen. Wie bei einem Reh im Scheinwerferlicht.

»Ich hätte nie gedacht, dass ich mal Kaution für meinen Sohn stellen müsste«, sagte Sally ernst. Sie schob die Hände unter Gages Mantel und legte sie auf seine Brust. »Ich will mir gerade sehr in die Haare greifen.«

»Greif immer nach mir, Salbird.« Er legte seine Hände auf ihre, während er bereits überlegte, wie er mit Rusty umgehen sollte, wenn dem Jungen klar wurde, dass er Sally gegen seinen Wunsch mitgebracht hatte. Der Anwalt hatte ihnen erzählt, dass Rusty darauf beharrte, die Drogen würden seinem Freund gehören, allerdings hatten sie den bis jetzt nicht erreichen können. Solange sie die andere Seite der Geschichte nicht kannten, galt Rusty als schuldig. Es war zum aus der Haut fahren, und er hoffte, dass Rusty seinen Freund nicht als Sündenbock benutzte. Das würde alles nur schlimmer machen.

»Es tut mir leid, dass ich ›mein Haus, meine Regeln‹ gesagt habe«, entschuldigte sich Sally. »Ich wollte dich nicht ausschließen oder dir das Gefühl geben, du wärst nicht Teil unseres Lebens. Es ist … es ist mir einfach so rausgerutscht.«

Das stechende Gefühl deswegen hatte schon vor Stunden nachgelassen. »Zerbrich dir nicht den Kopf darüber. Du stehst unter großem Druck. Bringen wir es einfach hinter uns, damit wir uns vergewissern können, dass es Rusty gut geht.«

Sie nickte und wirkte ebenso traurig wie verängstigt. »Danke, dass du für ihn da bist und mir davon erzählt hast, obwohl er es nicht wollte. Unfassbar, dass er das vor mir geheim halten will, aber darüber werde ich noch mit ihm sprechen.«

»Wie schon gesagt, ich werde immer für euch beide da sein.«

Sie fuhren direkt zum Polizeirevier. Rusty kam aus einem Raum in hinteren Bereich und die blonden Haare hingen ihm schlaff ins Gesicht. Er wirkte ausgelaugt, abgespannt und hatte die Schultern hochgezogen. Wahrscheinlich war er nach dieser stressigen, schlaflosen Nacht todmüde. Mürrisch hob er den Kopf und schlurfte mit seiner Mutter im Schlepptau nach draußen.

Dann wirbelte er herum und schien Gage mit seinen Blicken geradezu zu erdolchen. »Was soll das, Mann? Ich hab dir *vertraut*. Ich hab dich gebeten, ihr nichts zu sagen.«

»Schrei ihn nicht an, weil er das Richtige getan hat«, fauchte Sally. »*Du* hättest es mir sagen müssen, Rusty, nicht Gage. Was hast du dir dabei gedacht?«

Rusty verengte die Augen wütend zu Schlitzen und hob die Stimme. »Was *ich* mir gedacht habe? Wie kannst du mich das überhaupt fragen? Ich dachte, ich könnte darauf vertrauen, dass *er* dich nicht in diesen Schlamassel mit reinzieht. Es waren nicht meine Tabletten, Mom. Ich bin weder ein Junkie noch ein Dealer. Das ist nur ein riesiges Missverständnis, über das du dich überhaupt nicht hättest aufregen müssen.«

Gage stellte sich zwischen die beiden und sah Rusty direkt in die Augen. »Rusty, hol mal Luft. Ich verstehe, dass du gerade sauer auf mich bist, aber ich werde nicht zulassen, dass du deine Mutter anschreist.«

»Oh, *jetzt* machst du dir Sorgen um meine Mutter?« Rusty schnaubte. »Was soll das, Gage? Sieh dir doch an, wie aufgewühlt sie ist. Das ist deine Schuld. Sie muss sich zusätzlich zu ihrem Job und allem anderen nicht auch noch um diesen Mist Sorgen machen. Du solltest ihr *Freund* sein. Ich hab versucht, sie zu beschützen. Warum tust *du* es nicht?«

Gage knirschte mit den Zähnen, um Rusty nicht deutlich daran zu erinnern, warum sie überhaupt hier waren. »Ich beschütze sie, Rusty. Mir ist klar, dass du das gerade nicht siehst, aber du bist mir wichtig und deine Mutter ist es auch. So etwas Wichtiges würde ich ihr niemals verheimlichen. Das wäre für keinen von euch gut.«

»Mir doch egal.« Rusty wandte sich ab.

»Rusty Michael Tuft!«, schrie Sally. »Wage es nicht, Gage die Schuld für deine Fehler zu geben. Kannst du dir überhaupt vorstellen, wie es für mich ist, über Umwege von deiner *Verhaftung* zu erfahren? Und ist dir klar, in was für eine schreckliche Lage du Gage gebracht hast?«

»In welche Lage ich ihn gebracht habe?«, fuhr Rusty sie an. »Tut mir leid, dass ich dachte, ich könnte ihm vertrauen.« Er rieb sich mit einer Hand übers Gesicht und tigerte auf und ab.

»Du kannst ihm vertrauen«, beharrte Sally. »Aber deine Bitte war unfair. Rusty, das muss dir doch klar sein.«

»Was ist mit der Lage, in die er dich gebracht hat?«, fragte Rusty herausfordernd.

»Okay, das reicht«, beschloss Gage. »Du bist sicher erschöpft, aber das ist keine Entschuldigung, es an deiner Mutter auszulassen. Wie wäre es, wenn wir erst mal etwas essen gehen und vernünftig darüber reden?«

Rusty starrte ihn angespannt an. Dann wandte er sich an seine Mutter. »Es tut mir leid, dass ich in diesen Schlamassel geraten bin und du mit hineingezogen wurdest.« Mit knirschenden Zähnen richtete er sich an Gage. »Danke, dass ihr mich rausgeholt habt, aber ich muss einen klaren Kopf bekommen.«

Sally ging einen Schritt auf ihren Sohn zu, neben dem sie winzig aussah. Sie streckte die Hand nach ihm aus, hielt jedoch sichtlich hin- und hergerissen inne. Einerseits wollte sie die Mutter sein, die sie sein wollte, musste aber andererseits ihren Sohn den jungen Mann sein lassen, der er sein musste.

»Du kannst es mir sagen, wenn es deine Drogen waren«, sagte Sally sanft. »Mach es nicht noch schlimmer.«

Rusty verdrehte die Augen. »Oh Mann, Mom. Es waren nicht meine. Versprochen, okay?«

Ihre Augen glänzten feucht, als sie nickte und ihn umarmte. Rusty war stocksteif und ließ die langen Arme an der Seite hängen. Doch Sally bewegte sich erst, als Rusty sie widerwillig kurz an sich drückte und dann einen Schritt zurücktrat.

»Na komm, wir bringen dich nach Hause.« Gage schloss das Auto auf.

»Ich laufe«, murmelte Rusty und setzte sich in Bewegung.

»Rusty«, rief Sally ihm nach.

»Schon in Ordnung, Babe.« Gage legte eine Hand auf ihren Rücken. »Gib ihm Zeit, den Druck loszuwerden. Er hat eine Menge durchgemacht.«

»Er hätte dich nicht so behandeln sollen.«

»Ich hab sein Vertrauen missbraucht. Er hat jeden Grund, sauer zu sein. Wir geben ihm etwas Freiraum, dann können wir mit ihm reden.«

»Er dachte, er würde mich *beschützen*«, sagte Sally und stieg ein.

»Ironisch, findest du nicht? Aus demselben Grund verbirgst du unsere Beziehung vor ihm.«

Achtzehn

Zweimal versuchte Sally, Rusty anzurufen, doch da er nicht reagierte, schickte sie ihm die Adresse ihres Hotels, das sich nur wenige Blocks von seiner Wohnung befand. Sie war die halbe Nacht wach und zerbrach sich den Kopf darüber, wie sie mit der Situation umgehen sollte, was zur Folge hatte, dass ihr stundenlang schlecht war. Schließlich lugten die ersten Sonnenstrahlen zwischen den Vorhängen hervor und sie schmiegte sich an Gage. Er war letzte Nacht ihre Rettung gewesen, denn er hatte sie beruhigt, als sie zu Rusty fahren und ihn zwingen wollte, die Sache zu besprechen. Gage hatte recht. Rusty war wahrscheinlich direkt schlafen gegangen. Als kleiner Junge hatte er so ruhig geschlafen, dass sie einen Finger unter seine Nase gehalten hatte, um sicherzugehen, dass er noch atmete.

»Wie geht's der Mama?«, fragte Gage erschöpft.

Sie legte den Kopf auf seine Brust. Die Gedanken an ihr Gespräch, Rusty und ihre geheime Ehe fuhren in ihr Achterbahn. »Ich wünschte, ich wäre nicht so schnell wütend auf ihn geworden.«

»Er war auch nicht gerade in friedlicher Stimmung, Babe. Der Tag war emotional sehr aufgeladen.« Er küsste ihren Kopf und zog sie an sich. »Wie geht's deinem Bauch? Fühlst du dich besser?«

»Ein wenig. Ich hab über das nachgedacht, was du gesagt hast.«

»Was denn?«

»Dass Rusty praktisch ein Mann ist. Ich sehe mich immer noch als seine Beschützerin und weiß, dass ich das zu einem gewissen Grad auch sein muss, aber die Dinge haben sich geändert. Gestern habe ich nicht verstanden, warum er versucht hat, mich zu beschützen, aber jetzt tue ich es. Nach Daves Tod hat er mich als überforderte Mutter gesehen und damals war ich das vielleicht auch. Aber jetzt bin ich es nicht mehr, und das muss er verstehen. Er muss begreifen, dass ich stark und fähig bin und mit allem klarkomme. Auch, wenn er verhaftet wird.«

Sie hob den Kopf. Gage war so geduldig mit ihr gewesen und hatte sich für Rusty sogar zurückgehalten. Nun war es an ihr, zurückzustecken. »Ich muss aufhören, den zerbrechlichen Fünfzehnjährigen in ihm zu sehen, der mit dem Erwachsenwerden nicht zurechtkommt. Wir müssen ihm von uns erzählen. Die ganze Geschichte. Von unserer Ehe, und dass wir zusammenziehen. Wohl oder übel mit allem Drum und Dran. Er verdient es.«

Erleichterung breitete sich auf Gages Miene aus. »Wir werden nachher zu ihm fahren und mit ihm reden. Aber er wird wahrscheinlich immer noch sauer auf mich sein. Du solltest uns beiden erst einen Moment geben, um reinen Tisch zu machen.«

»Natürlich.« Erneut legte sie ihre Wange auf seine Brust und streichelte gedankenverloren über seinen Bauch. »Ich werde dir jetzt etwas sagen, was ich nur schwer eingestehen kann.«

»Salbird, du kannst mir alles anvertrauen.«

»Es hat wehgetan, dass Rusty dich und nicht mich angerufen hat. Ich war ein wenig eifersüchtig und als Mutter ist das ein seltsames Gefühl. Es gefällt mir nicht, dass er noch verletzter sein wird, wenn er erfährt, dass wir es ihm erst drei Wochen später erzählt haben. Ich glaube, es war ein Fehler, zu warten.«

Gage zog sie zu sich aufs Kissen und drehte sich zu ihr. »Es war kein Fehler, Babe. Du warst vorsichtig und das ist niemals falsch.«

»Ich bin nicht so sicher.« Sie rollte sich herum und löste Gages Shirt von ihrer Taille. Gestern waren sie so überstürzt aufgebrochen, dass sie nicht mal eine Tasche gepackt hatten. Sie hatte in Gages Shirt von gestern geschlafen. Jetzt nahm sie ihr Handy vom Nachttisch und überprüfte ihre Nachrichten.

»Drei von Danica, Kaylie, und Max, aber keine von Rusty.«

»Wahrscheinlich schläft er noch. Wir gehen duschen, holen Frühstück und fahren zu ihm.«

Sie antwortete ihren Freundinnen und legte ihr Handy wieder zurück. Ihr war nicht gut, also rutschte sie zur Bettkante und setzte sich auf. »Ich gehe ins Bad. Könntest du an der Rezeption anrufen und um Zahnbürsten und Zahnpasta bitten? Ein Kamm oder eine Bürste wären auch toll.« Sie stand auf und Gages Shirt fiel ihr bis zu den Oberschenkeln.

Sally lehnte sich ans Waschbecken, wartete darauf, dass sich ihr nervöser Magen beruhigte, und musterte ihr Gesicht im Spiegel. Sie fühlte sich zehn Jahre älter als gestern. Wie überstanden Eltern solche Situationen? Was, wenn Rusty log? Sie wollte nur ungern in diese Richtung denken, aber wie sollte sie sicher sein, bis sie ihrem Jungen in die Augen sehen konnte, ohne dass er fuchsteufelswild und wütend auf Gage war?

Sollte er dafür bestraft werden, Gage überhaupt erst in diese Lage gebracht zu haben? Einen Zwanzigjährigen bestrafen? Hatte er als junger Mann nicht durchaus das Recht, seinen

Vertrauten zu bitten, sein Geheimnis zu bewahren, um seine Mutter zu schützen? Sie schloss die Augen, um die Tränen zu unterdrücken. Die ganze Situation überforderte sie.

Sie beugte sich vor und betrachtete ihr Gesicht im Spiegel. »Hör auf zu weinen, sonst wird dich dein Sohn niemals als stark und fähig ansehen.«

Sie straffte die Schultern und riss ein Handtuch von der Halterung. Frustriert darüber, dass sie diese Geheimniskrämerei emotional so nervös machte, wischte sie sich die Tränen weg und ermutigte sich, dass sie es schaffen würden.

Nachdem sie auf der Toilette war und sich das Gesicht gewaschen hatte, atmete sie ein paarmal tief ein und wappnete sich für den Tag – was immer er auch bringen mochte.

»Gage?«, fragte sie. Er ging gerade an die Tür, ohne Shirt und in einer sexy, tiefsitzenden Jeans. Schmunzelnd berührte sie den Saum ihres – seines – Shirts. Sie liebte es, seine Klamotten zu tragen. »Das sind hoffentlich die Zahnbürsten.«

»Rusty«, sagte Gage angespannt.

»Hey, ich hab nach dem Zimmer meiner Mom gesucht, aber an der Rezeption ist ihr Name nicht hinterlegt.«

Sallys Magen machte einen Satz und bittere Galle stieg in ihr auf. »Rusty …«

Rusty spähte über Gages Schulter. »Mom?«

Hastig schlüpfte sie in ihre Jeans.

»Was zum …« Rusty schob sich an Gage vorbei. Wenn Blicke töten könnten, würde sie auf der Stelle umfallen. »Ich bin weg.«

Er stürmte nach draußen und Gage packte seinen Arm. »Rusty, warte.«

»Du kannst mich mal.« Er löste sich aus Gages Griff und verschwand aus ihrem Blickfeld.

Gage sah ihm nach, doch Sally setzte sich in Bewegung. »Warte. Lass mich zuerst mit ihm reden.« Sie rannte über den Flur und aus dem Gebäude, wobei ihr die eisige Morgenluft ins Gesicht schlug und der kalte Beton förmlich in ihre nackten Füße schnitt. »Rusty! Warte!«

Hastig lief er die Stufen hinab, doch es gab keine schnellere Läuferin als eine Mutter, die fürchtete, ihren Sohn zu verlieren. Auf dem Parkplatz holte sie ihn ein und hielt ihn am Arm fest. Er wirbelte herum und funkelte sie an.

»Moment …« Ihre Knie knickten ein wenig ein, ihr Magen brannte und ihr wurde ganz schwindlig, als sie versuchte, Luft zu holen. »Wir müssen reden.« Sie zitterte vor Kälte und ihr Magen wallte erneut auf. Sie drehte sich gerade noch rechtzeitig weg, bevor sie sich übergab, und verfehlte dabei nur knapp seine Turnschuhe.

»Mom! Alles in Ordnung?«, fragte er besorgt. Er zog seinen Mantel aus und legte ihn ihr um die Schultern.

Sally hob eine Hand, weil sie fürchtete, sich erneut übergeben zu müssen, wenn sie etwas sagte. Sie trat ein paar Schritte zurück und setzte sich auf die Fersen.

»Mom. Es tut mir leid. Bist du krank? Warst du deshalb mit Gage in einem Zimmer?«

Sie schüttelte den Kopf. Die Furcht, einen Wutanfall auszulösen, war noch immer da, aber dieser Stress machte sie fertig. »Nein«, antwortete sie schwach.

Mühsam stand sie auf und hielt sich benommen an seinem Arm fest. Ihr Sohn sah sie verwirrt an. »Ich bin nicht krank, Schätzchen. Das liegt am Stress, oder ich hab was Falsches gegessen.«

»Salbird«, rief Gage und kam über den Parkplatz gerannt. Er gab Rusty seinen Mantel zurück und schlang Sally ihren um die

Schulter. Anschließend stellte er ihre Stiefel neben sie und stützte sie, während sie hineinschlüpfte. »Geht's dir gut?«

Sie nickte, obwohl das Gegenteil der Fall war. Ihr Magen fühlte sich an wie der Ozean nach einem Sturm und schien sich nicht entscheiden zu können, ob er aufwallen oder sich beruhigen wollte. Doch es war die Sorge in der Miene ihres Sohnes, die ihr das Herz brach.

»Du musst dich setzen.« Gage führte sie zu einer Bank.

»Rusty …«

Er kam zu ihr. »Ich bin hier. Es tut mir leid. Ich wollte dich nicht krank machen.«

»Du hast mich nicht krank gemacht«, versicherte sie ihm und nahm zwischen den beiden auf der Bank Platz.

Rusty stützte die Ellbogen auf die Knie und rieb sich die Hände.

Gage legte seine Hand auf Sallys Rücken. »Sicher, dass es dir gut geht? Soll ich dir etwas Wasser bringen?«

»Nein. Ich glaube, all diese Geheimnisse nagen einfach an mir.« Sie lehnte sich zurück. Das alles hatte sie sich selbst zuzuschreiben. Kein Wunder, dass Rusty geglaubt hatte, er müsste die Verhaftung geheim halten. Immerhin war er ihr Sohn.

»Rusty, wir müssen dir etwas sagen.« Sie nahm seine Hand, er ließ es widerwillig zu.

»Ich glaube, das ist ziemlich deutlich, Mom. Du und Gage seid miteinander im Bett gelandet.« Er war ganz offensichtlich nicht damit einverstanden, denn er starrte Gage finster an und drückte ihre Hand.

»Nein, Liebling. Wir sind nicht miteinander im Bett gelandet.«

Er runzelte die Stirn und sein Blick wurde sanfter.

Sie atmete tief ein, richtete sich ein Stück auf und nahm Gages Hand. »Wir sind verheiratet.«

Rusty riss die Augen auf. »Verheiratet? Wie in *verheiratet?*«

»Ja«, antwortete sie. »Anfangs war es ein Versehen, jetzt aber nicht mehr.«

»Ein Versehen? Wie heiratet man denn aus Versehen?« Er entzog ihr seine Hand.

»Wie sich herausstellt, bleibt das, was in Vegas passiert, doch nicht in Vegas«, erwiderte Gage, offenbar um die Stimmung zu lockern, aber Rustys Kiefermuskeln waren angespannt und sein Blick fest. So genervt hatte er noch nie ausgesehen. »Rusty, es wird sich nichts ändern. Ich liebe deine Mutter und ich liebe dich.«

»Ach was«, fuhr Rusty ihn an. »Alle wissen, dass du sie liebst, aber das ändert alles.«

Oh Gott, jetzt geht es los. »Das reicht, Rusty. Du musst nicht gemein werden. Das ist für uns alle schwer.«

»Also was? Habt ihr euch betrunken und dann geheiratet?« Rusty stand auf und tigerte herum. »Ihr wart *vor drei Wochen* in Vegas.«

»Ich weiß, und es tut mir leid.« Sally erhob sich ebenfalls, schwankte jedoch ein wenig, da ihr immer noch leicht schwindlig war. Gage legte den Arm um ihre Taille und sie war dankbar für seine Unterstützung – sowohl körperlich als auch emotional.

»Nach allem, was du durchgemacht hast, wollte sich deine Mutter mit uns sicher sein, bevor wir es dir erzählen«, sagte Gage.

»Das erklärt so einiges.« Rusty fuhr sich mit einer Hand durch die Haare und senkte den Kopf. Schließlich blieb er stehen und sah Gage herausfordernd an. »Was hast du ihr noch erzählt?«

»Rusty.« Sally trat vor. »Ich weiß, dass du Gage vertraust …«

»Vertraut *habe*«, unterbrach er sie eisig.

»Rusty«, sagte Gage, »selbst wenn ich keine Beziehung mit deiner Mutter hätte, hätte ich ihr von deiner Verhaftung erzählt. Hier geht es nicht um eine schlechte Note oder ein Auto. Zwischen uns beiden hat sich nichts geändert«, beharrte er. »Du und deine Mutter wart und werdet immer meine oberste Priorität sein.«

»Moment.« Was verheimlichte Gage ihr noch über ihren Sohn? »Eine schlechte Note?«

»Das war nur ein Beispiel«, versicherte Gage ihr.

»Wem willst du was vormachen?«, fuhr Rusty ihn an. »*Alles* hat sich geändert. Die zwei Menschen, denen ich auf dieser Welt am meisten vertraut habe, haben mir das größte Geheimnis aller Zeiten vorenthalten. Wie soll das denn nichts verändern?«

Sally spürte, wie er ihr entglitt, genau wie nach Daves Tod, und ihr wurde klar, dass sie noch nicht einmal annähernd den Schmerz erfasst hatte, den sie verursachte. Mit dieser geheimen Beziehung hatte sie ihm dasselbe angetan wie sein Vater. Geschockt ließ sie sich auf die Bank fallen.

»Sally?« Gage kniete sich neben sie.

»Mom?«

Ihre Augen waren glasig. »Er hat recht. Das ändert alles. Wie konnte ich so dumm sein?«

»Baby …?« Gage nahm ihre Hände.

»Wir sind wie Dave«, sagte sie ausdruckslos. »Nach Daves Tod haben wir erfahren, dass er sich heimlich mit Chase und seiner Mutter getroffen und eine Beziehung zu ihnen aufgebaut hat, bevor er uns die Wahrheit sagen wollte. Er dachte, er würde uns beschützen, doch es hat Rusty und mich zerrissen.« Tränen liefen ihr über die Wangen und sie wandte sich an Rusty. Sie hoffte aus ganzem Herzen, dass sie ihre Beziehung nicht irreparabel ruiniert hatte.

»Wir haben dasselbe getan – eine Beziehung aufgebaut, um sicherzugehen, dass sie stabil ist, bevor wir es dir sagen. Ich dachte, es wäre die einzig kluge Wahl. Gage wollte es dir sofort sagen. Aber meine größte Sorge war, dass du ihn als deinen Vertrauten verlierst, sollte es mit uns nicht funktionieren. Er hat mir versprochen, dass das niemals passieren würde, aber ich musste tief in meinem Herzen wissen, dass ich deine Beziehung mit ihm nicht für mein eigenes Glück aufs Spiel setze. Und darüber hinaus hatte ich solche Angst davor, dein Vertrauen zu verlieren, dass mir gar nicht klar war, dass ich dich unwillkürlich in eine Position bringe, in der du keine andere Wahl hast.«

Rusty biss die Zähne zusammen.

Erneut stand sie auf und sah zwischen den beiden Männern hin und her, denen ihr Herz gehörte. »Ich liebe euch beide so sehr. Rusty, es war mein Fehler, nicht Gages. Er hat dein Vertrauen nur gebrochen, als er mir von der Verhaftung erzählt hat, und wenn ich es herausgefunden hätte, ohne dass er mir etwas sagt, hätte es deine Beziehung zu ihm ohnehin kaputt gemacht. Und Gage …« Sie wischte sich die Tränen weg, doch der Strom riss einfach nicht ab. »Ich hab uns das angetan und es tut mir so leid.«

»Babe.« Er nahm sie in die Arme. »Du dachtest, dass du das Richtige für Rusty tun würdest.«

»Himmel«, presste Rusty hervor.

Sally löste sich aus Gages Armen. »Es tut mir leid. Sicher ist es nicht leicht für dich, das zu sehen.«

Rusty verdrehte die Augen. »Offensichtlich macht er dich

glücklich.« Er sah Gage an und zeigte auf Sally. »Und du liebst sie offensichtlich schon seit Jahren.«

»Ja.« Die unerschütterliche Liebe in Gages Stimme beruhigte sie sofort. Gleichzeitig hoffte sie, dass Rusty nicht gleich wieder ausflippen würde.

»Verdammt.« Rusty ließ sich auf die Bank fallen und vergrub das Gesicht in den Händen. Er streckte seine langen Beine aus, dann senkte er die Arme und sah zwischen ihnen hin und her. »Das ist megaseltsam.«

»Ich weiß. Für mich war es auch seltsam.« Sally legte ihren Arm um Gages Rücken. »Aber nur, weil mir klar wurde, dass ich mich in meinen besten Freund verliebt habe.«

»Das macht dich zu meinem Stiefvater«, stellte Rusty beunruhigt fest und fuhr sich erneut durch die Haare. Die Ponyfransen fielen ihm jedoch direkt wieder in die Stirn.

Gage setzte sich neben Rusty und zog Sally mit sich. »Du bist ein Mann, Rusty. Rechtlich gesehen mag ich damit vielleicht dein Stiefvater sein, aber ich will deinen Vater nicht ersetzen. Ich will überhaupt nicht, dass sich unsere Beziehung verändert, obwohl mir klar ist, dass es zumindest in gewissen Bereichen so sein muss. Wir alle müssen uns an einiges gewöhnen.«

»Meinst du?« Rusty schnaubte, lächelte jedoch schmal und weckte in Sally die Hoffnung, dass sie das alles irgendwann hinter sich lassen konnten. »Also, was jetzt?«

Sally und Gage tauschten einen nervösen Blick und seine stumme Frage war deutlich zu hören. *Wagen wir es und erzählen ihm vom Haus?*

»Was auch immer es ist, spuckt es aus«, sagte Rusty. »Das lässt sich ja kaum noch toppen.«

»Wir könnten verhaftet werden«, erwiderte Sally lächelnd.

Rusty machte ein finsteres Gesicht. »Das war nicht schön, und sobald mein Freund von der Kreuzfahrt mit seinen Eltern zurück ist, wird er das aufklären.«

»Ich wollte nur die Stimmung ein wenig lockern.« Die Stimmung würde noch eine ganze Weile angespannt sein, und das war in Ordnung, solange keine Risse entstanden. »Liebling, es geht um das Haus. Ich werde es so lange behalten, wie du willst, aber ich werde bei Gage einziehen.«

»Dads Haus?«, fragt Rusty ernst.

»Es tut mir leid. Es fühlt sich falsch an, dort neu anzufangen.«

Rusty betrachtete Gage einen Moment, als würde er ihn sich in ihrem Haus vorstellen, und seufzte schließlich schwer. »Das ist nachvollziehbar. Wann ziehst du um?«

Sally und Gage hatten sich darauf geeinigt, dass sie erst nach den Feiertagen einziehen würde, damit Rusty noch ein letztes Mal Weihnachten mit ihr im alten Haus feiern konnte. »Nach Weihnachten, wenn du wieder zur Uni gehst.«

Er nickte mürrisch. »Aber verkauft es noch nicht.«

»Werden wir nicht.«

»Wie deine Mom schon gesagt hat, wir behalten es so lange, wie du willst. Das hat keine Eile«, versicherte Gage ihm. »Und du sollst wissen, dass du in unserem Haus immer ein Zimmer haben wirst. Und mit *unserem* Haus meine ich deins, meins und das deiner Mom.«

Sally beobachtete Rusty besorgt und hoffte, dass er nicht wieder wütend würde.

Rusty wandte den Blick nicht ab, straffte die Schultern und nickte knapp.

Diese männliche Geste überraschte Sally. Sie hatte gerade beobachtet, wie die Welt ihres Sohnes auf den Kopf gestellt wurde, wie er damit gekämpft und schließlich wieder Fuß gefasst hatte. Ihr Junge war vor ihren Augen erwachsen geworden. Er war kein Kind an der Schwelle zur Männlichkeit mehr, dessen Freundschaft sich durch gebrochenes Vertrauen auflöste. Er war ein junger Mann, der sich in einer neuen Situation behauptete.

Und Sally wusste tief in ihrem Inneren, dass er klarkommen würde, egal, was sich ihm noch in den Weg stellte. Sie *alle* würden klarkommen.

Neunzehn

»Du hast erzählt, dass du reisen willst«, rief Gage ihr aus dem Schlafzimmer in Allure zu, während er sich umzog. Bei ihrer Abreise aus Harborside war es mit Rusty halbwegs angenehm gewesen, doch ihm war klar, dass die unterschwellige Anspannung noch eine Weile anhalten würde.

»Mein Kind im Winter aus einem Gefängnis in Massachusetts zu holen, war nicht mein Traumziel«, antwortete sie, als er zu ihr ins Wohnzimmer kam. »Aber immerhin kennt er jetzt die Wahrheit.«

Ihr Handy vibrierte und Gage nahm es von ihrem neuen Mosaiktisch, um es ihr zu geben. »Es ist Rusty.«

Zögerlich hielt sie sich das Handy ans Ohr. »Hi, Liebling.« Sie hielt inne und lauschte, wobei ihre Augen immer größer wurden. »Das sind tolle Neuigkeiten! Warte kurz.« Sie senkte das Handy und erzählte Gage, dass die Polizei Rustys Freund erreicht hatte und er bestätigte, dass die Tabletten ihm gehörten. »Sein Anwalt meinte, dass die Anklage wahrscheinlich fallengelassen wird.«

»Gott sei Dank.«

Sie sprach wieder mit Rusty. »Danke, Liebling. Hab dich lieb.« Sie reichte Gage das Handy. »Er will mit dir reden.«

Überrascht nahm Gage das Handy. »Hey, Kumpel.«

»Hey. Du musst mir einen Gefallen tun.«

»Sicher doch.«

»Ich will Mom überraschen und schon nächstes Wochenende nach Hause kommen, damit sie vor den Feiertagen umziehen kann. Zumindest gehe ich davon aus, dass du sie schon früher bei dir haben willst?«

»Bist du sicher?« Gage wollte die Faust in die Luft recken, musste seine Worte jedoch mit Bedacht wählen, damit Sally keinen Verdacht schöpfte. »Du weißt, warum das der Plan war, oder?«

»Bestimmt, damit ich Weihnachten in Dads Haus verbringen kann. Mein Vater ist schon lange nicht mehr da, und ich bin froh, dass Mom darüber hinweg ist. Sie muss den Umzug nicht meinetwegen rauszögern.«

»Oh Mann, das weiß ich wirklich zu schätzen.«

»Nach der Sache mit der Verhaftung bin ich ihr das wohl schuldig. Kannst du das geheim halten, damit ich sie überraschen kann, oder bricht das irgendeine Eheregel?«

Gage lachte leise, erleichtert, dass sich Rusty wieder an ihn wandte. »Das bekomme ich schon hin.«

»Danke. Kannst du mich abholen, wenn ich Freitag komme, oder soll ich jemand anderen anrufen?«

Er betrachtete seine wunderschöne Frau, die auf ihrem Laptop im Internet surfte und keine Ahnung von den Plänen ihres Sohnes hatte. Wie gern würde er ihr davon erzählen, nur um die Begeisterung auf ihrem Gesicht zu sehen, dass Rusty diesen großen Schritt für sie ging. Aber dieses Geheimnis würde er bewahren. »Schreib mir alles. Ich kümmere mich darum.«

»Danke, und Gage?«

»Ja?«

»Ist Mom noch bei dir?«

»Mhm.«

»Kannst du den Lautsprecher anmachen?«

»Klar.« Er drückte die Taste und Rustys Stimme war laut und deutlich zu hören. »Hey, Mom?«

Sally drehte sich verblüfft um. »Ja? Hi, Liebling.«

»Ich wollte euch beiden gratulieren. Das ist in unserem Gespräch untergegangen. Ich weiß, dass ich mich nicht so verhalten habe, aber ich freue mich, dass ihr endlich zusammen seid.«

Sally kam zu Gage. »Danke. Es tut mir leid, dass wir dich damit so überfallen haben. Aber irgendwie haben wir uns auch selbst damit überfallen.«

»Nur fürs Protokoll«, sagte Rusty neckend, »wenn ich das nächste Mal was Blödes anstelle, werde ich euch eure Suffhochzeit vorhalten.«

Gage umarmte Sally und sie alle mussten lachen.

Sie unterhielten sich noch ein paar Minuten, legten dann jedoch auf und Gage hob Sallys Kinn an. Sie wirkte unglaublich erleichtert. »Ich hab dir doch gesagt, dass alles gut wird.«

»Halt den Mund und küss mich, Mr. Besserwisser.« Sie stellte sich auf die Zehenspitzen und er kam ihr entgegen, ehe sie sich langsam und berauschend küssten.

»Weißt du, was wir jetzt tun müssen?«, fragte er so verführerisch wie möglich.

Sie schob die Hände in seine hinteren Hosentaschen. »Mir fallen eine Menge Dinge ein, die ich jetzt machen will.«

»Schön langsam, Salbird.« Er zog sein Handy aus der Tasche und schrieb eine Nachricht in die Gruppe seiner Familie. *Familien-Skype. Dringend.* »Zuerst müssen wir uns um ein paar Dinge kümmern.«

Gage führte sie hinaus in die kalte, dunkle Nacht. Dort holte er tief Luft und brüllte: »Ich habe Sally Tuft geheiratet!«

Sallys Lachen erklang durch die Nachtluft und er zog sie in seine Arme. »Du bist meine wunderschöne Ehefrau und ich werde dich nie wieder loslassen.«

Er hielt ihren zitternden Körper fest und küsste sie, bis das Beben verschwand und sie sich an ihn schmiegte.

»Das war aber nicht vom Dach gerufen«, neckte sie ihn.

»Wenn nicht dreißig Zentimeter Schnee liegen würden, wäre ich auf dem Dach. Na komm. Das war erst der Anfang.«

Zurück im warmen Haus stellte er den Laptop auf den Couchtisch und meldete sich bei Skype an. Er zog Sally neben sich und konnte das Lächeln einfach nicht unterdrücken. »Lieb gucken, Süße.«

»Mit wem skypen wir?«

»Mit meiner Familie. Willst du versuchen, deine Eltern zu erreichen?« Ihre Miene wurde ernst und sie schüttelte den Kopf. »Nein. Sie kennen sich nicht gut mit Technik aus. Ich rufe sie später an.«

»Willst du sie zuerst anrufen?«

»Nein. Lass uns mit deiner Familie sprechen, bevor du noch platzt.«

Er lachte leise. Wie schön wäre es, wenn ihre Eltern einen größeren Anteil an ihrem und Rustys Leben nehmen würden. Hoffentlich konnte er dabei helfen, ihre Beziehung zu kitten, aber damit musste er nicht heute anfangen.

Die Verbindung wurde hergestellt und nacheinander erschienen die Gesichter seiner Familie auf dem Bildschirm. Jeder einzelne von ihnen wirkte besorgt. Seine Mutter Andrea saß am Schreibtisch seines Vaters, der ihr über die Schulter sah. Jake schien draußen zu sein, denn er trug eine dicke Jacke und sein

Bild bewegte sich auf und ab, sodass sie immer wieder einen Blick auf schneebedeckte Bäume erhaschten. Anschließend tauchten Duke, Cash, und Blue auf.

»Was ist los?«, fragte Duke.

»Hi, Sally. Gage«, begrüßte sein Vater sie. »Stimmt was nicht?«

»Was gibt's?«, fragte Blue.

Sie sprachen so schnell durcheinander, dass Gage keine Chance hatte, zu antworten. Jake grinste selbstgefällig, als wäre er den anderen einen Schritt voraus. Das war er auch, aber es gab noch so viel mehr zu erzählen.

»Es ist alles in Ordnung«, erklärt Gage, als auch Trish sich einloggte.

Sie saß mit ihrem Mann Boone auf der Couch und hatte die Katze auf dem Schoß. »Hi, Leute. Was ist los?«

Sally wirkte nervös und machte wie die anderen ein erwartungsvolles Gesicht. Gage hatte so lange auf diesen Moment gewartet, und nun, da die Zeit gekommen war, wusste er nicht, wie er die Neuigkeiten mit ihnen teilen sollte. Einfach »Wir sind verheiratet« zu sagen, schien seine Gefühle nicht ausreichend zu beschreiben.

»Gage?«, hakte sein Vater nach.

»Entschuldigt. Ich bin etwas nervös.«

»Wäre das erste Mal«, warf Jake ein und brachte Blue zum Lachen.

»Spuck's einfach aus«, sagte Cash. »Was auch immer es ist, wir haben sicher schon Schlimmeres gehört.«

»Aber sicher noch keine schöneren Nachrichten.« Gage legte den Arm um Sally und sah ihr in die Augen. Verlangen pulsierte zwischen ihnen, und es war ihm egal, dass seine Familie es sehen konnte, denn in diesem Moment gab es für ihn nur Sally. Seine

Frau.

»Gage«, flüsterte Sally drängend.

Er küsste sie. »Ich liebe dich, Sally Tuft-Ryder.«

Einen Augenblick lang herrschte Schweigen. Sally riss verblüfft die Augen auf, doch die Liebe in ihrem Blick fesselte seine Aufmerksamkeit.

»Hast du gerade …?« Trish verstummte.

»Oh mein Gott!«, rief seine Mutter.

»Der Schweinehund hat es getan!«, jubelte Cash. »Ihr habt geheiratet?«

Dukes tiefes Lachen übertönte Blues und Jakes Beifall.

»Gage!«, warf Trish ein. »Seid ihr verheiratet? Wir haben die Hochzeit verpasst?«

Sally strahlte voller Freude. Gages Antwort bestand aus einem Kuss, während seine Familie ihnen gratulierte und lachte, als er einfach nicht von ihr abließ. Sobald er zufrieden war, zog er Sally an sich und beantwortete die Fragen seiner Familie. Am Ende weinten seine Mutter und Trish und freuten sich darauf, ein besonderes Essen zu planen, wenn sie Weihnachten zu Besuch kamen.

»Bist du jetzt glücklich?«, fragte Sally.

Er lehnte seine Stirn an ihre und auch in seinen Augen glänzten Freudentränen. »Wir müssen nur noch eine Sache tun. Warte hier.« Er verschwand im Schlafzimmer und schaltete bei seiner Rückkehr das Licht aus.

»Mir gefällt, worauf das hinausläuft«, sagte Sally, während er die Kerzen auf dem Kaminsims anzündete.

»Das hoffe ich doch«, murmelte er. »Da wir König und Königin des Kitsches sind …« Er spielte »I Want Your Sex« von George Michael, drehte Sally den Rücken zu und schwang die Hüften zum Takt der Achtziger.

»Oh mein Gott!«, kreischte sie und klatschte mit.

Gage wirbelte herum, knöpfte sein Hemd auf, und George Michael sang von Dingen, die man riet und die man wusste. Er schob sich das Hemd von den Schultern, ließ die Hüften kreisen und Sally klappte der Mund auf. Beim Refrain schwang er das Hemd über seinem Kopf und stolzierte auf sie zu. Dann ließ er den Stoff über ihre Arme und Brüste gleiten, was sie vor Verlegenheit erröten ließ – und ihn anspornte.

Oh mein Gott! Du strippst für mich! Die Worte waren wie ein Mantra in Sallys Kopf, als Gage das Hemd in ihren Schoß legte und stumm mitsang, dass er ihren Sex und ihre Liebe wollte. Er knöpfte seine Jeans auf, dann zog er langsam und verführerisch den Reißverschluss nach unten. Sie streckte die Hände nach ihm aus, doch er trat singend zurück, gerade so weit, dass sie ihn nicht erreichen konnte, und machte sie damit wahnsinnig. Erneut drehte er sich um, sodass sie einen wundervollen Blick auf seinen perfekten Hintern in der Jeans hatte. Mit wiegenden Hüften zog er sich die Hose aus. Die Musik schwoll an und er drehte sich dramatisch um. Nun trug er nur noch eine schwarze Smoking-Unterhose mit einem weißen Stoffstreifen, der sich über seine Länge spannte, und einer Schleife am oberen Rand. Sie wollte sie mit den Zähnen abreißen.

Sally brüllte vor Lachen.

Mit zwei Fingern deutete er auf seine Augen und zeigte ihr damit, dass sie ihm in die Augen sehen sollte – doch ihr Blick wanderte direkt wieder zu der verlockenden Beule direkt unter der Schleife. *Mmmh.*

Gage stieß die Hüften nach vorn. Seine kräftigen Schenkel stellten die Dehnbarkeit der schicken Unterwäsche sehr auf die Probe. Mit seinem jungenhaften Charisma, den sinnlichen, lustvollen Bewegungen und dem verschmitzten Ausdruck gehörte er auf eine Bühne. Dann setzte er sich rittlings auf ihren Schoß und beugte sich vor, sodass sie sich nach hinten fallen ließ. Unterdessen sang er weiter über schmutzige Gedanken, Pornographie, und dass er sie so sehr liebte, dass es wehtat.

Er strich hauchzart mit den Lippen über ihren Mund, doch als sie versuchte, sie zu einem Kuss einzufangen, stand er auf, zog sie mit sich und sang davon, dass es an der Zeit war, dass sie mit ihm Sex hatte.

Gott, ja! Sie war so was von bereit.

Gage tanzte um sie herum, rieb sich an ihrer Hüfte und berührte sie überall. Ein heißes Prickeln schoss über ihre Haut. Ihre Nippel wurden hart, ihr Atem stockte, und sie konnte den Blick nicht von ihm abwenden. Ihr Mann hatte es drauf! Und er war so gut bestückt, dass sie es nicht erwarten konnte, ihn auszupacken! Ein Brennen breitete sich in ihr aus und ihre Hüften bewegten sich wie von allein.

Er hakte die Daumen in den Bund seiner Unterhose, stieß im Takt nach vorn und zog sie nach unten. Sally legte sich lachend die Hände vors Gesicht.

»Es fühlt sich komisch an, angezogen zu sein, wenn du strippst!«

Zieh dich für mich aus!

Er zog ihre Hände nach unten, zog sie an sein Bein und rieb seine Härte an ihr.

Verlegen und gleichzeitig erregt, konnte sie nicht aufhören zu lächeln.

Der Refrain ertönte erneut und er hakte die Daumen wieder

in den Bund. Mit jedem Stoß rutschte der Stoff tiefer. *Grundgütiger.* Sie wurde feucht und dachte nicht nach, sondern reagierte einfach auf die Hitze in ihr. Schnurstracks zog sie sich den Pullover über den Kopf und warf ihn zu Boden. Gleich darauf folgte seine Unterhose und sie musste einfach jeden Zentimeter seiner Erregung anstarren. Vor Begehren war ihr ganz schwindlig und sie fummelte lachend am Verschluss ihres BHs herum.

»Komm her, *Gattin*«, knurrte er, zog sie in seine Arme und küsste sie, während er sie ins Schlafzimmer trug und ihr Schwindelgefühl durch glühend heißes Verlangen ersetzte.

Zwanzig

»Klopf, klopf«, sagte Danica, als sie am Freitagabend mit einem Teller Kekse in Sallys Büro kam. Die Eltern eines Kindes, das hier Tanzunterricht nahm, hatten das Gebäck in Form von blauen und pinken Schühchen heute Morgen vorbeigebracht. »Letzte Chance, dir einen zu schnappen, bevor ich sie mit nach Hause zu Chessie und Blake nehme.«

»Nein danke. Du versuchst schon den ganzen Tag, sie loszuwerden. Sind sie so schlecht?« Sally war traurig gewesen, dass sie Danicas Babyparty verpasst hatte, freute sich aber sehr darüber, dass Gage und sie mit Rusty reinen Tisch gemacht hatten. Und laut den Erzählungen war die Party ein riesiger Erfolg gewesen und Danica hatte großen Spaß gehabt.

»Machst du Witze?« Danica stellte die Platte auf den Tisch und biss in einen Keks. »Ich will sie loswerden, weil ich nicht aufhören kann, sie zu essen. Du liebst doch Kekse. Was ist los?«

Sally legte den Vertrag, den sie gerade gelesen hatte, zur Seite. »Mein Magen spielt in letzter Zeit verrückt. Wir haben mit Rusty gerade so viel um die Ohren und Gages Familie kommt nächste Woche über Weihnachten. Danach steht der Umzug in Gages Haus an, wenn Rusty wieder nach Harborside geht. Ich brauche einfach ein paar Tage, ohne dass wir nur knapp einer Verhaftung entgehen oder Rustys Welt auf den Kopf stellen. Dann beruhigt sich mein Magen sicher, und ich werde alle Kekse essen, die ich finden kann.«

»Hoffentlich kehrt nach den Feiertagen Ruhe ein. Sicher, dass du nicht schwanger bist?« Danica tätschelte ihren Bauch. »Mein Baby könnte einen Spielgefährten gebrauchen.«

Sally lachte. »Den bekommst du schon von Treat und Max. Außerdem wäre das unmöglich. Wir hatten nie ungeschützten Sex.« Beiläufig warf sie einen Blick auf den Kalender. Wann hatte sie ihre letzte Periode gehabt?

»Dann liegt es wahrscheinlich am Stress. Obwohl eine Schwangerschaft lustiger wäre.« Sie wackelte mit den Brauen. »Das Beste an einer Schwangerschaft ist, dass man keine Kondome und keine Pille braucht, sonders es einfach tun kann, wenn es einen überkommt.«

Sally liebte die Vorstellung, mit Gage zu schlafen, ohne sich über Verhütung Gedanken machen zu müssen. Sie hatten darüber gesprochen, ob sie wieder die Pille nehmen sollte, damit sie nicht immer an Kondome denken mussten, aber Gage wollte unbedingt eine Familie. Es war albern, mit der Pille anzufangen, nur um sie dann wieder abzusetzen.

Danica biss noch einmal von ihrem Keks ab. »Mmh. Die sind viel zu gut. Ich sollte sie wegschmeißen. Sie werden es niemals bis nach Hause schaffen.«

»Soll ich sie entsorgen?« Sally griff nach dem Tablett.

Danica legte grimmig die Hände darüber. »Bist du verrückt? Wann kann ich schon mal köstliche Kekse in mich reinstopfen, ohne mir über meine Figur Gedanken zu machen?« Sie ging mit dem Tablett zur Tür. »Es ist spät. Machst du bald Feierabend?«

»Ich warte auf Gage. Wir suchen heute unseren Weihnachtsbaum aus, aber er musste noch etwas erledigen und ich hatte ein Konferenzgespräch mit Haylie. Sie wird eine tolle Leiterin sein. Wir haben definitiv die richtige Wahl getroffen. Sie hat sich schon mit Sable und ihrer Band getroffen, das Catering organisiert und Einladungen für die Eröffnung entworfen, obwohl die erst in einigen Wochen ist. Und sie hat in den lokalen Zeitungen Anzeigen für die freien Stellen geschaltet.«

»Ich hatte keinen Zweifel daran, dass du die Beste für den Job einstellen würdest. Wir sehen uns morgen früh.« Danica winkte und verschwand den Flur hinunter.

Sally räumte ihren Schreibtisch auf. Unglaublich, dass schon in weniger als einer Woche Weihnachten war.

»Hey, meine Schöne.« Gage kam ins Büro. Seine Haare und Schultern waren mit Schneeflocken bedeckt.

Sie kam um den Tisch herum und wurde mit einer warmen Umarmung begrüßt. Seine Nase drückte eiskalt gegen ihre Wange. »Du bist durchgefroren.«

»Jetzt nicht mehr.« Er küsste sie heiß, innig und leidenschaftlich. »Können wir unseren Baum holen?«

»Wenn du mich so küsst, will ich einfach nur mehr.«

»Das lässt sich einrichten.«

Zuerst war es nur die Andeutung eines Kusses, dann leckte er über ihre Unterlippe und entfesselte ihre Sinne. Sie stellte sich auf die Zehenspitzen, zog ihn am Nacken zu sich und erwiderte seinen verlangenden Kuss. Sie grub die Finger in seine Haare und hielt sich fest. Als sie sich schließlich voneinander lösten, fiel ihr das Atmen schwer und er betrachtete sie, als wäre sie der Mittelpunkt seiner Welt.

»Diesen Blick will ich mir für fünf, nein, zehn Jahre einprägen. Damit ich mich daran erinnere, wenn das Leben dazwischenkommt.«

»Ich habe eine Ewigkeit gebraucht, um dich zu finden, und jahrelang darauf gewartet, mit dir zusammen zu sein. *Nichts* wird sich diesen Momenten jemals in den Weg stellen. Das verspreche ich dir, Salbird. Wenn wir alt und grau sind, werde ich immer noch nicht die Finger von dir lassen können und dich so ansehen.« Und diesen Schwur besiegelte er mit einem weiteren, heißen Kuss.

Das Letzte, was Gage wollte, war, von Sally abzulassen, trotzdem zwang er sich dazu. Allerdings klammerte sie sich atemlos und sexy an seinen Mantel, also hob er sie auf den Tisch und stellte sich zwischen ihre Beine.

»Wir müssen den Baum aussuchen«, sagte er, während er sich an ihrem Hals hinabküsste.

»*Baum*«, wiederholte sie.

Er leckte über ihre Haut und sie stöhnte lustvoll.

»Baby«, presste er hervor. »Wir müssen los.«

»Warum? Es ist nur ein Baum.« Wie schaffte sie es nur, ihn verführerisch und gleichzeitig unschuldig anzusehen?

Er war so kurz davor, der Versuchung nachzugeben, doch da der Schneefall draußen immer heftiger wurde, schaltete sich sein Verstand wieder ein.

»Aber es ist unser erster Weihnachtsbaum und es schneit ziemlich.« Er umfasste ihr Gesicht. »Außerdem haben wir Danica versprochen, dass wir es nicht im Büro treiben.«

»In der Abstellkammer«, korrigierte sie ihn.

Er lachte leise. »Ich verspreche dir, dass wir da weitermachen, wo wir aufgehört haben. Aber wenn wir den Baum jetzt nicht holen, sitzen wir hier die ganze Nacht fest.« Er konnte sich nicht davon abhalten, ihre Lippen noch einmal zu berühren, ehe er sich stöhnend zurückzog. »Ich will dich in unserem Bett lieben, Baby, nicht auf dem Schreibtisch.«

Sie hob frech eine Braue und schob den Finger in den Bund ihrer Jeans. »Du willst nicht auf meinem Tisch rummachen und mir unanständige Dinge ins Ohr flüstern?«

Er knirschte mit den Zähnen. Sie mussten wirklich von hier verschwinden. »Verdammt, Salbird. Ich will so viel mehr tun als das. Ich will dich auf dem Schreibtisch, dem Fußboden und der Couch.« Er zog sie an der Hüfte näher zu sich. »Ich will dich von der Hose befreien und dich mit dem Mund verwöhnen. Ich will dich so feucht und gierig machen, dass du kaum noch weißt, wie man atmet.«

»Ja, bitte«, hauchte sie.

»Himmel, du bringst mich noch um.« Ihre Lippen trafen sich. Seine Härte pulsierte, aber sie waren ihrem Verlangen schon genug nachgegangen. Jetzt sollten sie wirklich gehen. »Wir müssen los, Baby.«

Sie rutschte vom Tisch.

»Okay, *Göttergatte*. Bei unserem Glück hat Danica was vergessen und kommt noch mal zurück, sodass sie uns wieder erwischt.«

Er richtete sich in der Jeans und sie kicherte.

»Ich hab dir angeboten, mich darum zu kümmern.«

»Vertrau mir. Ich bereue schon, es nicht angenommen zu haben.« Manchmal war es nicht schön, ein vernünftiger Erwachsener zu sein.

Bis auf das trübe Licht der Straßenlaternen an beiden Enden des Parkplatzes war es draußen dunkel. Gage drückte Sally an sich und küsste sie immer wieder auf dem Weg zu seinem Pick-up.

»Du hattest recht«, bemerkte sie. »Wahrscheinlich wird es heute mehrere Zentimeter Neuschnee geben. Vielleicht sollten wir mit dem Baum warten.«

»Wir werden sehen.«

Die Beifahrertür seines Wagens öffnete sich und jemand stieg aus. Sally wurde langsamer und spähte in die Dunkelheit.

»Wer ist das? *Rusty?*« Mit großen Augen sah sie erst zu Gage und dann zu ihrem Sohn, der auf sie zukam. »Oh mein Gott! Rusty!«

Wie im Film, wenn ein lang verloren geglaubter Sohn aus dem Krieg zurückkehrte, rannte sie in seine ausgebreiteten Arme.

»Ich dachte, du würdest nächste Woche noch arbeiten, um mehr Geld zu verdienen.«

Rusty zuckte mit den Schultern. Auf dem Weg vom Flughafen hatten sie sich darüber unterhalten, wie es Rusty jetzt mit Gages Beziehung zu Sally ging. Am meisten fürchtete er sich davor, sich Gage nicht mehr öffnen und mitteilen zu können, obwohl er doch in ihm endlich einen Mann gefunden hatte, dem er vertrauen konnte. Gage versicherte ihm, dass er das immer im Hinterkopf behalten und immer für ihn da sein würde. Sie entschuldigten sich beieinander, umarmten sich kurz und damit war alles geklärt.

»Wollte ich auch«, antwortete Rusty. »Aber ich dachte, dass du Hilfe beim Umzug gebrauchen könntest.«

»Aber wir ziehen erst nach Weihnachten um, wenn du wieder weg bist«, erinnerte Sally ihn.

»Wenn wir schon eine Familie sein wollen, sollten wir es richtig machen.« Rusty deutete mit dem Kinn auf Gage. »Wir sind jetzt auch ein Teil von Gages Familie. Und da sollten wir am Weihnachtsmorgen aufwachen.«

»Oh, Rusty.« Sie schlang die Arme um seinen Nacken und weinte.

Rusty umarmte sie hastig und lachte. »Ist doch keine große Sache.«

Sally trat zurück und wischte sich über die Augen. »Oh doch. Und wie. Danke.« Sie drehte sich zu Gage. Schneeflocken bedeckten ihre Schultern, Haare und ihre Wangen. »Du hast das vor mir verheimlicht?«

»Manche Geheimnisse darf man nicht verraten.« Gage nahm ihre Hand. »Jetzt sehe ich dich schon zum zweiten Mal an derselben Stelle weinen. Erinnerst du dich an das erste Mal?«

Sie presste die Lippen zusammen. »Wie könnte ich das jemals vergessen?«

Er sank auf ein Knie, nahm die schwarze Samtschachtel aus seiner Tasche und öffnete sie, damit Sally den wunderschönen Diamantring sehen konnte, den er für sie hatte anfertigen lassen. Der gelbe Stein in der Mitte war mit kleineren weißen Diamanten eingefasst.

Sallys Hand flog zu ihrem offenen Mund.

»Meine süße Sally, du weißt, dass ich dich schon seit einer Ewigkeit vergöttere und Rusty lieb habe. In den letzten Wochen habe ich mich jede Minute mehr in dich verliebt. Wir sind zwar schon verheiratet, aber als du meinen ersten Antrag angenommen hast, warst du ein bisschen angeschickert.«

Er stand auf und sah in ihre wunderschönen Augen. »Nimmst du mich zu deinem Mann und lässt dich und Rusty für den Rest unseres Lebens von mir lieben?«

Sie nickte, wobei sie gleichzeitig weinte und lächelte. »Ja!« Gage steckte ihr den Ring an den Finger und sie sah zu Rusty. »Wusstest du davon?«

»Der Blödmann hat um meine Erlaubnis gebeten«, antwortete Rusty, woraufhin Sally nur noch mehr weinte.

Gage zog sie in seine Arme und drehte sie im Schnee im Kreis.

Sallys Augen waren feucht und so voller Freude. »Warum hast du so lange gebraucht?«

Ihm blieb beinahe das Herz stehen. Genau das hatte sie nach seinem Antrag in Vegas zu ihm gesagt. »Du hast dich erinnert?«

»Ich erinnere mich, Gage. Ich erinnere mich jetzt an alles und werde keine Sekunde davon mehr vergessen.«

Später an diesem Abend, nachdem sie gemeinsam einen Weihnachtsbaum ausgesucht und geschmückt hatten – mit ihrem Anhänger von der *Lover's Lodge* –, ging Gage nach draußen, um Feuerholz zu holen. Auf dem Rückweg sah er Sally und Rusty durch das Fenster des Gästezimmers-Schrägstrich-Ateliers, und Liebe erfüllte ihn.

Sie waren nun eine Familie. *Seine* Familie.

Er sah hinauf in den diesigen, grauen Himmel und verspürte keinen Drang mehr, es von den Häuserdächern zu rufen. Die Menschen, die am wichtigsten waren, befanden sich gleich hier in *ihrem* Haus.

Einundzwanzig

Am Samstagmorgen wurde Gage vom Heulen des Windes geweckt. Sally lag halb auf ihm und der Ring an ihrer linken Hand erinnerte ihn an ihre magische Nacht. Sie waren lange aufgeblieben und hatten mit Rusty *Eine Weihnachtsgeschichte* angeschaut. Und obwohl sich Rusty seinen Pick-up ausgeliehen hatte, um noch einmal im anderen Haus zu schlafen, fühlte es sich hier behaglich und eher nach einem Zuhause an, ungeachtet der Tatsache, dass ihnen ein großer Umzug bevorstand.

Sally schmiegte sich enger an ihn. Sie schob ihr Bein über seins und ihr süßer, weicher Körper weckte seine Lust.

»Warum bist du wach?«, fragte sie verschlafen.

»Bin gerade erst aufgewacht.« Er küsste ihre Wange und rollte sich über sie. »Guten Morgen, mein wunderschönes Vögelchen.« Er stützte sich auf den Unterarmen ab und rieb mit der Nase über ihren Hals.

»Fühlt sich an, als wäre alles an dir schon hellwach.«

Er lachte leise. »Wir haben einen großen …« Er küsste sie. »… wichtigen Tag vor uns. Wie willst du es machen?«

»Ich bin keine Expertin in Sachen Sex, aber ziemlich sicher, dass wir es einfach so machen können.« Sie hob die Hüften vom Bett.

Er knabberte an ihrer Unterlippe. »Ich meinte den Umzug. Willst du mit Rusty etwas Zeit allein im Haus verbringen?«

»*Oh.* Du meinst, ich soll klar denken, wenn du nackt auf mir liegst? Keine Chance.«

Er küsste sich an ihrem Hals hinab, wobei er ihre Hände nach oben drückte. »Versuch, dich zu konzentrieren.« Er umspielte ihren Nippel mit der Zunge, bis er hart wurde. Anschließend nahm er ihn zwischen die Zähne und zupfte leicht daran, woraufhin sie sich vom Bett wölbte.

»Oh Gott …«

Er saugte an der Spitze und wiegte die Hüften, sodass seine Härte zwischen ihre Beine glitt. Dann ließ er ihre Brust los. »Der *Umzug*, Salbird. Willst du etwas Zeit allein mit Rusty?«

»Nein«, flüsterte sie erhitzt.

Gage glitt nach unten und kostete jeden Zentimeter ihrer Haut. Sie zog die Knie an, also schob er die Hände unter ihren Po, um sie an seinen Mund zu heben. Sally rollte mit den Hüften und spornte ihn mit ihrem Stöhnen an.

»Sieh zu, wie ich dich liebe, Baby.«

Flatternd öffnete sie die Lider und biss sich auf die Unterlippe. Oh Mann, das machte ihn unheimlich an. Ihm wurde ganz heiß, als er Küsse auf der Innenseite ihrer Schenkel und um ihre geschwollenen, feuchten Falten verteilte. Sie krallte sich ins Laken und er näherte sich immer weiter dieser verheißungsvollen Stelle. Sally wimmerte.

»Sag mir, was du willst, Baby«, verlangte er.

»Ich will deine Zunge … *dort.*«

Er leckte über ihre Klit und nahm ihre Hand. Sally drückte seine sofort, während er ihre empfindlichen Nerven reizte.

»Tiefer«, flehte sie.

Er führte ihren Finger an seinen Mund und leckte darüber.

»Das ist so heiß«, hauchte sie atemlos.

»Nicht annähernd so heiß wie das.« Er platzierte ihre Hand zwischen ihren Beinen. Sie riss die Augen auf, doch er bewegte ihre Hand mit seiner so, wie sie es mochte. »Fass dich für mich an, Baby. Du bist so sexy. Lass mich dir zusehen.«

Sie schloss die Augen. »Sieh mich an, Baby. Ich will deine Liebe sehen«, bat er. Ihm war klar, dass er sie aus ihrer Komfortzone drängte, spürte aber, dass sie genau das wollte.

Schließlich folgte sie seiner Bitte und berührte sich. Er unterstützte sie mit Mund und Zunge, um sie in einen Strudel aus Lust zu reißen. Als er mit den Fingern in sie eindrang, stöhnte sie und hielt inne.

»Mach weiter, Baby. Hör nicht auf. Hilf mir.«

Es war unheimlich sexy, wie sie ihre Hand weiter bewegte und sich dabei auf die Unterlippe biss. Ihre Augen waren dunkel und sinnlich, und ihre wunderschönen Brüste wippten im Takt seines verführerischen Spiels. Er berührte die Stelle in ihr, die ihr ein langgezogenes, kehliges Stöhnen entlockte, und sie krallte sich ins Laken. Sündhaft stöhnend bewegte sie sich auf seiner Hand und er saugte ihre Klit in den Mund.

»Oh *Gott, Gage.* Hör nicht auf. Genau so. *Oooh.*«

Noch während sie von dem Hoch wieder herunterkam, legte er ihre Beine über seine Schultern und stürzte sich auf sie, um sie erneut zum Höhepunkt zu bringen. Sie kam seinem Mund entgegen und zog an seinen Haaren. Ohne nachzulassen, reizte und verwöhnte er sie, bis sie nach Luft schnappend auf die Matratze fiel und ihn zufrieden anlächelte.

Gage zog sich ein Kondom über und sie streckte die Arme nach ihm aus. *Das ist meine Frau. Immer bereit für mich.*

»Ich liebe dich, Salbird«, murmelte er an ihrem Hals, als ihre Körper verschmolzen.

Hitze breitete sich wie ein Flächenbrand von seinem Inneren bis in seine Fingerspitzen aus. Er küsste Sally ausgehungert. Sie schmeckte köstlich und fühlte sich sogar noch besser an. Ihre Körper bewegten sich in perfektem Einklang. Aber es war nicht genug. Würde es das jemals sein? Er schlang die Arme um sie und rollte sich herum, sodass er unter ihr lag, denn diese Gier in ihm verlangte danach, *alles* an ihr zu sehen. Rittlings saß sie auf seinem Schoß, wobei ihr die langen blonden Haare über die Brüste fielen. Sie lächelte schüchtern.

»Zeit zum Reiten, Cowboy«, sagte sie verspielt.

Sie stützte sich an seinen Schultern ab, sodass ihre Haare nach vorn fielen, und ritt ihn. Gage richtete sich ein Stück auf und saugte so fest an ihrer Brust, dass sie aufschrie. Als er sich zurückzog, umfasste sie seinen Kopf und führte ihn an die andere Brust, die er ebenso intensiv verwöhnte. Eine Hand schob er zwischen ihre Beine und fachte ihre Lust an. Sallys Atem geriet ins Stocken und sie kniff die Augen zusammen. Keuchend wurde sie von ihrem Höhepunkt erfasst. Der Anblick und das Gefühl ihres Orgasmus stießen auch ihn über die Klippe.

»Ich liebe dich, Salbird …«, brachte er mühsam hervor, während er sich seiner Erlösung hingab.

Während sie von den letzten Beben geschüttelt wurden, brach Sally auf ihm zusammen und er drehte sie auf die Seite. Sie schmiegte sich an ihn und murmelte liebevolle Worte an seine Brust.

»Danke«, flüsterte sie.

»Ich denke, dass ich mich bei dir bedanken sollte.«

Sie hob den Kopf und lachte. Das hinreißende Geräusch schoss ihm direkt ins Herz. »Nicht für den Sex, du Quatschkopf. Sondern dafür, dass du daran geglaubt hast, dass alles gut wird, als ich mir Sorgen gemacht habe.«

Er küsste sie. »Wir müssen es immer noch schaffen, auf der Arbeit die Finger voneinander zu lassen.«

»Das werden wir.« Sie kicherte. »Nachdem wir meinen Schreibtisch von deiner schmutzigen To-do-Liste gestrichen haben.«

»Wir haben eine schmutzige To-do-Liste?«

»Nach gestern Abend schon …«

Sally stand in der Tür zu Rustys Kinderzimmer und beobachtete, wie er die Schreibtischschubladen leerte. Gage packte in der Küche Geschirr, Töpfe und Pfannen für Rustys Wohnung und einige Kleinigkeiten für Sally zusammen. Den Rest würden sie zusammen mit den Möbeln spenden. Sally hatte sich schon vor langer Zeit von Daves Sachen getrennt, abgesehen von ein paar kleinen Dingen, die sie für Rusty aufbewahrt hatte.

Rusty öffnete eine weitere Schublade und ging den Inhalt durch. Sie erinnerte sich daran, wie sie ihm den Holztisch gekauft hatte, als er zwölf war. *Mom, ich brauche eher einen Schreibtisch als eine Kommode.* Sie hatte es nicht verstanden, weil er seine Hausaufgaben ohnehin nur vor dem Fernseher erledigte, aber er hatte so darauf bestanden, dass sie nachgegeben und ihm den Schreibtisch gekauft hatte. Erst zwei Wochen später war ihr aufgefallen, dass er seinen Tisch genauso wie Daves im Arbeitszimmer aufgestellt hatte. Dieser Tisch war seine Verbindung zu ihm.

Dachte er jetzt an seinen Vater?

Sie ging zu ihm und legte ihm eine Hand auf die Schulter.

»Alles in Ordnung?«

»Ja. Ich sortiere nur diesen ganzen Mist.« Sein schiefes Lächeln erinnerte sie an Dave. »Ich hatte keine Ahnung, dass ich so viel Zeug habe.« Er warf einen Stapel Papier in den Müll. »Sieh mal, was ich im Schrank gefunden habe.«

Er ging zu einer Kiste und nahm einen Haufen Fotos heraus. »Erinnerst du dich daran?«

Sie setzte sich aufs Bett und sah sich die Bilder an. »Wie könnte ich sie vergessen? Die haben wir an deinem dreizehnten Geburtstag gemacht.« Beim Anblick von Dave und Rusty, die strahlend in die Kamera lächelten und ihre Skistöcke hochhielten, zog sich ihr Herz zusammen. Ihre Wangen waren gerötet und unter ihren Mützen lugten ihre Haare hervor. Die pure Begeisterung in ihren Gesichtern brachte sie zum Lächeln.

»Aspen«, sagte Rusty. »Das war ein toller Ausflug.« Er ging wieder zum Schreibtisch. »Ich hätte als Teenager nicht so ein Arsch sein dürfen. Keine Ahnung, wie du und Dad es mit mir ausgehalten habt.«

Sally hob den Kopf. »Du warst kein *Arsch*, und ich mag das Wort nicht. Du warst ein typischer, launischer Teenager.«

»Dann sind alle Teenager Ärsche.«

Sie sah sich noch ein paar Fotos von Rusty und Dave an. Sie waren damals so glücklich gewesen. Sie alle. Auf dem letzten Bild war sie mit Dave zu sehen. Ihr stockte der Atem. Dave sah sie so bewundernd an. Sie drückte sich das Foto an die Brust. Tränen liefen ihr über die Wangen, und sie schloss die Augen, um die Schuldgefühle zu unterdrücken, die sich wie eine Schlinge um ihren Hals legten.

Sie wischte sich über die Augen. »Entschuldige.«

»Geht's dir gut?«

»Ja.« Sie reichte ihm die Bilder. »Die sind wirklich toll,

Liebling. Soll ich sie für dich in ein Album kleben?«

»Nee. Ich leg sie einfach bei Gage in meinen Schreibtisch.« Er verstaute sie in der Kiste und seufzte langgezogen. »Sollte es sich nicht anders anfühlen? *Schlimmer* oder so? Du hast bei den Fotos geweint, aber mir geht es nicht so. Klar vermisse ich Dad manchmal wie verrückt, aber es fühlt sich an, als wäre ich schon vor zwei Jahren ausgezogen. Und ich fühle mich schuldig, weil ich mich deswegen *nicht* schuldig fühle. Sollte ich nicht das Gefühl haben, dass ich mich von ihm abwende?«

»Nein, Liebling. Du bist vor zwei Jahren ausgezogen und hast dich im Laufe der Zeit von deinem Vater verabschiedet. Das ist ganz normal.« Sie klopfte neben sich aufs Bett und er setzte sich. »Hab ich dir davon erzählt, als ich erfahren habe, dass ich mit dir schwanger bin?«

»Nur, dass ich ein Unfall war.«

»Ein Segen«, korrigierte sie ihn und er schnaubte. »Na schön, ein versehentlicher Segen. Rusty, ich wurde schwanger, bevor dein Dad und ich geheiratet haben. Das hätte ich dir sicher schon vor langer Zeit sagen sollen, aber ich wollte nicht, dass du es für eine gute Idee hältst, irgendeine junge Frau zu schwängern.«

Ein freches Grinsen breitete sich auf seinem gut aussehenden Gesicht aus. »Das wäre mir nie in den Sinn gekommen. Kinder kommen für mich momentan überhaupt nicht infrage.«

»Gut.« Sie schüttelte den Kopf. »Du bist nicht sauer, dass ich es dir nicht gesagt habe?«

»Warum sollte es mich stören? Du hast doch auch betrunken Gage geheiratet. Das macht dich irgendwie menschlich, und weniger zu der perfekten Mom, die du für mich immer warst.«

»Wohl kaum. Deine Großeltern haben sich damit sehr

schwergetan und noch lange nach meiner Hochzeit mit deinem Dad nicht mit mir geredet. Ich erinnere mich an meinen Auszug. Ich habe nie zurückgeblickt, und obwohl meine Eltern noch lebten, habe ich mich verlassen gefühlt. Aber ich hatte Dave, und du warst unterwegs, und ich habe sie nicht so vermisst, wie es die Leute von mir erwartet haben. Ich glaube, dass wir durch bestimmte Ereignisse weiterkommen und es uns leichter fällt, Kapitel abzuschließen. Vielleicht ist es Selbsterhaltung, oder es stimmt wirklich, dass die Zeit alle Wunden heilt.«

Sie strich ihm die Haare aus der Stirn und er zog sich zurück, wie Kids es immer taten, wenn ihre Mütter zu gefühlsduselig wurden.

»Du musst dich nicht schuldig fühlen, dass du dein Leben weiterlebst. Dein Vater hätte sich das für dich gewünscht. Und mit deinem Auszug lässt du sein Andenken nicht zurück.« Sie legte eine Hand über sein Herz. »Er lebt hier weiter, und auch ich habe eine Weile gebraucht, um das zu begreifen. Ich denke, oder *hoffe*, dass es normal ist. Aber eigentlich ist es auch egal. Denn für *uns* ist es normal.«

»Hey, ich habe nie behauptet, normal zu sein«, scherzte er. »Jetzt verschwinde bitte aus meinem Zimmer, damit ich die Schmuddelhefte unter meiner Matratze entsorgen kann.«

»Ernsthaft, Rusty?«

Er verdrehte die Augen. »Glaubst du wirklich, ich würde Hefte kaufen, wenn ich online alles umsonst bekomme?«

Sie legte sich die Hände auf die Ohren und ging lachend den Flur hinunter. »So etwas will ich nicht wissen.«

Kurze Zeit später besorgten Rusty und Gage noch Kisten, während Sally ihre Sachen im Schlafzimmer zusammenpackte. Ihr Magen knurrte, aber ihr war zu übel, um etwas zu essen. Hoffentlich würde sich nach dem Umzug alles beruhigen.

Nachdem sie mit dem Schrank fertig war, kümmerte sie sich um das Badezimmer. In Sachen Toilettenartikel neigte sie zum Horten. Sie hatte immer einen Vorrat an Toilettenpapier, Zahnpasta, Zahnbürsten und sogar eine halbleere Packung Wattestäbchen. Es hörte einfach nicht auf. Sie fand eine Packung Haarklammern, an die sie sich gar nicht erinnern konnte, und ein paar lose Klemmen wanderten direkt in den Müll. Sie sahen aus, als wären sie aus den Neunzigern. Wahrscheinlich stimmte das sogar. Sie griff hinter die ungünstig angebrachten Rohre und zog drei schmale Schachteln hervor. Schwangerschaftstests. Oh Mann, die mussten zehn Jahre alt sein.

Sie erinnerte sich an die Zeit, in der Dave und sie dachten, sie wäre schwanger. Er war durchgedreht. Er hatte definitiv keine weiteren Kinder gewollt, auch wenn sie nichts dagegen gehabt hätte. Er war froh gewesen, als Rusty langsam ein eigenes Sozialleben entwickelt hatte, sodass Dave und sie mehr Zeit zusammen verbringen konnten und Dave mehr Raum hatte, um das zu tun, was er am meisten liebte – Skifahren.

Sie betrachtete die Schachteln. Warum um alles in der Welt hatte sie so viele gekauft? Unter einer Schachtel mit Tampons lagen noch zwei weitere, und da fiel ihr wieder ein, dass sie eine Großpackung besorgt hatte. Sie ermahnte sich, einen Badezimmerschrank nie wieder in ein Bermudadreieck zu verwandeln. Danicas Stimme ertönte in ihrem Kopf. *Sicher, dass du nicht schwanger bist?* Okay, möglicherweise hatte sie die Tatsache ignoriert, dass sie fast eine Woche überfällig war, aber ihre Periode war noch nie sehr regelmäßig gewesen und ihr Leben war in letzter Zeit eine Achterbahnfahrt.

Sie öffnete eine der Schachteln. Was konnte es schon schaden, einen Test zu machen? Ihr Puls beschleunigte sich, obwohl sie rational wusste, dass sie unmöglich schwanger sein konnte. Gage und sie hatten nie ohne Verhütung miteinander geschlafen. Sie zog ihre Jeans herunter und setzte sich mit dem Test auf die Toilette.

Wollte sie schwanger sein? Bei der Vorstellung, welche Freude ein Baby Gage machen würde, ging ihr das Herz auf, aber wollte sie wirklich wieder Windeln wechseln und um drei Uhr morgens stillen? Koliken und … *hinreißendes Babyglucksen?* Sie liebte dieses Glucksen.

Sie legte den Test aufs Waschbecken, stellte den Timer auf ihrem Handy und kümmerte sich weiter um den Schrank, doch die Unsicherheit blieb. Eine Minute später starrte sie mit wild klopfendem Herzen das Stäbchen an, denn direkt vor ihren Augen tauchten zwei blaue Striche auf. Ihr klappte der Mund auf. Sollte sie lachen oder weinen? Sie öffnete einen weiteren Test.

Fünf Minuten später saß sie, umgeben von fünf leeren Schachteln, vier positiven und einem negativen Schwangerschaftstest auf dem Boden.

»Mom?«, rief Rusty aus dem Schlafzimmer. »Gage holt Mittagessen. Ich hab die Kisten …«

Hektisch versuchte sie, die Beweise einzusammeln.

»Was machst du …?«

Sie drehte sich um und drückte sich die Tests und Beipackzettel an die Brust. Sie wischte sich über die Augen, doch dabei fielen einige Schachteln aus ihrer Hand.

»Du weinst.« Rusty hob einen der Tests auf und schien zu verstehen. Er ließ sich neben sie plumpsen.

»Es sind alte Tests«, sagte sie schnell. »Ich bin nicht sicher, ob sie funktionieren.«

»Mom, weinst du deshalb?« Er legte den Test auf den Boden

und schob die anderen zur Seite.

Lügen hatte keinen Zweck, und sie konnte es weder vertuschen noch warten, bis sie mit Gage sprechen konnte. War es möglich, Rustys Leben noch schwerer zu machen? Erneut liefen ihr Tränen über die Wangen. »Ich kann nicht schwanger sein. Wir waren vorsichtig. Nicht, dass du das über deine Mutter wissen willst, aber …« Sie zuckte mit den Schultern. »Ich bin alt genug, um Oma zu sein.«

»Sag das lieber nicht«, erwiderte er lächelnd.

»Tja, das bin ich aber. Du bist durchaus in der Lage, Babys zu machen.«

»Du offenbar auch.« Er legte einen Arm um ihre Schultern.

Die Geste fühlte sich schützend und tröstlich an, obwohl sie das wahrscheinlich nicht sollte. Er war ihr Kind. Sie sollte *ihn* trösten.

»Mom, was ist los? Willst du keine Kinder mit Gage?«

»Doch! Aber wir haben uns noch nicht mal richtig eingelebt, und es ist lange her, dass ich ein Baby hatte. Was, wenn ich nicht mehr so geduldig bin? Und was ist mit dir? Gott, wie konnte das passieren?«

»Na ja«, antwortete er und grinste verschlagen. »Weißt du, wenn sich zwei Menschen lieben …«

Sie stieß ihn mit dem Ellbogen an und er lachte. »Du weißt, was ich meine. Rusty, ich bringe immer wieder dein Leben durcheinander. Erst heirate ich betrunken und dann ziehe ich auch noch aus.«

»Glaubst du das wirklich?« Sein Blick wurde ernst. »Du bist eine großartige Mutter. Du bist geduldig und liebevoll. Und was noch wichtiger ist: Du hast dein Glück jahrelang für mich zurückgestellt.«

»Ich war glücklich.«

Er schüttelte den Kopf. »Nein. Du bist mit Gage glücklich, Mom. Ohne ihn bist du lange Zeit *zurechtgekommen*. Jeder, der euch beide zusammen gesehen hat, weiß, wie sehr du ihn liebst. Und er liebt dich so sehr. Mann, nach unserem Gespräch auf dem Weg vom Flughafen kann ich dir sagen, dass ich mich glücklich schätzen kann, eines Tages jemanden so zu lieben, wie er dich liebt.«

Sie wischte sich über die Augen. Die erwachsene Haltung ihres Sohnes war wirklich erstaunlich. Sie war davon ausgegangen, dass er sie zusammenstauchen würde, weil sie schwanger war. »Dir macht das alles wirklich nichts aus?« Sie nahm einen der Tests. »Was ist damit, mit zwanzig großer Bruder zu werden?«

»Na ja, wenn der kleine Kerl geboren wird, bin ich wahrscheinlich schon einundzwanzig, aber nein, das macht mir wirklich nichts aus. Ich werde der coole große Bruder des Kleinen sein und ihm alles beibringen, was er wissen muss.«

»Dir ist schon klar, dass es auch ein Mädchen werden könnte.«

»Und ich werde sie mit meinem Leben beschützen.« Er hielt inne und in diesem Moment wirkte er durch seinen ernsten Gesichtsausdruck fünf Jahre älter. »Mom, du musst dich auch nicht schuldig fühlen, dass du dein Leben weiterlebst. Ich freue mich für dich und Gage.«

Ihre eigenen Worte mit so viel Fürsorge aus seinem Mund zu hören, rührte sie zu Tränen. *Verfluchte Schwangerschaftshormone.*

»Salbird?« Gage tauchte in der Tür zum Badezimmer auf. »Was ist los?«

Bevor Sally etwas sagen konnte, antwortete Rusty: »Du wirst Vater ... *Dad.*«

»Ich werde … *was?*« Gage betrachtete das Chaos auf dem Fußboden und entdeckte zwischen den unzähligen Toilettenartikeln auch Schwangerschaftstests. Ein Lächeln umspielte seine Lippen, während Sally und Rusty aufstanden. »Du bist schwanger?«

Sally zuckte mit den Schultern, wobei sie gleichzeitig lachte und weinte. Das tat sie in letzter Zeit häufig und das erklärte so einiges.

»Baby!« Er hob sie hoch und küsste sie. »Wir bekommen ein Baby!« Er musterte sie, um sicherzugehen, dass auch ihr die Neuigkeiten gefielen. Ihr strahlendes, fröhliches Lächeln war Antwort genug.

Sie nickte, während ihr Tränen über die Wangen liefen. »Das tun wir.«

Auch ihm stiegen Tränen in die Augen und er wirbelte sie herum. Mitten in der Bewegung hielt er jedoch inne und setzte sie wieder ab. »Entschuldige, Salbird. Das ist wahrscheinlich nicht gut für das Baby, oder?«

»Es ist in Ordnung«, versicherte sie ihm.

Gage schwirrte der Kopf. Er war überglücklich, und als er sich zu Rusty drehte, fielen ihm dessen Worte wieder ein. »Du hast mich *Dad* genannt.«

Rusty schob die Hände tief in die Hosentaschen und sah verlegen zu Boden. »Ja. Das war echt schräg, Mann.«

»Nicht wahr?« Gage lachte leise. »*Schräg.*«

»Tut mir leid, aber für mich bist du Gage.«

Gage zog Rusty mit einem Arm an sich und klopfte ihm auf den Rücken. »Schon okay. Ich bin lieber Gage als *Arschloch*. Na kommt, lasst uns feiern. Ich hab Mittagessen mitgebracht und wir müssen zum Schreien aufs Dach.«

»Hm?« Rusty hob eine Braue.

»Du gewöhnst dich dran«, sagte Sally. »Tatsächlich wirst du es sogar lieben lernen.«

Zweiundzwanzig

»Ich werde Vater«, sagte Gage zum unzähligsten Mal, seit seine Familie am Weihnachtsmorgen angekommen war. Nachdem sie einen weiteren, neuen Schwangerschaftstest gekauft hatten, der das Ergebnis bestätigte, hatten sie ihre Familien angerufen und ihnen die unglaublichen Neuigkeiten erzählt. Gage stand mit seinem Vater, seinen Brüdern Duke und Jake und Trishs Mann Boone am Kamin. »Sally weiß es noch nicht, aber ich habe schon zwei Baseballhandschuhe – einen braunen und einen pinken –, ein Kinderskiset und die Entwürfe für ein Baumhaus in den Flurschrank gelegt. Ich bin aber nicht aufgeregt oder so.«

Gage warf einen Blick in die Küche, in der seine wunderschöne Frau den ganzen Tag mit seiner Mutter und den anderen Frauen gekocht hatte. Im Haus roch es nach Zimt, Apfelwein mit einem Hauch von Whiskey, Truthahn, Keksen und Liebe. Sally sah in dem Kleid, das sie in Virginia gekauft hatten, umwerfend aus. Gage hätte schwören können, dass der Ausschnitt etwas voller war als früher, aber Sally beharrte darauf, dass das nur sein Wunschdenken war. Er konnte es kaum erwarten, die Veränderungen an ihrem Körper zu sehen, während ihr Baby wuchs. Sie waren schließlich darauf gekommen, dass sie in ihrer Hochzeitsnacht mehr als einmal miteinander geschlafen hatten, konnten sich aber nicht erinnern, ob sie eine zweite Kondomverpackung geöffnet hatten. Für Gage war es Schicksal, aber Sally gefiel Danicas Erklärung besser. Dass sie den Alkohol gebraucht hatte, um sich zu nehmen, was sie schon so lange gewollt hatte. Wie gesagt, Alkohol hin oder her, es war vorherbestimmt. *Schicksal.* Sein wunderschönes Vögelchen war zum Nisten nach Hause gekommen und er hätte nicht glücklicher sein können.

Sein Vater legte einen Arm um seine Schultern und lenkte seine Aufmerksamkeit wieder auf das Gespräch. »Tja, mein Junge, ich glaube, ich weiß, woher du das hast. Deine Mutter denkt, ich wüsste es nicht, aber sie hat einen ganzen Schrank voller Babysachen – in Rosa und Blau, außerdem Spielzeug und alle möglichen Dinge, die nur auf ihr neues Enkelkind warten.«

»Sie muss auch noch für ein anderes Baby einkaufen«, erinnerte Duke ihn.

»Für euer Baby hat deine Mutter auch einen Schrank«, erwiderte sein Vater. »Und sie würde auch Geschenke für ein weiteres Enkelchen kaufen. Aber Blue hat das Memo noch nicht bekommen.«

Blue sah von der Couch auf, wo er mit Cash die Zwillinge auf den Knien hüpfen ließ. »Es geht doch nichts über ein wenig Druck. Was ist mit Boone und Trish?«

Boone wedelte verschmitzt mit den Händen. Unter seinen hochgekrempelten Ärmeln waren Tattoos zu sehen. »Man kann nie wissen.«

»Besser ihr als wir«, warf Jake ein. »Nicht wahr, Addy?«, rief er in die Küche.

Addy warf ihm einen Luftkuss zu. Lizzie stellte ein Blech mit Keksen auf die Anrichte, von denen sich Trish einen stibitzte, ihn dann jedoch wie eine heiße Kartoffeln von einer

Hand in die andere warf. Die Frauen lachten, doch Sallys Lachen erhob sich über das der anderen. *Oh Mann, wie ich es liebe.*

Rusty kam herein, küsste seine Mutter auf die Wange und klaute sich einen Keks. Nachdem der anfängliche Schock über die plötzliche Heirat nachgelassen hatte, hatte Rusty sie mit seiner Reife überrascht. Er hatte angeboten, beim Einrichten und Streichen des freien Zimmers zu helfen. Er hatte ihnen sogar einen Strampler mit der Aufschrift *Made in Vegas* besorgt. Gage freute sich darauf, mehr Zeit mit Rusty zu verbringen.

Gage richtete seine Aufmerksamkeit auf den Mann, der ihm Stärke, Liebe und Loyalität beigebracht hatte, und war dankbar. In einer Welt, in der sich so viele Paare scheiden ließen und Familien innerhalb eines Wimpernschlags zerbrachen, war sein Vater immer ein Fels gewesen. Und heute, wo Gage ihn am meisten brauchte, war er an seiner Seite. Hoffentlich würde er ein ebenso guter Vater und ein Vorbild sein.

»Hey Dad, danke, dass du zu mir gehalten hast.«

Ned schob sich die Brille nach oben. Sein Kinnbart war von grauen Härchen durchzogen, aber der Schalk in seinen Augen ließ ihn zehn Jahre jünger wirken. »Dafür sind Väter da, mein Junge. Du wirst schon sehen.«

»Jetzt verstehe ich, warum Dad immer so sauer auf uns war, wenn wir uns rausgeschlichen haben«, sagte Cash. »Ich würde den Verstand verlieren, wenn ich um zwei Uhr morgens aufwache, und einer der beiden hier fehlt.«

»Du hast gleich den doppelten Spaß, Kumpel.« Gage klopfte ihm auf die Schulter und ging zu seiner wunderschönen Frau.

»Keine Sorge, Gage«, sagte Rusty, als er aus der Küche kam. »Ich sorge schon dafür, dass mein kleiner Bruder oder meine kleine Schwester nicht aus der Reihe tanzt.«

»Der kleine Rusty ist erwachsen geworden«, stichelte Jake.

Rusty schnaubte und tat so, als würde er Jake in den Bauch boxen. Gage lachte leise. Sally reichte Trish das Messer, damit sie das Gemüse weiterschneiden konnte, und kam anmutig zu ihm.

»Frohe Weihnachten, mein wunderschönes Vögelchen.«

»Frohe Weihnachten.«

Er küsste sie zärtlich. »Unser Nest ist heute Abend sehr voll.« Er knabberte an ihrem Hals, denn er wusste, dass sie das wahnsinnig machte.

»Ich wünschte, meine Eltern hätten es rechtzeitig hergeschafft.«

»Ich auch, Babe.«

Sie legte die Arme um ihn. Ihre Eltern hatten sich sehr über ihre Hochzeit und das Baby gefreut, was Sally überraschte. Gage jedoch nicht, denn sie hatten ihre Tochter bereits einmal aufgegeben, und jeder, der diese unglaubliche Frau verlor, würde es sicher nicht noch einmal zulassen.

Gage ließ seine Hand über ihre Hüfte gleiten und drückte sanft ihren Hintern. »Wie viel Zeit haben wir noch bis zum Essen?«

Sallys Wangen röteten sich und sie senkte die Stimme. »Nicht genug *dafür*. Schon gar nicht, wenn deine ganze Familie hier ist.«

Gages unablässige Verführungsversuche ließen sie ganz schwindlig werden. Er knabberte an ihren Lippen, flüsterte ihr süße Worte ins Ohr und rieb seine Wange an ihrer. Sie war es gewohnt, ihn in Alltagskleidung zu sehen, deshalb hatten ihr die dunkle Anzughose und das weiße Hemd heute Morgen den Atem geraubt. Und nun, umgeben von seiner Familie, ließ der Ausdruck in seinen Augen ihre Lunge erneut versagen.

»Zwei Minuten, Baby. Gib mir zwei Minuten. Du weißt, dass ich das schaffe«, lockte er sie. »Du machst mich in diesem Kleid verrückt.«

»Wer hätte das gedacht. Du hast den Großteil des Tages mit deinen Brüdern draußen verbracht.«

»Sei froh, dass ich sie dir vom Hals gehalten habe. Du weißt, wie aufgedreht sie sein können.« Er leckte über ihre Ohrmuschel. »Amüsier dich mit mir, Baby. Ich mache es wieder gut.«

Sie krallte sich in sein Hemd, während er hastige Küsse auf ihrem Hals verteilte und sie ganz durcheinanderbrachte. »Das wird nicht reichen. Ich werde *dich* brauchen.«

»Das lässt sich einrichten«, erwiderte er lustvoll.

Er zwinkerte ihr zu, dann verschwand er ins Schlafzimmer, damit sie über sein Angebot nachdenken konnte. Wenn sie sich die Haare noch fester um den Finger wickelte, würde er absterben. Vielleicht bemerkte niemand, wenn sie für ein paar Minuten verschwanden. Verstohlen sah sie sich um. Alle wirkten zufrieden. Ihr schlug das Herz bis zum Hals, trotzdem schlüpfte sie ins Schlafzimmer.

»Gage?«, flüsterte sie.

Er zerrte sie ins Badezimmer und schloss die Tür hinter ihr ab. »Ich wusste, dass du kommen würdest. Und jetzt lass dich von deinem Mann wirklich zum Kommen bringen.«

Er drängte sie gegen die Tür, nagelte sie förmlich mit seinem hungrigen Blick fest und schob den Saum ihres Kleids nach oben. Dann sank er auf die Knie und zog ihr Höschen nach unten.

»Gage, wir sollten nicht …« Sie krallte sich in seine Haare, denn er setzte seine Zunge auf diese magische Weise ein, bei der sich ihre Zehen krümmten. »*Omeingott* – wir *sollten*. Wir sollten auf jeden Fall, wenn du *schnell* sein kannst.«

Geschickt brachte er sie mit den Fingern an den Rand des Höhepunkts, sprang kurz davor jedoch auf, zog seine Hose herunter und drang bis zum Anschlag in sie ein. Es war einfach unvergleichlich, ihn vollkommen natürlich zu spüren. So eine Schwangerschaft war toll. Die Empfindungen explodierten wie ein Feuerwerk in ihr. Sie schlang die Arme um seinen Nacken und er hob sie hoch.

»Gage, bist du da drin?«, ertönte Jakes Stimme von der anderen Seite der Tür aus.

»Oh mein Gott!«, flüsterte Sally.

Gage legte seinen Finger auf ihre Lippen, um sie zum Schweigen zu bringen. »Ich brauch noch ein oder zwei Minuten.«

Sally versuchte, sich aus seinem Griff zu lösen, und reagierte mit einem Ist-das-dein-Ernst-Blick auf sein Zögern.

»Die Mädels suchen nach Sally«, sagte Jake.

Er lachte leise und sie funkelte ihn wieder an. »Sieh mal im Gästebad nach.«

Jake schwieg einen Augenblick. »In Ordnung, ich tue so, als würde ich das tun, und ihr beeilt euch. Himmel, was finden die Ryders an Badezimmern nur so toll?«

Gage knirschte mit den Zähnen, stieß langsam in sie und machte sie trotz dieser peinlichen Situation verrückt. Sie hörten, wie Jake ging, dann erst traute sie sich, wieder zu atmen.

»Nicht zu fassen, dass du mich dazu überredet hast!«

»Baby«, säuselte er in diesem sexy, liebevollen Tonfall, der sie einknicken ließ. »Er hat unser Geheimnis bewahrt. Er wird kein Wörtchen verraten. Lass mich das von meiner schmutzigen To-do-Liste streichen. Weißt du, wie oft ich an Weihnachten davon geträumt habe, das mit dir zu tun?«

»Bestimmt so oft wie ich.«

Sie gab sich seiner wilden Leidenschaft hin. Ihre Körper übernahmen die Kontrolle und trugen sie in perfekter Harmonie auf den Gipfel der Leidenschaft.

Dreiundzwanzig

Wie Gage versprochen hatte, behielt Jake ihr kleines Stelldichein für sich. Trotzdem stellte sich Sally vor, dass alle ganz genau wussten, warum sie frisch gewaschen und wie ein Honigkuchenpferd grinsend aus dem Badezimmer kam.

Beim Abendessen wurde viel gelacht. Coco und Seth waren so süß, dass Sally sie die meiste Zeit über beobachtete und sich vorstellte, wie süß Gages und ihr Baby sein würde.

Nach dem Essen räumten die Männer auf, während die Frauen das Geschirr spülten. Blue und Jake rangen im Wohnzimmer miteinander, also zerrten Duke und Gage sie mit den anderen Männern nach draußen, um Holz zu hacken. Sally fand das etwas albern, immerhin waren sie über die Feiertage versorgt. *Jungs sind eben Jungs.*

Siena und Gages Mutter Andrea wechselten die Windeln der Zwillinge, und Gabby fühlte sich nicht gut, deshalb ging Lizzie mit ihr nach draußen, um frische Luft zu schnappen, sodass Trish und Sally allein in der Küche blieben.

»Dein Kleid ist wirklich spektakulär.« Trish strich über den Chiffonrock. »So was würde ich für die Oscars anziehen.«

»Dein Bruder hat in Virginia darauf bestanden, es mir zu kaufen. Du und Boone werdet auf jeden Fall gewinnen. Wenn du möchtest, kannst du dir das Kleid ausleihen.«

»Falls ich dann noch reinpasse.« Trish legte eine Hand auf ihren Bauch. »Wir sagen es noch niemanden, aber Boone und ich versuchen, schwanger zu werden.«

Sally schnappte nach Luft. »Oh Trish! Das ist wunderbar.«

»Ich hab ein wenig Angst«, gestand sie. »Ich weiß, dass ich mir wegen der Oscars Stress machen werde. Das ist nicht gut für das Baby, oder?«

»Babys sind ziemlich widerstandsfähig. Außerdem, wenn du wie ich bist, wirst du dich so sehr in die Vorstellung verlieben, Boones Baby zu bekommen, dass nichts anderes wichtig ist. Ich hab das Gefühl, dass mein Stresslevel gesunken ist, obwohl es eigentlich durch die Decke schießen müsste.«

»Babyglück. So hat Gabby es genannt. Sie meinte, dass sie nichts mehr stressen kann, weil sie sich zu sehr über das Baby freut.«

»Sie hat recht. Obwohl ich darauf verzichten könnte, alle paar Minuten aufs Klo zu müssen. Ernsthaft, das Baby ist gerade mal so groß wie ein Penny und tanzt schon auf meiner Blase. Entschuldigst du mich kurz?« Sally verschwand ins Badezimmer, und als sie zurückkam, war es im Haus zu still.

Rusty stand vor dem Weihnachtsbaum. In dem weißen Hemd und der Anzughose, auf die er bestanden hatte, sah er so erwachsen aus. *Ich bin kein Kind mehr, Mom. Ich kann mich schick anziehen.*

»Wie geht's dir, Liebling?«

Rusty lächelte. »Ich hab mich gefragt, wo du bist. Wir müssen los.« Er legte ihr den schwarzen Wollschal um die Schultern und bot ihr seinen Arm an.

»Wohin denn?« Sie hakte sich bei ihm ein und ließ sich von ihm zur Tür führen.

»Du wirst schon sehen.«

»Rusty …« Sie folgten dem beleuchteten Pfad hinaus zur Scheune. »Haben sich die anderen dort verkrochen?«

Rusty öffnete das Tor und Sally klammerte sich an seinen Arm, weil sie fürchtete, ihre Beine würden versagen. Die große Holzscheune war in ein Hochzeitswunderland verwandelt worden. Weiße Lichterketten und Blumenranken hingen an den Deckenbalken. Die Pfosten waren mit weißer Seide und weiteren funkelnden Lichtern geschmückt. Ein roter Teppich führte zwischen zwei Stuhlreihen hindurch, die mit roten und weißen Rosen und rosafarbenen und blauen Bändern verziert waren. Am anderen Ende des Teppichs stand Gage stolz neben seinem Vater. Über ihnen erstreckte sich ein Bogen wie der, den er in Oak Falls aufgebaut hatte. Freudentränen stiegen ihr in die Augen. Treat stand auf der anderen Seite neben ihm. Sie hatte ganz vergessen, dass er Trauungen vornehmen durfte.

Sie sah sich um und entdeckte einen Tisch hinter Rusty. Darauf stand eine fünfstöckige Hochzeitstorte mit roten Rosen und den Fotos, die sie in den letzten Wochen gemacht hatten – in der Turnhalle in Virginia, beim Skifahren, in ihrer Flitterwochensuite. Emotionen wallten in ihr auf.

»Schönen Hochzeitstag, Mom. Ist es in Ordnung, wenn ich dich zum Altar führe?« Rusty reichte ihr ein Taschentuch.

»Ja.« Sie tupfte sich die Augen und rang um Fassung, während *A Thousand Years* von Christina Perri erklang und sie neben ihrem Sohn zum Altar schritt.

Alle Plätze waren besetzt. Danica, Blake und Chessie saßen bei Kaylie, Chaz und deren Zwillingen. Max hatte den kleinen Dylan auf dem Schoß und ihre Tochter Adriana trug ein hübsches pinkes Kleid. Liebevoll betrachtete sie Gages Familie und … *Unmöglich.* Ihre Eltern saßen neben Gages Mutter und

Sally wurde von ihren Emotionen überwältigt. Das Lächeln ihrer Eltern löste einen Tränenschwall aus, doch sie machte sich gar nicht erst die Mühe, ihn aufhalten zu wollen.

Sie hatte keinen Schimmer, wie sie es zum Altar schaffte, doch als Rusty wie der Mann, zu dem er geworden war, ihre Wange küsste und sagte: »Ich hab dich lieb, Mom. Und ich freue mich für dich«, zwang sie sich, gerade zu stehen und die Tränen wegzublinzeln.

Gage sang stumm mit, während Treat bestimmt eine ergreifende Rede hielt, doch ihr Herz pochte so laut, dass sie ihn nicht hören und auch nichts anderes sehen konnte als ihren wunderschönen Mann, der ihr die Ewigkeit versprach. Als er ihr den Ring an den Finger steckte, wurde ihr klar, dass sie keinen für ihn hatte.

Sein Vater reichte ihr einen goldenen Männerring. »Der hat Gages Großvater gehört.«

Schon wieder liefen ihr Tränen über die Wangen. Zitternd steckte sie ihm den Ring an den Finger. Und schon lag sie in seinen Armen, spürte seine Lippen und ihr glückliches Herz übertönte alles andere, während Treat sie zu Mann und Frau erklärte und ihre Freunde und Familien jubelten.

Sie weinten und lachten, dann stellte Gage sie wieder auf die Füße. »Ich liebe dich, mein kostbares Vögelchen, und ich werde dich bis zu meinem letzten Atemzug lieben«, sagte er, und sie dankte dem Himmel dafür, dass das, was in Vegas passierte, nicht in Vegas blieb.

Epilog

Anscheinend war ganz Oak Falls zur Eröffnung des neuen Jugendzentrums erschienen. Es war ein wunderschöner Frühlingsmorgen und die Menge erstreckte sich über die Wiese bis zu den Gehwegen. Haylie hatte die restlichen Mitarbeiter eingestellt, die sich nun vor der Menge versammelten. Sin stand groß und schützend neben der Gruppe. Sie hatten ein tolles Team zusammengestellt, und Gage freute sich auf das, was sie für den Ort erreichen würden. Sables Band spielte auf einer provisorischen Bühne auf dem Rasen ihre Countrysongs, wo Brindle und zwei andere Frauen mit Justus, Trace und einem anderen muskulösen Typ tanzten.

Gage entdeckte seine wunderschöne Frau, die gerade Danicas und Blakes Wonneproppen Harrison in die Arme nahm. Das hinreißende, dunkelhaarige Baby war nach Blakes Vater benannt. Sallys weißblonde Haare waren während der Schwangerschaft dicker geworden und fielen ihr nun offen und sexy über die Schultern. Das Morgenlicht funkelte in ihren Augen. Das hübsche pfirsichfarbene Kleid umspielte ihren Babybauch und wehte in der Brise um ihre Beine. Ihre Brüste und Wangen waren voller geworden und sie strahlte einfach. Ihr Blick wanderte zu Gage und sie lächelte. Sein Puls beschleunigte sich

278

wie immer, wenn sie seine Aufmerksamkeit fesselte.

Sie legte sich eine Hand auf den runden Bauch und sagte stumm: *Ich liebe dich.*

Er warf ihr einen Luftkuss zu. Unglaublich, dass es weniger als zwei Monate her war, seit sie aus den Flitterwochen in Anguilla zurückgekommen waren. Die weißen Sandstrände hatten zu langen Spaziergängen eingeladen. Am Abend hatten sie unter den Sternen gesessen, Zukunftspläne geschmiedet und sich noch mehr ineinander verliebt. In letzter Zeit waren so viele wunderbare Dinge passiert. Blues und Lizzies Hochzeit war traumhaft schön gewesen, und sie hatten sich sehr über das Mosaiktablett gefreut, das Sally für sie gemacht hatte. Trish und Boone hatten zwei Oscars für ihren gemeinsamen Film bekommen und erwarteten nun ebenfalls ein Baby. Gage rechnete jeden Morgen beim Aufwachen gewissermaßen damit, dass alles nur ein Traum war.

Marilynn Montgomery, Sables und Brindles Mutter, kam zu ihm. »Sie müssen mir einen Gefallen tun und alle drei Monate ein Jugendzentrum eröffnen. Meinen Sie, Sie schaffen das? Ich kann nicht glauben, dass Sie sechs meiner sieben Kinder zur selben Zeit an denselben Ort gebracht haben. Grace, meine Älteste, ist Bühnenautorin in New York City und konnte heute nicht hier sein.« Sie zeigte auf zwei junge Frauen in ihrer Nähe. »Immerhin hat Pepper es geschafft. Das da drüben ist ihre Schwester Morgyn. Pepper ist Naturwissenschaftlerin, und Sie wissen, wie die sind – ständig am Arbeiten. Ich muss einen Weg finden, um Grace und Pepper dauerhaft nach Hause zu holen. Sie haben nicht zufällig ein paar Single-Brüder, oder? Ich vermisse meine Mädchen schrecklich.«

»Tut mir leid. Ich war unser letzter Single.« Obwohl er in seinem Herzen seit Jahren nicht mehr Single gewesen war. Seit

Beginn ihrer Freundschaft gehörte er Sally.

»Tja, ist wohl auch gut so.« Sie deutete auf einen gut aussehenden Mann, der mit einer Traube Frauen im Schlepptau in ihre Richtung kam. Die ganze Welt kannte Axsel Montgomery, einen der heißesten Musiker überhaupt. »Axsel ist unser einziger Junge.«

»Der Rockstar.« Gage fragte sich, ob er Boone kannte. Wenn Sally und er einen Jungen bekamen, würde er sich dann für Sport interessieren oder seinen eigenen Weg finden?

»Ja. Warum glauben diese jungen Frauen, sie könnten einen schwulen Mann hetero machen?« Sie lachte leise. »Danke, dass Sie unwissentlich meine Familie zusammengebracht haben. Sie haben wunderbare Dinge für diesen Ort getan und ein tolles Team engagiert. Sinny und Haylie sind gute Menschen.«

Sinny? Damit würde er ihn aufziehen müssen. »Danke. Wir freuen uns darauf, wie sich alles entwickeln wird.«

Er konzentrierte sich wieder auf seine Frau. Lange hielt er es nie ohne sie aus. Sie gab Danica das Baby zurück und kam mit nachdenklicher Miene auf ihn zu. Es kostete ihn all seine Willenskraft, die nette Mrs. Montgomery nicht stehen zu lassen und seiner Frau entgegenzugehen. Aber zu ihr, die schon früh mit Sable und Brindle aufgetaucht war und ihnen beim Aufbau geholfen hatte, wollte er nicht unhöflich sein.

»Ist es Ihr erstes Kind?«, fragte sie.

Gage plusterte sich vor Stolz ein wenig auf. »Es ist unser Erstes, aber wir haben einen einundzwanzigjährigen Jungen, meinen Stiefsohn, der es nicht erwarten kann, seine kleine Schwester oder seinen kleinen Bruder kennenzulernen.« Außerdem hatte er mit Sally darüber gesprochen, relativ schnell noch mehr Kinder zu bekommen, und war begeistert, dass Rusty auch damit kein Problem zu haben schien.

»Es geht nichts über Geschwister, um eine Familie näher zusammenzubringen. Da wir gerade von Familie sprechen …«

Eine hübsche Brünette mit einem Golden Retriever winkte Marilynn zu sich.

»Das ist meine Tochter Amber. Ich sehe besser mal nach, was sie für heute Abend ausgeheckt haben. Viel Glück für Ihr Baby.« Marilynn ließ ihn stehen und hielt kurz inne, um sich mit Sally zu unterhalten, dann umarmte sie sie, berührte ihren Bauch und ging zu ihren Kindern.

Sally kam mit einem verführerischen Funkeln in den Augen zu ihm. Ihre Übelkeit war verschwunden und von sexuellem Hunger abgelöst worden. *Schwangerschaftshormone*, hatte sie ihm erklärt. *Noch ein Grund, mehr Kinder zu bekommen.*

Er zog sie an sich. »Wie geht's meinem wunderschönen Vögelchen?«

»Es möchte gern zurück zum Hotel.«

»Bist du müde?«

Sie küsste ihn und flüsterte: »Nicht mal ein bisschen.«

Lernen Sie die Montgomerys kennen!

Eine zweite Chance für die erste Liebe

Eine Zufallsbegegnung mit seiner ersten großen Liebe entfacht in Reed Erinnerungen, denen er seit Jahren zu entkommen versucht. Grace ist fest entschlossen, nicht wieder in Reeds Bann zu geraten – doch er hat andere Vorstellungen.

Bestellen Sie *Von der Liebe umarmt* gleich
bei Ihrem Online-Buchhändler!

Entdecken Sie die Serie, mit der die »Love in Bloom – Herzen im Aufbruch«-Sensation begonnen hat!

Sie ist Therapeutin und der vernünftige Typ. Er ist ein Frauenheld und hat einen Freund verloren. Zusammenzukommen bedeutet, alles zu riskieren. Prickelnd, sexy und sündig süß.

Bestellen Sie *Schwestern im Aufbruch* gleich bei Ihrem Online-Buchhändler!

Neu bei »Love in Bloom – Herzen im Aufbruch«?

Ich hoffe, Ihnen hat es genauso viel Vergnügen bereitet, die Ryders kennenzulernen, wie mir, über sie zu schreiben. Falls dieser Band Ihr erstes Buch aus der Reihe »Love in Bloom – Herzen im Aufbruch« ist, warten noch jede Menge Geschichten über unsere sexy, selbstbewussten und loyalen Heldinnen und Helden auf Sie.

Die Ryders ist nur eine der Serien aus meiner großen Sammlung von Liebesromanen mit Tiefgang, Humor und Happy-End-Garantie. In allen Büchern finden Sie eine abgeschlossene Geschichte, die auch für sich allein gelesen werden kann. Figuren aus den einzelnen Serien und Büchern der weitverzweigten »Love in Bloom – Herzen im Aufbruch«-Familien tauchen immer wieder auch in den anderen Bänden auf. So verpassen Sie nie eine Verlobung, eine Hochzeit oder eine Geburt. Wenn Sie mögen, lernen Sie doch auch die anderen Serien der Reihe kennen! Eine vollständige Liste aller auf Deutsch erschienenen und geplanten Bücher gibt es am Ende des Buches und unter dem folgenden Link finden Sie weitere Informationen:

www.MelissaFoster.com/Herzen-im-Aufbruch

Danksagung

Ich habe viele Jahre darauf gewartet, Gages und Sallys Liebesgeschichte zu schreiben. Sally hat in *Schwestern im Aufbruch* einen Schicksalsschlag erlebt und Gage war immer für sie da. Es war mir eine Freude, den beiden endlich ihr Happy End zu schenken. Wie bei allen Paaren aus der Reihe *Love in Bloom – Herzen im Aufbruch* ist auch die Geschichte von Gage und Sally nicht vorbei. In künftigen Romanen werden die beiden wieder auftauchen. Eine vollständige Liste aller Serientitel gibt es auf meiner Website:
www.MelissaFoster.com/Herzen-im-Aufbruch

Wer immer auf dem Laufenden bleiben will, abonniert meinen Newsletter:
www.MelissaFoster.com/Newsletter_German

Ich möchte mich gern bei meinen Lesern bedanken, die die Reihe *Love in Bloom –Herzen im Aufbruch* ins Herz geschlossen haben. Ich freue mich so sehr darauf, weiter über unsere Lieblingsfiguren – unsere erweiterte »Familie« – zu schreiben, vor allem, weil Sie jeder neuen Geschichte entgegenfiebern. Bitte schicken Sie mir weiter E-Mails und Nachrichten auf Facebook. Ich höre gern von Ihnen! Und treten Sie doch meinem Fanclub bei, falls Sie es noch nicht getan haben. Dort gibt es Einblicke in meinen Schreibprozess, Schnipsel aus neuen Büchern und mehr.
www.Facebook.com/groups/MelissaFosterFans

Ein großer Dank gilt meinem Redaktionsteam: Kristen Weber, Penina Lopez, Juliette Hill, Marlene Engel, Lynn Mullan, Elaini Caruso, Justinn Harrison sowie auf deutscher Seite Anne Sommerfeld, Stephanie Schottenhamel, Judith Zimmer. Und zu guter Letzt ein großes Danke an meine Familie für ihre Geduld, Unterstützung und Inspiration.

DIE VOLLSTÄNDIGE REIHE

Love in Bloom – Herzen im Aufbruch

Für noch mehr Vergnügen lesen Sie die Bücher der Reihe nach.
Sie werden in jedem Band bekannte Figuren wiederfinden!

Die Snow-Schwestern

Schwestern im Aufbruch
Schwestern im Glück
Schwestern in Weiß

Die Bradens (Weston, Colorado)

Im Herzen eins – neu erzählt
Für die Liebe bestimmt
Freundschaft in Flammen
Wogen der Liebe
Liebe voller Abenteuer
Verspielte Herzen
Ein Fest für die Liebe (Hochzeits-Geschichte)
Nachwuchs für die Liebe (Savannahs & Jacks Baby)
Happy End für die Liebe (Hochzeits-Geschichte)
Weihnachten mit den Bradens (Kurzgeschichte)
Liebe ungebremst (Kurzroman)

Die Bradens (Trusty, Colorado)

Bei Heimkehr Liebe
Bei Ankunft Liebe
Im Zweifel Liebe
Bei Rückkehr Liebe
Trotz allem Liebe
Bei Aufprall Liebe

Die Bradens (Peaceful Harbor)

Geheilte Herzen
Voller Einsatz für die Liebe
Liebe gegen den Strom
Vereinte Herzen
Melodie der Liebe
Sieg für die Liebe
Endlich Liebe – ein Braden-Flirt

Die Bradens & Montgomerys
(Pleasant Hill – Oak Falls)

Von der Liebe umarmt
Alles für die Liebe
Pfade der Liebe
Wilde Herzen
Schenk mir dein Herz
Der Liebe auf der Spur
Verrückt nach Liebe
Liebe süß und sündig
Und dann kam die Liebe
Eine unerwartete Liebe
Verliebt in Mr. Bad

Die Remingtons

Spiel der Herzen
Im Dschungel der Liebe
Herzen in Flammen
Herzen im Schnee
Liebe zwischen den Zeilen
Von der Liebe berührt

Die Ryders

Von der Liebe bestimmt
Von der Liebe erobert
Von der Liebe verführt
Von der Liebe gerettet
Von der Liebe gefunden

Seaside Summers

Träume in Seaside
Herzen in Seaside
Hoffnung in Seaside
Geheimnisse in Seaside
Nächte in Seaside
Herzklopfen in Seaside
Sehnsucht in Seaside
Geflüster in Seaside
Sternenhimmel über Seaside

Bayside Summers

Sommernächte in Bayside
Verführung in Bayside
Sommerhitze in Bayside
Neuanfang in Bayside
Mondschein in Bayside
Versuchung in Bayside

Die Whiskeys: Dark Knights aus Peaceful Harbor

Tru Blue – Im Herzen stark
Truly, Madly, Whiskey – Für immer und ganz
Driving Whiskey Wild – Herz über Kopf
Wicked Whiskey Love – Ganz und gar Liebe
Mad About Moon – Verrückt nach dir
Taming My Whiskey – Im Herzen wild
The Gritty Truth – Kein Blick zurück
In For A Penny – Süßes Glück
Running on Diesel – Harte Zeiten für die Liebe

Die Whiskeys: Dark Knights von der Redemption Ranch

Immer Ärger mit Whiskey
Sullys Befreiung
Um Whiskeys willen
Der Geschmack von Whiskey

…

Entdecken Sie Melissa Fosters Bücher auch auf:
www.MelissaFoster.com/Herzen-im-Aufbruch

9 781960 128621